2004. 07.09. 誠品

識破財務騙局的第一本書

Financial Shenanigans

Mc Graw Hill **Education** *Your Learning Partner*

美商麥格羅‧希爾國際出版公司台灣分公司

不管什麼事總會
有朕兆

霍爾・薛利

「這只是運用創意會計（creative accounting）的手法罷了！」馬修・伯德瑞克（Matthew Broderick）在百老匯最新賣座音樂劇《金牌製作人》（*The Producer*）中扮演會計師李歐，對劇中的製作人客戶馬克思說，「在天時、地利、人和的情境下，一個製作人可以靠失敗演出賺取比成功演出更多的錢。」馬克思眼睛爲之一亮，悟出解決財務困境的契機。他竭盡所能從許多有錢寡婦手中募得大量資金，名義上是支應新的百老匯音樂劇《希特勒的春天》（*Springtime for Hitler*），事實上則私吞這些資金，並設法讓這個音樂劇表演失敗。如此一來，便不會有人質疑資金的實際去向。

——《商業週刊》（*Business Week*），2001年5月14日

　　不管是大製作人梅爾・布魯克斯（Mel Brooks）呈現在百老匯舞台上的虛擬世界，或是在華爾街的現實世界，創意會計[1] 的作帳手法常被用來傷害投資人，尤其在過去十年，更是變本加厲。

十年的詐欺歲月

　　1991年5月，在結束日本的訪問行程後，我從太平洋的彼端搭機返國，開始著手草擬《識破財務騙局的第一本書》的初版。十年後，也就是2001年5月，我由大西洋的另一端歸來，開始為這本書的第二版動筆。

　　這十年，以老布希總統入主白宮為序幕，當時美國的經濟正陷入衰退期；奇特的是，十年後，他的兒子小布希入主白宮，而經濟情況呢？又變得一片慘澹！然而，在這之間的十年，美國的主街與華爾街均榮景空前，失業率降至數十年來新低、股價指數則幾乎日日創新高。在1995至1999年的連續五年間，道瓊工業指數史無前例創下每年20%以上的漲幅，而科技公司佔權值最高的那斯達克指數更是所向披靡，單在1999年的漲幅就高達94%。

　　但是，在絢麗的表面與多數投資人偵察不到之處，不祥的訊號——財務花招與騙局，卻逐漸浮現。

譯注：

1.【創意會計】所謂的創意（creative）是與會計原則中的一致性（consistency）、保守（conservative）等原則相對應的一種描述，用來諷刺企業高階主管不切實遵守既定的成規，表面上雖仍符合一般公認會計原則，但卻在許多灰色地帶遊走，以為自身創造利益。

國際信貸商業銀行（BCCI）的詐欺事件為這十年的財務騙局揭開序幕，緊跟在後的是法墨（Phar Mor）連鎖藥局、零售商李斯利菲（Leslie Fay）與垃圾運輸業者廢棄物管理公司（Waste Management）的詐欺報導，接著更有大型保健機構牛津健保公司（Oxford Health）、藥局連鎖店來得（Rite Aid）、快速成長的微策略（Microstrategy）軟體公司的崩解，不斷爆發的詐騙案件，帶給投資人的傷害有增無減。更糟的是，新經濟企業透過創意會計的作帳手法讓投資人損失慘重，金額之高簡直令人難以置信，單是先登（Cendant）詐欺案，財務賠償金就高達30億美元。

然而，絲毫不讓人意外的是，在整個投資人慘遭大屠殺的過程中，還是有一些大贏家出現。擔任詐騙案集體訴訟起訴人的證券律師與認定這些公司的股票將會崩跌的股票放空者，成了少數的獲益者。

以歷史為鑑

儘管如此，一些帶來希望的訊號在這十年的後期逐漸浮現。尤其是美國證管會（SEC）主委亞瑟・李維特（Arthur Levitt）對於這類不斷引發軒然大波的事件實在是受夠了，他以傳教士的熱誠，採取兵分三路的策略來處理這些事件。

首先，他指示證管會幕僚訂定明確的指導原則，明訂企業在提報證管會的檔案中所禁止採用的會計運作。證管會因而發布了三項新的幕僚會計公告（Staff Accounting Bulletins, SAB 99, 100 與101）；其中，它要求證管會相關人員對於違反規定的公司應

予以警示，並要求這些公司盡速進行必要的修正。第二步，證管會開始稽核查核公司／人（主要是前五大會計公司[2]），以確認他們是否確實符合超然獨立的標準。第三步，證管會開始針對一些證券分析師在未進行客觀的審查評估前，就大肆為某些公司股票（尤其是那些支付投資銀行高額費用的企業）宣傳的行徑，是否具備足夠客觀性進行調查。

發現早期徵兆

在1993年完成這本書的初版後，我成立了一個研究與訓練機構——財務研究與分析中心（Center for Financial Research & Analysis，以下簡稱CFRA），專門研究企業盈餘的品質，將那些會誤導投資者的會計外衣一一揭穿。CFRA幫助機構投資人、債權人以及投資大眾，及早發現公開發行公司的營運問題或會計異常情形；我們的網站（www.cfraonline.com）包括超過1,500家北美與歐洲企業的報告，並每天進行更新。

本書採用的是CFRA在企業股價崩跌前所發現的警訊，不像十年前的初版及當前其它揭弊的報導主要是以美國證管會執行公告中的個案研究，或其它在股價崩跌後才公開發表的文章為討論焦點。幸運的是，CFRA的分析師們對於初版中的各個案例已有

譯注：

2.【五大會計公司】世界五大會計師事務所包括：安達信（Arthur Andersen）、眾信聯合（Deloitte & Touche）、致遠（Ernst & Young）、安侯建業（KPMG）、資誠（PricewaterhouseCoopers）。

透徹了解，因此能領先多數投資人與債權人，發現許多弊端的早期徵兆。

投資人站起來

在本書的第二部分，讀者將見識到企業常用來愚弄投資人及連查帳人員也會上當的 7 大類財務騙局與相關騙局中慣用的30種會計花招。相信藉由本書，讀者將可練就發現財務騙局早期徵兆的好本領，而成為較成功的投資人與負責任的債權人。

識破財務騙局的第一本書

Financial Shenanigans

序文

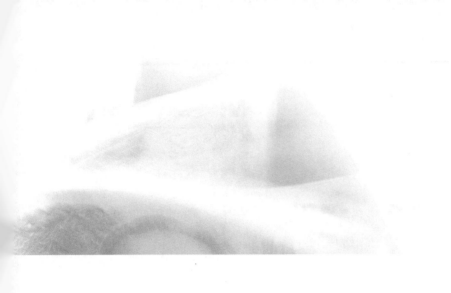

第一部
基礎的建立

1

你永遠有辦法
愚弄一些人

提到「華堡」（Whopper）這個名詞，許多漢堡愛好者會馬上聯想到速食業巨人漢堡王。本書第一章的故事內容比起華堡的餡料是稍少了一點，但卻讓人胃裏翻騰得更為激烈，我們將它們命名為「財務騙局之華堡四部曲」。

華堡第一部
20世紀最大會計弊案先登／CUC

先登／CUC的故事源於1980年代中期，當時該公司的名稱仍為CUC（先登公司成立於1997年底，是由CUC與HFS二家公司合併後改名而來）。CUC的業務非常單純：銷售各式各樣的俱樂部會員資格給顧客；不過，它的會計帳目卻不像它的業務那麼直接與清楚。

在1998年騙局爆發前，有12年以上的時間，CUC的中高階經理人利用各種不同的巧妙手段，來膨脹該公司的營業利益。一

直到CUC與HFS合併，也就是先登公司誕生的幾個月後，整個騙局才逐漸曝光（由於這個騙局是發生在未合併前的CUC公司，因此我們將此案例公司稱為先登／CUC）。我們將整個先登／CUC的事件年表摘要如表1-1。

調查人員查核相關紀錄後發現，該公司經營階層在1996年1月，及1997年1月、12月結算的會計年度報表中，共虛灌了5億美元以上的營業利益。而在這些金額中，有一半以上，也就是大約2.6億美元，被列記為1997年12月結帳會計年度的收入。

愈滾愈大的騙局

在CUC成立的早年，該公司經營階層已經採用獨斷的系統來決定會員銷售收入的認列時機，以操控獲利情況。其中，經營階層利用不依法列記會員退會與相關負債來虛灌盈餘。

然而，隨著時間過去，先登／CUC公司愈來愈需要依賴對外的收購與合併，以維持並掩飾這個愈滾愈大的騙局。該公司在一開始就刻意高估相關的收購與合併準備金[1]，而這些經膨脹的準備金後來又被釋出，用來挹注營業利益。而一旦經營階層的目的達成後，再以資產來沖銷[2]這些被高估的準備金。

譯注：

1.【準備金】係自保留盈餘中提撥一特定金額作為特定用途，且不得用於股利分配。準備金的種類有許多種，設置的目的亦不盡相同，通常是為達到會計原則中的保守原則。例如銀行針對可能演變成為呆帳的放款提列壞帳準備金，這是在壞帳實現前就預先提列，以提前反映盈餘可能因倒帳的發生而降低。不過這個科目也可能被惡意濫用，如本書所提及的浮列準備金（將未來費用提前在本期提列）以膨脹未來盈餘，或短列準備金（將本期費用移轉至未來再提列）以膨脹本期盈餘等。

表1-1　先登／CUC事件摘要

年別	事　　　件
1976	華德‧佛比斯（Walter A. Forbes）成為Comp-U-Card的執行長，該公司是洗衣機、烘乾機及電視等消費性產品的轉銷商。
1983	Comp-U-Card後來更名為CUC，進行公開發行，每股承銷價為1.21美元，該價位的計算已調整過後來的股票分割因素。
1983	寇斯摩‧科里格利安諾（Cosmo Corigliano）離開Ernst & Whinney（現為Ernst & Young，致遠會計師事務所），也就是Comp-U-Card的查核公司，加入Comp-U-Card並擔任該公司的會計長。
1985	根據證管會事後指出，該公司經營階層為達到華爾街的預期而虛灌年度盈餘。
1990-1993	CUC的股票成為華爾街的熱門標的，自1989年底起，共上漲了1,287%。
1994	科里格利安諾成為該公司的財務長。
1994	9月：CFRA提出第一次警告。
1996	CUC開始進行大規模的收購活動；直到現在，政府機關才將這些收購活動解釋是該公司為掩護其會計騙局所進行的必要手段。
1997	1月：CFRA提出第二次警告。
1997	CUC與HFS於12月合併，成為先登公司，由佛比斯擔任董事長。
1998	4月：在公司股價達到高峰41.69元的一週後，先登揭露其會計違法行為。該公司執行長薛爾頓與副執行長因此辭職。
1998	7月：佛比斯辭職。
2000	6月：科里格利安諾與其他二位前CUC的會計人員坦承詐欺。
2000	9月：證管會宣布調查報告，對這三位相關人員提出控訴。

譯注：

2.【沖銷】在損失發生時將準備金提撥一部分來彌補損失，即稱為沖銷，此時由於在提列準備金時就已先認列費用／損失，因此在進行沖銷時並不需要再認列費用／損失。另外，若用在資產相關科目時，當資產發生無法修復的毀損，便需要將其剩餘價值全數提列為費用，這樣也稱為沖銷。

簡單來說，每年公司的高階經理人都會搜尋所有可以用來虛灌公司收益的管道，再決定要從各個管道中個別擷取多少資源，以達成當年度的目標。這些高階經理人的目的，無非就是要編製出的年度「假報表」顯示公司的一切都在掌控中。

投華爾街所好

每一個會計季度，該公司公告的盈餘數字都正好符合華爾街分析師們對該公司季報的一致性預期。公告的營業利益與預期數字相同，而且每一項主要費用佔營收的比例，竟也都大致上與前一季相同。這一切都是由經營階層一手導演，利用一套審慎且巨細靡遺的整合流程所完成的「移轉工程」；然而，不幸的是，報表上所呈現的一切，與實際情況卻完全無關。

認列營收的花招

先登／CUC的Comp-U-Card部門負責行銷許多不同的會員產品，其付款條件由12至36個月不等。在許多會計期間中，公司並未在認列營收的當期，進行相關行銷成本的攤銷，也就是說，它提前認列營收，但卻延後認列費用。

此外，它也違法將會員退會的部分列入營收的計算，以便對投資人呈現公司穩健且可預測的成長性。為了要做到這一點，經營階層必須先決定每一季所需的營收，接下來再將遞延[3]營收移

譯注：

3.【遞延項目與應計項目】通常權利與義務的期間在下一年度者稱為應計項目如應付費用或應收帳款，而在下以年度以後者則稱為遞延項目。

轉至當期列記。先登／CUC假造不實的簿記分錄，刻意低估會員退會的準備金，而且不時將退會準備金或應付佣金直接移轉成營收或營業費用。

然而，到了1990年代中期，該公司會員資格的銷售情況惡化，騙局似乎再也維持不下去了。由於對成長性的急切渴求，迫使先登／CUC的管理階層加速追求其它方式來維持成長力的騙局，那就是合併與收購準備金。

巧妙運作合併與收購準備金

在先登／CUC的陰謀中，顯然最大宗的金額是來自合併與收購支出，在合併完成後，該公司再逐漸將這些支出金額移轉成為未來各期的營業利益。

食髓知味後，該公司變得愈來愈貪得無厭，所進行的交易也一個比一個大。因為較大的合併案可能衍生較高額的合併準備金，而這些高額的準備金足以在接下來的幾年中，繼續幫助公司掩飾這些騙局。在1996年，先登／CUC進行了數個收購案，並設置了非常巨額的合併準備金，而經營階層們也準備利用此一巨額準備金來膨脹未來幾年的盈餘。

此時，問題卻來了，那就是先登／CUC的業務老早就已經搖搖欲墜了，經營階層實際消耗準備金的速度當然也就較先前計畫得快。到了1997年，先登／CUC對於新的大型合併案的態度已經幾近渴求，於是它鋌而走險的與先前談判決裂的HFS公司再度展開協商。經協商後，先登公司的合併協議在當年5月份出爐，而該案所衍生的合併準備金，可能大得足以繼續掩蓋整個騙局。

以資產來沖銷先登合併案的準備金

接下來，藉著先登合併案與1997年12月結帳時機，經營階層又發展出另一套利用準備金來造假的詭計。在合併案完成的前一刻，經營階層便已設計好另一個騙局，他們先是未依法沖銷先登／CUC公司的毀損資產，接著，在1997年12月的年終結帳時，經營階層安排了高達數百萬美元的損毀資產，來沖銷新公司的合併準備金。

總括而言，利用毀損資產來沖銷1997年12月的準備金，加上未在損毀發生的年度進行這些損毀資產的認列，讓該公司成功的利用人爲操控的方式，分別將1996年1月及1997年1月、12月結帳的幾個會計年度營收各膨脹了600萬、1,200萬及2,900萬美元。

1998年4月16日、距1997年12月合併案數個月後，新成立的先登公司首度提報10-K年報（見66頁），短短二個星期內，該公司揭露了過去所有相關的會計違法行爲。先登的股價自35.63美元劇挫至19.06美元。7月14日當天，又傳出了更多的壞消息，包括：會計違法行爲的程度遠較原先所預期的還要嚴重，而該公司也必須重編前三年的財報。股價因此惡耗再度重挫，7月16日以14.63美元收盤。一直到1998年秋天，它的股價才從9美元開始走出谷底。（見圖1-1）

騙局拆穿後的罰責與財務賠償

在2001年的恩龍（Enron）災難發生前（在第十七章中將詳述該事件始末），先登／CUC的案例被稱爲是史上最大的會計騙局，投資人損失約190億美元。而導演這個大規模、長達13年騙局的幕後黑手，又受到什麼樣的懲罰呢？2000年6月，三位被控

圖1-1　1996至2001年先登股價走勢

詐欺的高階主管分別是前任財務長科里葛利安諾、會計長安‧潘柏（Anne Pember）以及前任會計師卡斯柏‧薩巴提諾（Casper Sabatino）。其中，科里葛利安諾在聽證會中驚爆內幕：這個騙局始於1983年，也就是他投效該公司與公司股票公開發行的那一年。2000年9月，證管會發布它所完成的調查報告，這三位前任經理人因造假帳遭證管會的控告。2001年2月，位於新澤西州紐渥克的聯邦大陪審團也控告這三位人員詐欺。一旦判刑確立，至少須服刑十年。

此外，該公司亦面臨接連不斷的訴訟案，先登／CUC共支付了投資人28億美元，以做為賠償金，而致遠會計師事務所則同意支付3.35億元的賠償金。該公司現任的經營階層並針對一些異常的事件對查帳人員提出民事告訴，他們聲稱這些查核人員對整個騙局不但瞭若指掌，甚且協助掩飾相關的計謀。當然，這些查

表1-2　先登／CUC案例的警訊

問題表徵	實際事證	騙局種類
激進的會計處理方式： 將本期的費用移轉至下期	• 將行銷成本予以資本化。	第四類
激進的會計處理方式： 將未來的費用移轉至本期 並在未來釋出準備金，以 虛灌盈餘	• 透過每次的收購案，提列巨額的重整 支出（設置準備金），以虛灌盈餘。	第七類
	• 在接下來的期間中，再將這些準備金 釋出，以虛灌盈餘。	第五類

帳會計師們否認了這樣的指控。

警訊與教訓　事實上，先登／CUC的案例顯現出許多典型的警告訊號（表1-2）。第一，為了要虛灌提報盈餘，該公司早期處理行銷成本的會計方法就已過度激進，而當業務開始走下坡後，它竟採納非常劣質的建議案──收購營運困難的公司，或收購與公司營運領域毫無關聯的企業。該公司收購企業的目的與發揮營運綜效毫無瓜葛，而是要利用收購的機會，產生巨額的支出並創造準備金，且在隨後的期間中，再分批釋出這些準備金，以人為的方式來虛灌盈餘。在接下來的幾章裡，我們將針對這所有種種相關的會計伎倆進行探索與解析。

華堡第二部
科技界最大的會計騙局英孚美

自半個多世紀前、惠普成立以來，矽谷便因科技革新的成就，受到世界各地的喝采與肯定。然而，資料庫管理公司英孚美（Informix）卻害矽谷被喝倒采：它以科技界最大的會計騙局，拿下「寡廉鮮恥獎」。

揭穿光鮮的表面

直到1997年3月當季結束前，英孚美還經常在媒體前宣稱自己是資料庫軟體產業中成長最快速的公司。該公司公告1996年銷貨收入為9.39億美元，較前一年度成長32%，而在1996年初，它的市值就已經達到46億美元了。不過，實際情況並非表面那麼絢麗。

烏雲在1997年首次浮現，當時正值該公司公告其第四季獲利報告。英孚美在它的年報中揭露了兩項令人擔憂的資訊：它開始對經銷商開放以物易物（非貨幣交換）的交易；此外，它的轉銷商竟無法為它的產品找到最終使用者（也就是買主）。這則新聞迅速惡化，不過一天的時間，英孚美出乎意外地公布1997年第一季的營業收入將僅介於5,900萬至7,400萬美元，較1996年第一季衰退，因為來自轉銷商購買承諾的部分已枯竭。華爾街對這則新聞完全沒有心理準備，因此該公司股價下跌了34.5%，總市值從23億美元遽降至15億美元（見圖1-2）。

約在調降營收預期二週後，內部稽核人員[4] 得知，該公司在1995、1996年間與幾個歐洲客戶的部分交易可能涉及會計違法行為。然而顯然這些稽核人員由英孚美的前任雇主手上拿到好處，於是當時的經營階層與外部法律事務所連手展開一場更正式的調查行動。

譯注：

4.【內部稽核人員與外部查帳人員】英文用字皆為auditor，在國內一般慣稱公司內部auditor為稽核，外部auditor為查帳人員（多半為會計師）／查帳公司（會計師事務所／公司）。

識破財務騙局的第一本書

圖1-2　會計弊案揭露對英孚美股價影響

到了6月時，他們發現公司與客戶間有許多「附帶協議」（side agreement）存在。其中一個案例是，公司同意客戶將付款期限延後至1998年底，大約是銷售日期的2年之後，這與正式簽訂的銷售合約是互相牴觸的；因為正式合約上所規定的付款期限為1997年11月，符合會計法規對營收認列的規定（相關的規定是：未來12個月內付款完畢的交易才能認列營收）。

實際上，該公司的許多這類附帶協議根本允許客戶取消買賣，而相關的銷貨收入當然也就成為虛灌的數字。當一組新的高階經營團隊接手公司的營運後，才發現這一連串的會計違法事件，他們不得不痛下決心，在1997年8月7日公開宣布它將重編所有有疑問的財務報表。

英孚美新經營階層與其查帳人員共查出超過100項、總金額高達1.14億美元的交易涉及會計違法行為，其中多數是1995、

1996年間與轉銷商的交易。由於這些違法行為數量驚人，所以該
公司及查帳人員決定，1996年前三年內所有類似交易都必須重
編，要等到這些轉銷商將其執照轉銷給最終使用者後，才得以認
列相關的營收。

　　1997年11月，該公司修訂它1996年的年報（10-K格式），並
將1994至1996年各個會計年度的財務報表予以重編。而重編後
的財務報表與先前的數字差異究竟有多大呢？答案是英孚美共虛
灌了3.11億美元的營業收入（17%），以及2.44億美元的淨利
（1,835%）！在這段期間所提的25.3億元盈餘中，事實上僅有
1,330萬（也就是總數的5%）是合法的利潤（見表1-3）。報表重
編的結果，亦對公司先前提報的1996年各季營收及盈餘產生影響
（見表1-4）。

　　警訊與教訓　英孚美利用不同的計謀來提高營收數字，甚至

表1-3　1994-1996年間英孚美所公告的淨營收與淨利

年別	淨營收（百萬美元）			淨利（百萬美元）		
	原始提報	重編後	浮報%	原始提報	重編後	浮報%
1996	939.3	727.8	+29%	97.8	(73.6)	+233%
1995	714.2	632.8	+13%	97.6	38.6	+153%
1994	470.1	452.0	+4%	61.9	48.3	+28%

表1-4　英孚美提報1996年各季的淨營收與盈餘

季別	淨營收（百萬美元）			淨利（百萬美元）		
	原始提報	重編後	浮報%	原始提報	重編後	浮報%
第一季	204.0	164.6	+24%	15.9	(15.4)	+203%
第二季	226.3	159.3	+42%	21.6	(34.1)	+163%
第三季	238.2	187.1	+27%	26.2	(17.1)	+253%
第四季	270.8	216.8	+25%	34.2	(7.1)	+587%

表1-5　英孚美案例的警訊

問題表徵	實際事證	騙局種類
激進的會計處理方式： 過早認列營收或認列品質有疑問的營收	• 回溯執照銷售合約日期。 • 與客戶簽訂附帶協定，賦予這些客戶退費或其它特權。 • 認列信用不佳轉銷商的交易營收。 • 將軟體維修合約所衍生的收入認列為軟體執照費營收。	第一類
激進的會計處理方式： 列記虛構的營收	• 將對客戶的侵權索賠金列入營收。 • 透過向客戶購買電腦硬體或服務，以退還客戶所支付之全數或大部分的執照費。 • 支付虛構的顧問或其它費用給客戶，這筆費用將被客戶當作執照費再付給英孚美。	第二類

列記虛構的營收（見表1-5）。在許多案例，該公司給予它的客戶一份附帶文件，文中對銷售條件進行實質修正，甚至允許客戶取消該筆銷售。其中公司所涉及的詐欺運作，包括回溯執照銷售合約日期、與顧客簽訂退費或其它特權的附帶協定、認列與信用不佳的轉銷商所完成的交易為營收、將軟體維修合約所產生的收入認列為軟體執照費收入，並將顧客侵權索賠金認列為收入等。

華堡第三部
廢棄物管理公司憑空讓費用消失

名列CFRA「丟人紀念館」的第三家公司是經營垃圾清運的廢棄物管理公司（Waste Management, Inc.）。先登／CUC與英孚美中的罪犯是透過不可思議的手法憑空捏造營業收入，而廢棄物管理公司的專長卻在於讓費用消失，而且自古以來，沒有人做得

比它更完美。

證管會從1985年開始便針對企業財務騙局案例對會計個體提出首宗告訴，而據證管會估計，廢棄物管理公司自1992年至1996年間所膨脹的稅前盈餘高達14.3億美元，是個著實令人震驚的數字，而該公司的查帳公司安達信（Arthur Andersen）同意支付的罰金（針對查帳人員）高達700萬美元，也是當時天價。不過，這都只是開始而已，安達信後來又同意支付2.2億美元的賠償金，給在該事件中提出訴訟的股東們。

完美的計謀

在1990年代初期的幾年間，廢棄物管理公司開始在廢棄物管理與垃圾清運的領域中登上主導的地位。1995年時，該公司的銷貨收入已超過100億美元，然而事實上，它大部分的成長卻是來自收購。在1993至1995年短短三年間，它花費了數十億美元收購了高達444家的公司，而這些收購案當然也衍生了許多一次性支出[5]；這類特別支出對1991至1997年的廢棄物管理公司而言可說是家常便飯，該公司利用這七年當中的六年來沖銷相關的費用，總額高達34億元。單是1997年，這種特別支出就高達16億元。由於一般投資人在分析企業獲利能力時，並不會特別留意特別支出，所以廢棄物管理公司怎麼看都「像是」一流的公司。此外，為了避免人們對這些支出起疑心，它利用出售資產所產生的

譯注：

5.【一次性支出／收益】與經常性支出／收益相反，它不屬於一般的營業項目，不常發生，如出售資產、毀損資產的沖銷等。

圖1-3　會計弊案對廢棄物管理公司股價所產生的效應

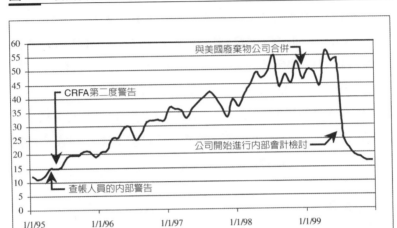

一次性投資利益，直接抵銷（或淨額化）這些沖銷費用。

　　廢棄物管理公司另一項完美的計謀，是將費用移轉至後期，以膨脹本期的獲利，它的作法是：首先，公司將諸如維修保養與利息費用之類的營運成本移轉至資產負債表上，當作是廠房與設備（事實上，該公司坦承也謊報其它事項的費用，諸如汽車、設備、容器等的折舊、資本利息、資產損毀、環境改善準備金相關的採購記帳，以及其它負債等）。接下來，它再以40年為期，針對這些成本進行折舊攤提。結果是，一般的營業成本被分攤至未來40年中，真是高招！當然，這一切作為對該公司股價所造成的效應，可以從圖1-3得知。

弊案揭露總在合併後

　　與先登一樣，所有相關的會計瑕疵在一項主要收購案後隨即浮現。1998年7月，廢棄物管理公司與美國廢棄物服務公司

（USA Waste Services）進行合併；次年，在董事會的指示下，公司開始針對會計紀錄、系統、流程以及內控方面進行全面性的內部檢討。而檢討的結果讓廢棄物管理公司進行了一項調整，這個調整對財務報表產生了重大的影響，那就是提列高達12億元的一次性支出；此外，還提報了更令人頭痛的事項，他們發現在公司內控制度下所提供的資訊並不可靠。在1999年9月當季的季報中，對此情形的描述如下：

經向獨立的公共會計師諮詢後，本公司所做出的結論是，在公司內部控制系統下所完成的年中財務資訊，並不足以提供獨立的公共會計師合適的基礎，供他們完成對本公司1999年9月30日前三季各季資料的檢核。

查帳人員的角色

令人驚訝的是，安達信事務所中的查帳人員雖然早已查出廢棄物管理公司不當的會計紀錄，但卻選擇不積極敦促客戶進行改善。根據證管會的執行公告指出，在有問題的那幾年當中，安達信確實曾將該公司幾項特定的不實表達事項予以量化，例如，在1993年的查核報告[6]中，安達信提出當期與前期的不實表達金額共為1.28億元，這筆金額若列入計算，將使扣除特殊項目前的淨

譯注：

6.【查核意見】會計師對受查公司所提的財務報表是否符合一般公認會計原則，並允當表達該公司的財務狀況、經營實績及現金流量所表達之專業意見。若為無保留意見代表查帳人對企業的財報完全無異議，也代表該企業的財報是合於規定的；若為保留意見(或稱非無保留意見)則代表對財報中的任一部分持有不同的意見，依規定應將不同意見的部分分別述明。

利降低約12%。

然而，該事務所的合夥人卻認定這些不實表達事項並不具重大影響性，因而針對該公司1993年的財務報表出具無保留意見（unqualified opinion）的查核報告。

隔年，該公司還是繼續進行相關的會計運作，並使不實表達量化金額與其它已知且疑似不實表達的金額升高。然而就像之前一樣，當安達信的執行董事、經營合夥人及查核部門的主管再度被諮詢時，他們還是炮口一致的對該公司的財報發表有利的看法。不像先登／CUC與英孚美的案例，廢棄物管理公司的查帳人員顯然非常清楚實際的情況，但卻用另一種角度來看這些不法的問題。

我們再來看看查帳人員在1995年查核報告與廢棄物管理公司呈報證管會歸檔的1995年10-K表格完成後，所進行的內部討論。當時，安達信準備了一份備忘錄，清楚表達它非常不認同該公司以一次性利得來抵銷特殊支出，但卻又不揭露相關內容的作法。該備忘錄討論的是廢棄物管理公司以1996年一項交易的利益來抵銷1995年另一項交易，但卻未進行相關內容的揭露。備忘錄中指出，安達信發現：

> 該公司非常敏感的不提列特殊支出（為消除過去幾年以來資產負債表上所累積的誤謬與不實表達），反而用「其它利得」來掩飾這些支出，以修飾資產負債表……。
>
> 我們不贊同經營階層在將利得與支出項目互相抵銷的同時，卻不做任何揭露。我們已與公司經營階層經過非常強力的溝通，因此，接下來已經是屬於證管會的管轄範圍了。我

們將持續監控這個趨勢,並廣泛評估該公司不願揭露的所有項目對整體財報表達與當年度盈餘所可能產生的任何實質影響。

雖然安達信表達了它對廢棄物管理公司採用抵銷法的疑慮,但它並未撤回1995年的查核報告,也未採取任何動作來防止該公司在1996年繼續利用這個技巧來消除財報中的本期費用與前期不實表達的項目。

1995年的內部備忘錄並非單一事件,事實上,安達信的查帳人員每年都清楚這個問題,但卻選擇不力促客戶進行改善。為什麼呢?難道這些查帳人員與廢棄物管理公司的關係太過親近了?讓我們來看看以下的幾項事實:

- 自從廢棄物管理公司於1971年成為公開發行公司以來,安達信便負責該公司的查帳工作。
- 自公開發行至1997年,廢棄物管理公司的財務長與會計長先前都曾任職安達信,擔任查帳人員。
- 在1990年代期間,大約有14位前安達信員工轉任廢棄物管理公司的職務,多數是擔任主要的財務或會計職務。
- 在1991至1997年間,廢棄物管理公司總部共支付安達信大約750萬美元的查帳費用。在這七年中,雖然安達信的企業查帳費不曾漲價,但它卻以其它名義向該公司總部收取了1,180萬美元的費用,這些費用多數都是有關稅務服務,及與財務報表無關的查核、法規文件、諮詢服務的文件簽證。
- 安達信向廢棄物管理公司總部收取了大約600萬美元的額

表1-6　廢棄物管理公司的警訊

問題表徵	實際事證	騙局種類
激進的會計處理方式： 將本期費用移轉至下期	• 違法將垃圾掩埋成本、利息費用以及其它營運費用予以資本化。	第四類
激進的會計處理方式： 將未來的費用移轉至本期做為特殊支出	• 每一期都會發生一些特殊支出。	第七類
激進的會計處理方式： 利用一次性利得來膨脹公司的淨利	• 以一次性利得來抵銷特殊費用。	第三類
差勁的控管環境： 查帳人員立場不夠獨立超然	• 與安達信公司的關係太過親近。	一

外費用，該費用與查帳亦無關，其中370萬元是關於策略檢討，他們協助分析該公司的整體營運架構，並推薦一項新的營運模式，還聲稱是為「提升股東價值」而設計。

警訊與教訓　廢棄物管理公司的人為膨脹盈餘多數是透過費用移轉至後期的方式而來，之後，公司再以一次性利得來抵銷特別支出。（見表1-6）

華堡第四部
朗訊讓投資人損失慘重

雖然朗訊（Lucent）所發生的事件絕對不能與惡行重大的先登／CUC、英孚美或廢棄物管理公司的財務騙局相提並論，但由該公司市場價值下降的情況來看，賦予它「華堡」標籤，卻也是實至名歸。先登的股東損失約190億美元，但朗訊的投資人在

圖1-4　1997至2001年朗訊股價走勢

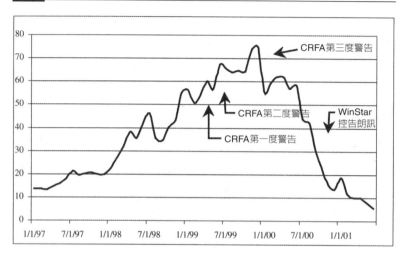

1999年11月至2001年6月間，卻損失了近2,500億美元。（見圖1-4）

光輝的歲月

　　朗訊的故事是由一個非常令人興奮的會議紀錄開始。自1996年4月，朗訊從美台電訊（AT&T）分離出來，獨立成為一家公司的那天起，它的股價在接下來的四年中大漲了約1,000%，後來更成為美國最廣受持有的股票，相較於令人失望的美台電訊，朗訊可說是投資人的最愛。

　　它這麼受歡迎不是沒有理由的，該公司所創造出來的一切──強勁、穩定成長的盈餘與獲利成長率，確實符合華爾街所好。在1999年9月，營業利益達到54億美元，在短短兩年內成長了兩倍（見表1-7）；此外，在同一期間內，淨利更成長了十倍以上。

表1-7　朗訊的營收　　　　　　　　　　　　　（單位：十億美元）

	1999年9月	1998年9月	1997年9月
銷貨收入	38.3	31.8	27.6
營業利益	5.4	2.6	1.6
淨利	4.8	1.0	0.4

好景不常在

　　CFRA自1999年初就開始對朗訊的情況感到擔憂，我們以朗訊趨緩的銷貨收入、不斷升高的應收帳款與存貨，以及激進的會計方法等，對投資人提出兩度警告（見表1-8）。然而，該公司卻仍舊繼續創造非常討投資人歡心的盈餘報告，而股價更是出現飆漲的走勢，而且愈漲愈快，到了1999年11月，甚至飆到81.75元的高點。在隔年1月6日，CFRA發布了非常嚴厲的第三度警告，因為朗訊將軟體成本大幅資本化[6]，並以人為的方式將重整支出回沖，以膨脹獲利。就在CFRA提出警告後的短短一週內，該公司宣布將無法達成華爾街對它在1999年12月當季的獲利預期，使當天股價重挫了25%。

　　對朗訊的股東而言，這僅是惡夢的開始，在接下來的二年，令人失望的事件接二連三不斷地發生。股東們目睹該公司市值自1999年11月的巔峰，嚴重縮水了2,500億美元。最後，由於公司

譯注：

6. 【資本化】企業成本可以分為二種，在一年以內可創造出效益的部分歸類為費用，創造效益在一年以上者則先歸類為資產，待效益實現後再行提列為費用（提列期間在一年以上者），此類成本便歸類為所謂的資本化支出。爆發會計醜聞的世界通訊（Worldcom）就是將高達近40億美元的營業費用資本化，以美化帳面。（相關騙術將在第七章詳述）

表1-8　朗訊事件摘要

年別	事　　件
1999	2月：CFRA第一度警告。
1999	5月：CFRA第二度警告。
2000	1月：CFRA第三度警告。
2000	10月：在1995至1997年間擔任董事長的麥克金下台，由亨利‧雪克特（Henry Schact）接任。調降該會計年度第一季的獲利預測，並將前一年第四季的獲利調降22%。
2001	1月：宣布第一季營業損失為10億美元，並提列16億美元的重整支出，其中包括裁員16,000人，佔該公司總員工數的15%。
2001	2月：朗訊表示它正配合證管會調查過去所提報之不當入帳的銷貨收入。
2001	4月：有關朗訊已經開始使用銀行的信用額度的報導，使投資人認為朗訊可能即將用盡2000年底財報中所提報的38億現金，於是該公司股價隨之跌至四年多以來的新低。這一次重挫讓朗訊股價跌回1996年從AT&T獨立出來以後的價位。
2001	4月：朗訊表示WinStar通訊公司無法履行該公司賣方融資合約中的義務，而WinStar亦針對此合約提出訴訟。事隔不久，WinStar便提出破產保護，並歸咎於朗訊違反融資合約，該公司並對朗訊提起求償100億美元的告訴，消息一出，投資人憂心此案將使朗訊的處境雪上加霜，且可能導致該公司瓦解，股價再挫。

的存續與否變得非常具爭議性，因此朗訊宣布進行大幅裁員，並開始尋求合併的夥伴。

　　警訊與教訓　先登／CUC、英孚美或廢棄物管理公司，都是屬於大型的會計騙局，然而，朗訊的情況卻不同，它的情況是一個岌岌可危的公司在前後大約一年多的期間，利用激進的會計方法來掩飾公司營運惡化的眞相。在1998年晚期，朗訊腹背受敵，一方面銷貨收入劇減、儲備現金與遞延營收降低，另一方面，應收帳款與存貨餘額卻大幅竄升，這些情況迫使朗訊開始採取較爲激進的會計方法。尤其是爲了提高盈餘，朗訊不僅未依法沖銷毀損資產，並開始將部分軟體成本予以資本化、竄改部分退

休基金假設並釋出相關準備金，以及增設收購相關的新準備金
——這部分看起來應該是為了要美化未來各期的盈餘（見表1-
9）。這所有相關的會計騙局，都將在後續章節中詳細介紹。

表1-9　朗訊公司的警訊

問題表徵	實際事證	騙局種類
營運問題	• 1998年12月當季的銷貨收入成長5.5%，較9月當季的22.8%大幅降低。 • 應收款項（應收帳款收現天數）大幅竄升。 • 存貨（存貨週轉天數）暴增。	一
激進的會計方法： 營收過早入帳	• 重編2000年的盈餘，將不當列入營收的1.59億元剔除。	第一類
激進的會計方法： 竄改會計假設以降低負債	• 修訂退休基金的會計方法與假設。	第五類
激進的會計方法： 竄改會計假設以降低負債	• 調降對問題帳戶的備抵金額，並將先前的準備金予以釋出，而不顧應收款項上升32%的現實。 • 即便存貨餘額持續增加，仍調降過時存貨的備抵金額，目的是降低提報費用金額。	第四類
激進的會計方法： 以一次性利得來膨脹盈餘	• 在1998會計年度中，列記5.58億元的退休基金收益，約佔當年度總收益的16%。	第三類
激進的會計方法： 將準備金釋出，轉入盈餘	• 將先前設置的準備金釋出1億美元，以膨脹營業利益。	第五類
激進的會計方法： 利用十個收購案來創造新的準備金	• 沖銷了24億元（總收購金額的58%）的研發中成本，這些新準備金後來也被釋出，轉入盈餘。	第七類
激進的會計方法： 將本期的費用移轉至後期	• 將內部使用的軟體予以資本化。	第四類

後續章節預告

　　第二與第三章是發掘財務報告中會計伎倆與騙術的入門，在第二部（第四至第十章）則將描述 7 大類財務騙局與其中相關的30種會計花招。

2

用心搜尋便可
察覺眞相

　　財務騙局中，從良性的伎倆到毫無保留的騙術都有，而且任何規模的公司都可能觸犯這些禁忌，從小型、名不見經傳，到位居世界領導地位的公司都可能從事相關的行為。本章將提供讀者判斷一家公司是否採用會計騙術的重要基礎；另外，將特寫一個重要個案研究，討論為何兩家均採不當會計方法的公司：美國線上與美達菲斯，到最後卻有截然不同的命運，一家從此一蹶不振，另一家則發憤圖強，從「地雷」公司轉變為成功企業，並剖析背後原因。本章內容將可以解答所有與騙局有關的關鍵問題。

什麼是財務騙局？特定技巧為何？

　　財務騙局是指企業刻意扭曲公司所提報的財務績效與財務狀況，它們從良性的（修訂會計假設）到極度惡性的（詐欺性的認列虛構的營收）狀況都有。CFRA歸納了企業欺騙投資人或其他股東的7大類財務騙局與30種慣用花招：

財務數字有詭

7大類財務騙局

第一類：過早認列營收，或認列品質有問題的營收

- 即便未來仍有提供服務的義務，但卻已提前認列相關營收。
- 在產品出貨時或客戶無條件接受貨品前就已先行認列營收。
- 在客戶付款義務的期限到期前就先認列相關營收。
- 將產品轉銷給關係企業。
- 給客戶某種有價值的東西，以做為交換條件。
- 以毛額計算營收。

第二類：列記虛構的盈餘

- 列記不具實質經濟利益的銷貨收入。
- 將借款交易中所取得的現金列為營收。
- 將投資收益列記為營收。
- 將以未來採購為條件的供應商退佣列記為營收。
- 將合併前不當保留的營收在合併後釋出。

第三類：利用一次性利得來膨脹盈餘

- 出售價值低估的資產來提升盈餘。
- 將投資收益或利得列為營收的一部分。
- 利用投資收益或利得來直接抵銷營業費用。
- 將資產負債表科目重新分類，並從中創造盈餘。

第四類：將本期費用列為下期或前期費用

- 將一般營運成本資本化，特別是近期內不會再發生的費用。
- 改變會計政策，將本期費用移轉至前期。
- 成本攤銷期間過長，導致成本攤銷過慢。
- 未將毀損資產的價值予以調降或加以沖銷。
- 降低資產準備金。

第五類：未依法列記負債或以不當方式短列負債

- 對未來仍需承擔付款的義務，未依法列記費用與相關負債。
- 透過修訂會計假設的方式來降低負債金額。
- 將有疑問的準備金釋出至盈餘項目。
- 假造退佣。
- 現金一入帳就列記為營收，而不考慮未來是否仍有應盡義務。

第六類：將本期營收轉列至下期

- 設置準備金，並在下期將之釋出，轉列為盈餘。
- 在收購案完成前一刻，不當將營收予以保留。

第七類：將未來的費用移轉至本期，列記為特別支出

- 不當膨脹列為特殊支出的各項科目金額。
- 不當將收購案中的研發中成本予以沖銷。
- 將各項可支配性費用移轉至本期。

設計騙局的基本策略

在所有會計騙術中，多數是採用以下二種基本策略：

- 膨脹本期營收與利得，或短列本期費用以膨脹本期盈餘。
- 短列本期營收或膨脹本期費用，以短列本期盈餘（使下期盈餘獲得膨脹）。

對於膨脹盈餘的策略相信不需要再多做解釋，但刻意讓公司看起來比它實際上還要糟的策略卻可能讓人感到不解。關於這一部分，主要的目的是要將盈餘移轉至未來真正需要盈餘的時機，換句話說，是用來膨脹明日的獲利。表2-1歸納出這些策略間的關聯以及相關的7大類騙局手法。

表2-1　會計策略與騙局手法

科目	策略			
	膨脹本期盈餘	騙局種類	壓縮本期盈餘	騙局種類
營收 （或利得）	• 過早認列營收	第一類	• 將本期營收移轉至 　下期	第六類
	• 認列虛構的營收	第二類		
	• 利用一次性利得來 　膨脹盈餘	第三類		
	• 未依法列記負債或 　不當短列負債	第五類		
費用 （或成本）	• 利用一次性利得來 　膨脹盈餘	第三類	• 將未來的費用移轉 　至本期，列記為特 　別支出	第七類
	• 將本期費用移轉至 　下期或前期	第四類		
	• 未依法列記負債或 　不當短列負債	第五類		

各類騙局間的關係

　　雖然所有的財務騙局都屬於這 7 大類，但部分類別間卻有著非常重要的關聯性與交集。

　　例如，第一類與第五類騙局間關係密切的程度就像表兄弟一樣。當一家公司接獲客戶對未來服務的預付費用，且不當地將該收入立即認列為營收，便同時設下第一類（提早認列營收）及第五類（未認列負債或不當短列負債）的騙局。

　　第二類騙局則與第六類騙局有關。當一家公司不當的將目前所有的營收保留（第六類），將等於是把目前的營收轉列至下期，而虛灌該期營收（第二類）。

　　第五類騙局與第七類騙局間亦存在重要的關聯性。看看以下的例子：一家公司提列巨額的重整支出（第七類騙局，將未來的費用移轉至本期，當作特別支出），並在下一季將這些準備金釋

出，且將費用予以沖銷（第五類騙局，未依規定認列負債或不當短列負債）。

投資人對哪一類的騙局應特別留意？

部分的騙局可以勉強歸類爲良性的，但部分卻可能對投資人造成較大的傷害。一般而言，若比較虛灌營收與在費用上動手腳這二種騙局，前者所造成的後果較嚴重。若一家公司的營收看起來非常堅穩，且它所採用的會計制度非常得宜，一般來說該公司的展望應該是非常強勁的。

程度排列─從合法到詐欺

並非所有的財務騙局都是非法的行爲，也不一定會觸犯一般公認會計原則（GAAP），這包括刻意不實提報公司的財務績效或財務狀況等各式各樣行爲。財務騙局的範圍從還算良性（如成本攤銷過慢，第四類騙局）到極度惡性（認列虛構的營收，第二類騙局）的案例都有。

表2-2依序列出由良性到惡性騙局的程度排列，並舉了幾個例子供讀者參考。

表2-2　騙局的良性／惡性程度排列

較良性 ←			→ 最惡性
1	2	3	4
修訂會計預測	釋出準備金	將營運成本資本化	當查帳人員在清查存貨時，將不實貨品充混在存貨中，以欺騙查帳人員

都不是什麼好事

一點也不意外的是，通常在公司開始採用財務騙術以後，其股價通常不可避免的都會轉趨弱勢；此外，若公司採用極度惡性的騙局，股價的跌幅通常都會非常猛烈，且極可能就此一蹶不振。造成這種現象的原因有二個：

- 通常採用會計騙術的企業，都是為了掩飾營運嚴重惡化的真相，但是這些營運問題其實很快就會被投資人所知悉。
- 這種騙術將使投資人對經營階層的忠誠度失去信心，並導致公司股價在很長一段時間內無法再受投資人青睞。

騙局因何在？

雖然多數人都同意這些會計花招將對財務報表造成扭曲，但許多公司卻依舊採用，理論上，原因是：(1) 有利可圖；(2) 作法簡單；(3) 被發現機率低。

有利可圖

有些經理人樂於藉會計花招，企圖為個人牟利，例如，若經理人的紅利是以銷貨收入及盈餘為基礎，而將這些科目的認列金額提高，又不會有人提出質疑的話，便有足夠的誘因促使這些經理人利用相關的騙局與花招。不幸的是，這類誤導性獎金制度普遍存在於現今的企業界。布魯克學院的教授亞伯拉罕‧布利洛夫（Abraham Briloff）在解釋企業採用財務騙局來操控盈餘的理由時表示，「這是它們的成績單」。主管階級喜歡紅利及其它津

貼，而這一切都是以提報盈餘的高低來訂定。

對具誤導性的經營階層獎勵制度提高警覺 就像一般人一樣，經理人的行爲有相當程度是受到獎懲措施所牽動。由於許多企業以財務報表的數字做爲發放紅利與股票選擇權的標準，所以高階主管與經理人當然傾向於提報對他們較有利的財務報表。同樣的，若企業中部分部門的經理，可能因績效低於平均水準而被解雇或分配較低的獎勵金時，這些經理人通常會不惜一切呈報較好的成果報告。由於這種不得不提出高營收與高盈餘的壓力，經理人可能會以創造性的方式來詮釋一般公認會計原則。

這種過度以公司盈餘做爲獎勵制度的架構，有時候便形成鼓勵會計騙術的環境。麻省理工學院的教授保羅·海利（Paul Healy）的研究顯示，根據實證，經營階層會透過會計流程的取捨以呈報較高的盈餘，而他們亦因此而受惠。

海利教授發現，紅利制度與主管所選擇的會計方法間具有關聯性。當高階主管的紅利已達到公司所規定的上限時，他們便傾向於選擇採用較保守的會計方法，以盡力降低提報盈餘；但在紅利制度並無上限規定的企業，經營階層則傾向於盡力膨脹盈餘。因此，當盈餘已達到特定水準，而高階主管無法獲得更多紅利時，他們便不會有興趣繼續設法提高呈報盈餘，因爲這麼做無法爲自己爭取更多的利益。在這種案例中，經理人將寧願把本期超過最高紅利目標的盈餘遞延至未來盈餘可能短缺的某一期中，以保障自身的收入。

作法簡單

經理人從各種一般公認的會計方法中選擇「適用」的會計方

法（例如存貨評價或無形資產攤銷），所以因不同方法的採用與各式各樣不同的假設，企業的獲利報告便可能出現南轅北轍的結果，但卻依舊符合一般公認會計原則的規定。誠實的經理人努力在各種選擇性與理性判斷中找出最佳的會計政策，以殷實的將公司財務績效呈現給大眾，但可惜的是，寡廉鮮恥的經理人卻濫用一般公認會計原則的彈性，來扭曲財務報告。

而令人驚訝的是，經理人透過會計花招在財務報表上動手腳，竟是非常容易的事。這個驚人事實的成因是：（1）一般公認會計原則的解讀具備非常大的彈性；（2）彈性利用一般公認會計原則其實可以創造出許多膨脹提報盈餘的方法；（3）財務會計準則委員會（Financial Accounting Standard Board, FASB）只有在財務報表的缺陷非常顯著時，才會進行一般公認會計原則的修訂，而從缺陷的發生到原則的修訂，確實耗時過久。

不像稅務法規或其它相關的美國財務部法規，財務會計的標準非常廣泛，因此，經理階層有非常大的彈性可以進行各種不同的解讀。因此，將某一個成本予以資本化或單純的列為費用，或是固定資產攤銷年限的訂定，完全依經理階層的主觀判斷而定。

此外，管理階層可以安排交易架構，或是決定何時、如何執行新的會計法則，使盈餘目標極大化。例如，採用股票獎勵制度[1]（這對帳面盈餘並不會造成影響）來取代其它形式的獎勵制度，在企業界已經愈來愈普遍。同樣地，企業亦可以租賃契約架構的安排，以避免將負債列於報表中（例如採用營業租賃法）。

對過度自由化的會計法則應持懷疑的態度　由於經營階層對公司所提報的數字有絕對的控制權，讀者必須思考企業所採取的會計政策是否過度激進？企業採行不同的會計法則，如存貨方

法、攤銷期間與營收認定政策等的目的何在？此外，想想看企業變更會計政策的原因，以及對這些異動所做的解釋又是為何？

在道德標準以外，判斷力在銀行與保險產業所扮演的角色特別重要。銀行運用判斷力，來決定是否或是何時應將未履行義務的放款予以沖銷。若認定沖銷問題放款的腳步過慢，銀行將會繼續認列不可靠的放款利息，這將導致該銀行財務報表中的資產、利息收入與盈餘都被高估。

注意企業的內部控制是否流於粗劣　除了利用一般公認會計原則的彈性來牟利外，若企業的內部控制制度不完善，也賦予經理階層極大的空間來扭曲財務報告。企業內部控制制度相關的組織架構與企業內部流程，是為了保護企業資產免於損失，及確保公司對外財務紀錄的可靠性。強勢的內控（例如查核與比對）將使經營階層採用騙術的意願降低；若缺乏安全防護與內控的制度，不道德的員工可能並不會因採用騙術而受懲罰。雖然超然的查帳人員可以細查這些內控制度的適切性，但對於使用財務報表的人而言，單是閱讀報表可能很難確認公司內控是否隱含任何缺點。

譯注：

1.【員工股票選擇權／分紅】在台灣，有些公司以現金分配員工紅利，但多數的電子公司（及部分的傳統產業公司）是以配股的方式來分配員工紅利。若是分紅配股，會計帳的作法就是列為盈餘（員工分紅）轉增資（只是資產負債表上權益科目的移轉而已），而不會列在損益表上，作為薪資或紅利科目，當然也就不會影響到損益數字。由於員工分紅（盈餘）轉增資，只會影響到股本，不會列在損益表的費用項，所以會讓企業的費用遭到低估。而目前台灣的企業較少採用股票選擇權，它的情況較為複雜，不過與員工分紅的弊病相似，都是會導致企業短列費用、膨脹盈餘，這也是最為人所詬病之處。

被發現機率低

許多人逃漏稅的理由是認為國稅局抓不到，同樣的，企業也可能以為查帳人員或執法人員無法察覺問題所在，而採用會計騙術。不幸的是，由於以下的原因，他們確實經常都能得逞，即便計謀被揭穿，罰則也通常很小，且須經一段時間後才會定讞。

留意那些未經查核的季財報　會依賴企業季財報與新聞公告來判斷公司財務績效的投資人與銀行業者，應該都相信這些報告都已由外部會計師所認證。然而，不幸的是，實際狀況通常並非如此。事實上，僅有公開發行公司的年度財務報表是需強制依法查核的，季報表則不一定需要。此外，多數公司都未上市，而且極少交由外部會計師查核。當公司在未經查核的財務報表中要會計花招時，被揭穿的可能性並不高。因此，投資人在閱讀季財報時，必須特別的謹慎。

什麼樣的公司最可能採用會計騙術？

雖然對經理人而言，進行會計騙局非常容易，且被揭穿的可能性不是太高，但絕大多數的公司並不會刻意扭曲它們的財務報告。不過，由於我們無法預知哪一家公司將發布誤導性的資訊，因此對任何公司都應抱持質疑的態度，並盡力搜尋問題的早期警訊，這才是最穩健的態度。這類的警訊包括：（1）羸弱的內控環境（例如缺乏獨立的董事或沒有符合資格／獨立的查帳人員）；（2）經營階層所面臨的競爭環境異常激烈；（3）經理階層以令人質疑的特性著稱，或曾被懷疑過。

讀者對於下述類型的公司，應該特別提高警覺：過去維持高

度成長，但目前實質成長率已趨緩的公司；瀕臨崩潰，但卻仍苟延殘喘的公司；近期才公開發行的公司，以及未上市公司等。

　　因爲即使是高度成長的公司，總有一天也將面臨成長動能大幅趨緩的窘境，一旦這樣的局面屆臨，經理人常會興起採用會計騙術的念頭。投資人與債權人應該對這類的公司抱持高度的警戒，以免受騙局所傷。而許多體質疲弱的企業經理人也可能會企圖利用會計花招，來欺騙市場，讓人們以爲公司的問題不如外傳嚴重。對於那些未能達到銀行放款公約所規定的財務標準（如最低淨值與營運資金）的公司，投資人與放款者應該要特別提高警覺。許多透過初次公開承銷（IPO）發行股票的公司，也就是新的公開發行公司，他們的財務報表從未經過查核，而且可能缺乏良好的內控制度，在這種情況下，騙局的存在可能就非常普遍。最後，未上市企業，特別是那些股權集中度非常高且從未經財報查核的公司，更可能設下騙局。

大型財務騙局面面觀

　　如同先前所提到的，部分的會計騙術還算是良性，但有一部分卻是非常惡劣的，讀者有必要認清這兩者的區別。以下將以美國線上（AOL）與美達菲斯（Medaphis）兩家公司爲例，爲讀者說明。

美國線上：奇妙的轉折

　　回溯到1994年，美國線上與目前的媒體巨人：美國線上時代華納公司（AOL Time Warner）仍有非常大的差距。事實上，當

表2-3　美國線上的營收　　　　　　　　　　　　　（單位：百萬美元）

	1996年	1995年	1994年	1993年
營業收入	1093.9	394.3	115.7	52.0
營業利益	65.2	(21.4)	4.2	1.7
淨利	29.8	(35.8)	2.2	1.4
總資產	958.8	405.4	155.2	39.3
遞延訂戶開發成本	314.2	77.2	26.0	─

時在大型且傑出的競爭對手CompuServe與Progidy的環伺下，許多人對美國線上能否倖存確實感到懷疑。

　　當時，美國線上需要投資人挹注非常可觀的資金，但它卻面臨一個足以令人憂心的問題：公司的花費早已大幅超過初期所募集的資本。投資人其實會很清楚地看到這個事實，如果美國線上採用的是較傳統的會計方法的話。

　　1994年，美國線上在計算當期盈餘時，決定將本期行銷成本剔除，這是一個不尋常且激進的會計政策。美國線上決定不將這些成本列為費用，而將之移轉至資產負債表（當作資產），並在未來各期中逐漸將這些成本攤銷掉。表2-3即是這個改變對美國線上的營收、利益以及獲利所產生的效果。

　　次年，該公司的會計政策變得更加激進，獲利情形也變得更加讓人難以理解；該公司將行銷費用的攤銷期間由12個月改為18個月。而自1996年起，美國線上的光環開始消退，股價一路下滑。因為訂戶數量快速成長，事後證實美國線上的基礎設施並不足以滿足消費者的需求。結果一點也不令人意外，大量的訂戶開始退出。事實上，在1996年3月當季，美國線上的訂戶淨增加數量幾乎是零，於是公司又再度將行銷成本的攤銷期間由18個月調整為24個月，以修飾帳面狀況。

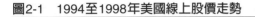

圖2-1　1994至1998年美國線上股價走勢

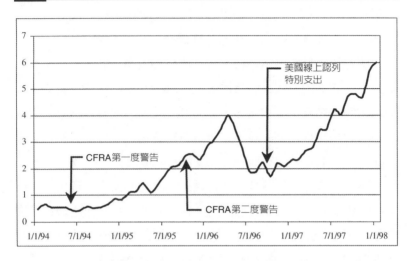

　　至此，曾經非常看好美國線上的人們顯然也已經受夠了這一切，他們忍無可忍的拋出持股，使該公司股價（分割前）由1996年3月的75美元劇挫至9月份時的25元（見圖2-1）。該公司的存續成爲相關人士爭辯的議題，除了訂戶的成長隱憂之外，投資人還對被美國線上列記爲攤銷項目的3.85億美元行銷成本感到憂心，因爲這些成本的攤銷不可避免地將對該公司未來的獲利情況造成衝擊。

　　1996年10月，美國線上的經營階層宣布進行一個大規模的計畫，企圖挽救公司的頹勢，該計畫的方案之一是將上述的3.85億美元的行銷成本列爲一次性、非經常性（且容易被忽略的）的重整支出。

　　在接下來的幾個月與數年間，美國線上的業務好轉，並成爲網際網路資料提供廠商中的主導業者。該公司股價自1996年的低

點上漲了將近20倍,投資人的報酬亦非常豐厚。之後,美國線上甚至利用它高價值的股票來收購網景與它的宿敵 CompuServe。最後,到2000年時,甚至併吞了媒體巨人時代華納。

法官們的反應通常不快,且可能來得太晚　許多年來,美國線上透過激進的方式,將發送數以百萬計的電腦磁碟片給潛在客戶的相關行銷費用予以遞延,以虛灌盈餘。這使美國線上的獲利能力看起來比實際高,並讓它得以有機會透過發行證券的方式來募集現金,並對外進行收購,以支撐它的成長性。

雖然美國線上的會計違法行為並未讓它的激進計畫出軌,但執法者依舊及時掌握到這些問題。2000年5月12日,美國線上繳交了350萬美元的罰金給證管會(但未承認或否認任何罪行),並重編財報,將先前的獲利修訂為虧損,儘管歷經種種事件,該公司還是安全回到了本壘。

警訊與教訓　CFRA 先後提出三次警告(1994年4月、1995年10月及1996年6月),主要是針對美國線上對行銷成本所採的激進且不尋常的會計方法(見表2-4)。美國線上並未將這些成本立即列為當期費用,以沖抵獲利,相反的,它將這些成本推延至

表2-4　美國線上案例警訊

問題表徵	實際事證	騙局種類
激進的會計處理方式: 將一般性營業成本資本化	• 將行銷成本資本化為「遞延訂戶開發成本」。	第四類
激進的會計處理方式: 成本攤銷速度過慢	• 將攤銷期間由12個月陸續延長為24個月。	第四類
激進的會計處理方式: 將未來的費用移轉至本期,作為特別支出	• 改變行銷成本的會計方法,並將3.85億美元的遞延訂戶開發成本轉列為一次性的非經常性支出,予以沖銷。	第七類

未來各期，以膨脹當期的盈餘。到1996年10月，美國線上才終於改採較保守的會計方法，將這些成本列爲費用，同時它還將過去所遞延的成本列爲特殊支出，並予以沖銷。結果，由於不需再沖銷這些攤銷性成本，使未來各期的營業利益因而獲得提升。

美達菲斯：敗在財報不透明

1995年4月，一名CFRA的分析師透過線上搜尋各公司的財務報告，企圖找出任何稱爲「未出貨營收」（unbilled revenue）——它是企業進行激進營收認列策略的訊號，而這也使我們開始注意到醫療資訊公司美達菲斯的情況。根據該公司1994年的存檔紀錄，它將一項合約的相關營收予以百分之百入帳，但實際上它收回的帳款僅佔其中的15%左右。CFRA於是重新計算該公司當年的盈餘，發現在它提報的1,720萬元盈餘中只有310萬元（或18%）是屬於當年度的合理盈餘。

在我們將CFRA的1995年4月份的報告發送給投資人後，這個會計疑雲導致該公司股價大幅下挫（見圖2-2）。不過，立即有8家證券交易商針對CFRA的報告提出強力的駁斥，這也讓該公司股價又開始反彈，至當年年終，股價又回漲了25%。在1996年3月20日，甚至達到歷史天價53.25美元，當時該公司的總市值約爲35億美元。

美達菲斯在1993至95年間的財報，呈現非常亮麗的成長率，其中1995年的營收高達4.7億美元，較前一年同期成長了將近50%，營業利益則較前一年增加65%，達到7,520萬元（見表2-5）。然而，到1996年6月，也就是我們發出第一度警告的一年後，我們注意到了更加嚴重的訊息。美達菲斯將它轉投資其它公

圖2-2　1994至1997年美達菲斯股價走勢

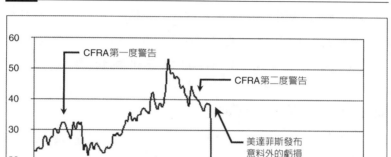

司所分配到的1,250萬元盈餘列爲營收的一部分；當然一家公司擁有投資收益[2]是非常好的事，但公司卻不能任意將之列爲營收。經CFRA的分析師將該筆投資收益剔除，再重新計算該公司的營收與營業利益後，出現了令人震驚的結果：美達菲斯的營業利益竟下降了37%。

表2-5　美達菲斯1994年至1996年間的營業利益

	季報（百萬美元）		
	1996年3月	1995年3月	漲幅
營業收入	136.6	110.1	+24.1%
營業利益	24.0	18.2	+31.9%
	年報（百萬美元）		
	1995年12月	1994年12月	漲幅
營業收入	467.7	319.1	+46.6%
營業利益	75.2	45.6	+64.9%

在CFRA發出第二度警告給投資人的兩個月後，美達菲斯宣布令人震驚的訊息：該公司出現意外的鉅額損失。美達菲斯表示它有一項重要的歐洲合約（有關設計並建構一套電腦化會計系統）出現狀況，公司並已針對該合約提列損失。當天股價（3月時曾達到高峰53.25元）劇挫60%，至14.25元，成交量爲4,200萬股，超過當時流通在外股數7,100萬股的一半。

在接下來的數個月中，情況更加惡化。10月22日，美達菲斯所公布的虧損金額，較它8月份自行估算的數字還要高，股價再跌38%。至此，該公司終於宣布將重編1995年第四季與1995年全年的盈餘數字。

重編財報確實是必要的，因爲它不當認列1995年12月才生效的一個合約與其它未特別指名的交易之營收。這些合約都有附帶條件，它允許客戶可以不履行正式合約的規定。經過重新編列，1995年第四季所提報的營業成果中，淨利自大約400萬元，降至淨虧損110萬元（盈虧差了120%）。依類似方式重編後，1995年全年度的虧損由原先提報的340萬元，提高爲850萬元，增加了一倍以上。1997年3月，公司股價跌至3元，美達菲斯的

譯注：

2.【營業利益與投資收益】營業利益代表企業經營核心業務（通稱本業）所創造出來的利潤，由此可以看出企業在核心業務方面的經營績效。而投資收益代表的是企業由核心業務以外的業務如轉投資、證券投資等方面所取得的收益，這些收益已經偏離企業的經營核心，也可能並不具一定程度的穩定度，由此也無法客觀評斷一家公司的營運績效。所以，對營運的重要性而言，當然是營業利益遠高於投資收益，因爲前者才是真正代表公司的經營績效。把投資收益列記爲營業利益，將使股東及投資人誤認爲公司本業營運情況良好，而無法察覺經營或產業上的問題，導致決策上的誤判，例如過度高估公司的價值等。

查帳人員對於該公司能否存續提出質疑，該公司的會計人員亦認為公司已無能力可以籌足資金來清償負債。

警訊與教訓　雖然過去美達菲斯的營收與盈餘向來維持非常優異的成長，但其中多數是來自該公司快速的收購計畫，而非本業的成長。自1988年起，該公司共完成大約50宗收購交易，在後期的收購速度更有加快的現象。單在1996年3月當季，美達菲斯就宣布了6項新的收購案。此外，CFRA還發現該公司尚有許多和營運惡化及極度激進會計運作有關的其它問題（1995年4月與1996年6月各有一份報告出版）。

其中，營運問題的明顯證據包括：巨額的營運現金流量赤字、大量的未出貨應收帳款，以及急速下降的營業利益率等。而激進的會計方法之警訊包括：透過將軟體成本資本化，以便將部分的營業成本移轉至未來各期；將一個創業投資案的部分投資收益列記為營收等；特別麻煩的部分是與虛灌營收有關的運作，在1996年3月當季，美達菲斯與一家德國電訊公司簽訂一份為期數年的系統整合與工作流程工程系統與服務的契約。（見表2-6）

兩種結局

美達菲斯的情況說明了一個最惡性的會計違法行為，就是列記虛構的營收。該公司將其它投資案所回收的獲利列記為營收，使投資人無法看出它營收大幅衰退（營收實際上僅成長12%，而非原先提報的24%）與營業利益率惡化的實際情況。當真實的一面在1996年8月被揭發，導致投資人的潰逃。

相反的，美國線上所採用的激進會計方法中，雖然將費用移轉至下期，但它的營收數字卻是非常堅穩的，且並未造假。在

表2-6　美達菲斯案的警訊

問題表徵	實際事證	騙局種類
激進的會計方式： 營收過早入帳	• 採用完工比例入帳法，因而在產品未出貨前就已經認列營收。 • 未出貨營收大幅度躍升。	第一類
激進的會計方式： 將投資收益列為營收	• 將由創業投資案中所獲配的淨盈餘1,250萬元列記為1996年3月的營收。	第二類
激進的會計方式： 將一般營業成本予以資本化	• 1995年將3,350萬元（佔稅前盈餘的52%）的費用予以資本化，較1994年資本化的成本金額劇增423%。	第四類
激進的會計方式： 成本攤銷速度過慢	• 1995年將攤銷期間由5年延長為7年。	第四類
營運問題	• 自營運所取得的現金流量急速降低。 • 獲利率大幅惡化。 • 收購營運有問題的公司。	一
激進的會計方式： 將未來的費用移轉至本期， 列記為特別支出	• 提列2,500萬美元的重整支出，並設立一個準備金。	第七類

1996年間的重挫後，美國線上的股價逐漸反彈，並達到更高的水準；然而，美達菲斯的命運卻是大不相同，它的股價持續下挫，一直跌到距高點90%的價位才止跌回升。目前美達菲斯僅是亞特蘭大的柏希科技公司（Per Se Technologies）的一部分。

後續章節預告

第三章將討論如何透過公開資訊來分析財務報告。

騙局追蹤

創造福爾摩斯的作者科南・道爾（Conan Doyle）曾說：「偵探工作就是、也可說必須是一項精準的科學，而且必須保持一貫的冷靜與理性。當你排除所有不可能的因素後，不管剩下什麼，不管它看起來多麼的不可能，也必然是事實。」

福爾摩斯與其他優秀的偵探們必須透過線索的搜尋、所有證據的檢視，以推演出實際的情況。相同的，成功的投資人、債權人與分析師們也必須透過財務報告及其它資訊的審閱，以搜尋線索，並推演出企業過去的實際績效與未來的可能發展。本章將闡述的，就是評估財務實證的流程。

分析師所需具備的必要技術，是發掘企業為掩飾問題而採行財務騙術的早期警訊。本章將討論分析師經常採用的資訊來源（見表3-1），包括能幫助他們系統化切入問題的資料庫調查。

表3-1 資料來源

- 新聞稿
- 證管會存檔資料
- 公司訪談
- 商業資料庫（篩選）

在夢想與夢魘之間

想像你是活在網路年代美國人夢想的生活，你和大學死黨成立一家軟體公司，在前幾年，你夜以繼日的工作，但卻未支領任何現金津貼，不過，你用股票及股票選擇權來獎勵自己與其他重要員工。之後，你開始和投資銀行業者洽談你期待已久的事——首次公開發行。接下來，這個願望終於實現，銀行業者成功的將你公司的股票推廣到大眾的手上。現在，你擁有了人生的第一個一百萬元。但是，這只是開始而已。公司股價在股市開始揚升，漲幅超過1,000％，你成為美國最富有的人之一，而你的年紀根本還未達參選總統的門檻。此時，你成為媒體寵兒，他們待你如貴族。

這便是微策略公司創辦人麥可‧賽勒（Michael Saylor）夢幻般的真實人生。微策略成立於1989年，1998年公開發行，當時，賽勒的股票市值就已超過 2 億美元，但這僅是整個匪夷所思的漫長旅程的開始而已。

在1999年的最後四個月，微策略的股價開始竄升，自20美元上漲至100美元以上（見圖3-1）；十週後，股價甚至飆升至天價333元。賽勒的淨財產價值達到令人難以置信的140億美元，成為美國首都最有錢的人。

然而，在這之後，美夢轉為驚心動魄的惡夢。2000年3月，微策略對投資人揭露，由於它的財報中隱含會計違法行為，所以1997至99年的財報必須重新編製，並由原先提報的獲利轉變為巨額虧損。震驚的投資人開始拋售持股，導致新聞發布當日，股價劇挫了140美元。而這僅是惡夢的開始而已，這檔曾經高達

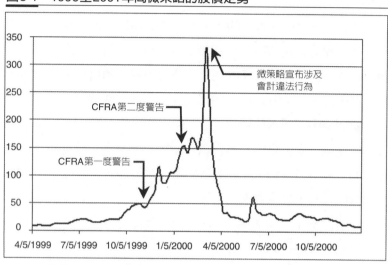

圖3-1　1996至2001年間微策略的股價走勢

333元的股票，一路跌到2001年3月的1.75美元後，才開始觸底
回升。

股價崩潰的原因

　　2000年3月初、資誠會計師事務所（PricewaterhouseCoopers）
對微策略提出1999年無保留意見的財報查核報告（它附在一份股
票發行計畫書中）的幾個星期之後，《財富》（*Forbes*）雜誌對
該公司的會計方法提出質疑。

　　隨後，資誠會計師事務所進行了一次內部調查，並轉而判定
這份經查核的財報確實與事實不符，且具有誤導性。由於像這樣
快速且180度轉變的查核結果極端少見，股價遂像自由落體般重
挫。

懲罰

　　該公司的高階經理人除了坐視他們的淨財產價值減少數十億元以外，還必須被迫將因出售股票而獲得1千萬美元的不當利益繳回國庫，並重課百萬元的罰金。不過這些金額與查帳公司為此訴訟案所付出的5,500萬美元罰金比較，是小巫見大巫。

　　新聞稿中所透露的警訊　在1999年10月5日那一天，微策略發布新聞稿，表示它與安迅資訊（NCR）簽訂了一份合約。在接下來的一個月後，CFRA針對這項第一次見報，卻又頗不尋常的高額營收交易，對投資人提出警告。

　　在新聞稿中，微策略針對這份價值5,250萬元的特許合約，及合夥投資安迅資訊股權等事項進行說明。在合約中，微策略投資安迅資訊以取得合夥股權，而安迅資訊則向微策略購買產品以作為回報，而我們認為該運作像是擲「回力棒」一樣。當時新聞稿的內容如下：

　　在合夥關係的條件下，安迅資訊簽訂了一份價值2,750萬元的OEM合約，為微策略製造全系列的智慧型電子商務產品。……該合約也包括目前已在進行的業務，那就是轉銷微策略產品與個人資訊服務的專利權。此外，微策略也以1,100萬元的代價，向安迅資訊購買其Teradata Warehouse軟體，以強化Strategy.com的網路。

　　依據OEM合約，安迅資訊將成為Strategy.com關係企業的主導成員，負責銷售Strategy.com的加盟權，以及微策略的產品與服務；而微策略將提供安迅資訊未來線上分析系統的技術（OLAP）。微策略亦同意以價值1,400萬元的公司股

票，向安迅資訊購買其TeraCube業務，以及所有相關的智慧財產。

起初，華爾街看起來對CFRA的警告有些擔心，使得該公司股價下跌了10%。然而，由於美林公司的投資銀行家與分析師曾經協助微策略進行次級股票承銷業務，對CFRA的警告函提出嚴正的反駁。此舉緩和了投資人的疑慮，股價隨後轉強並開始強勁回升。

歷史重演

2000年1月底，CFRA提出第二度警告時，微策略的股價已達到100元，較前一年11月提出第一度警告時上漲了一倍。這次，我們再度發現一個不尋常的揭露內容，該公司認列了一個在新聞稿中提及的新創業投資夥伴的相關營收。這次的狀況跟安迅資訊案的手法非常類似，因為該公司同樣在季結算的一個星期後進行新聞稿的發布。這次，合約的對象為交易應用公司（Exchange Application Inc），新聞稿（節錄如下）的發布日期為2000年1月6日。然而，讓人難以理解的是，微策略卻在1999年12月就已經列記了相關的營收。

根據合約的條件規定，交易應用公司將支付微策略一筆3千萬元的初期費用，這筆款項將以現金搭配該公司股票的方式進行付款，微策略將認列這些金額中的三分之一，作為1999年第四季的營收。此外，微策略在未來二至三年間，透過未來eCRM的應用，將可以有額外的3,500萬元入帳。

根據合約，交易應用公司將成為Strategy.com的主導成

員，而身為主導成員，該公司將加入整個網路，負責銷售Strategy.com的加盟權，並銷售微策略的產品與服務。

微策略的故事強調在企業所發布的新聞稿中，可能包含許多重要的資訊。資誠會計師事務所的查帳人員不僅未注意到這個問題，並為這些財務報表背書表示它們是可靠的。其實只要是仔細研讀過微策略在1999年10月與2000年1月新聞稿的投資人，應該不難注意到這些警訊。

擬制性會計遊戲

就像微策略的例子所說明的，新聞稿中所揭露的事項對投資人而言是非常有用的資訊。不過有個問題是，企業有時候會企圖利用一種新的會計標準，稱為擬制性盈餘（pro forma earnings）來混淆實情。這個方法是將企業認定不屬於一般經常性業務所衍生的利益從淨利中予以分離，傳統上，擬制性數字的提供通常是要讓投資人知道有多少盈餘是歸屬於一個全新的業務，或是合併後的業務將可能產生什麼樣的影響。但是，近來部分企業所發布的新聞稿中，列出了利用擬制性標準所做出來的誤導性盈餘，它們用很離奇的手法將公司一般經常性業務成本予以剔除，例如：部分企業在計算擬制性盈餘時，未將以股票為基礎的員工津貼與攤銷費用列入計算。

利用此一主觀的方法進行會計或財務報告的編製，甚至可以將公司的虧損轉變為獲利。電腦組合國際公司（Computer Associates International）就出現了這樣的狀況。該公司的會計方

法在2001年4月的《紐約時報》專欄中曾受質疑。電腦組合國際透過改變軟體銷售條件與相關入帳方式，導致2000年第四季所提報的擬制性每股盈餘達到42美分，較採用一般公認會計原則所計算出來的每股虧損59美分有極大的差距。不過，該公司主管卻辯稱，新的表達方式實際上是比較保守的，因此改變會計方法的目的絕不是為了提高成長率。

採用類似手法，電訊傳輸巨人奎斯特國際電訊公司（Qwest）在2001年1月份的新聞稿中指出，提報當季未扣除利息、所得稅、折舊與攤銷前的盈餘（或稱EBITDA，是擬制性會計的一個項目）為20億美元，而股東則一直到數個星期後才在年報的註記中發現，若以一般公認會計原則的方法計算，該公司實際上是虧損了1.16億元。

證管會對擬制性會計花招感到不悅

證管會早已注意到這些陰謀，該會的會計長林恩·透納（Lynn Turner）在2001年3月的演講中，抨擊企業以這種揭露方式，無異是想要「將稻草變成黃金」。他表示企業獲利固定化的迷思已經導致許多公司捨棄提報每股盈餘（EPS），轉而提報加裝了渦輪增壓器的擬制性的「EBS」——什麼都有，就是沒有壞消息（Everything but the Bad Stuff）。

巴菲特的看法

投資大師華倫·巴菲特（Warren Buffet）曾經打趣地比喻這些創造擬制性標準的經營階層們，就像是生平第一次射箭的人，這些人在箭射出後，先確認它的行進方向，才在可能落下的位置

表3-2　擬制性與一般公認會計原則算出不同每股盈餘（2001年3月當季）

公司別	擬制性	一般公認會計原則	差異
JDS Uniphase	$0.14	−$1.13	1.27
Checkfree	−0.04	−1.17	1.13
Terayon	−0.43	−1.01	0.58
亞馬遜	−0.22	−0.66	0.44
PMC-Sierra	0.02	−0.38	0.40
康寧	0.29	0.14	0.15
奎爾通訊	0.29	0.18	0.11
思科	0.18	0.12	0.16

畫上鏢靶的紅心。運用類似手法，這些經營階層先決定想要強調的問題，之後再提出相關的論點來進行闡述。所以說，像這樣自己為自己的考試出題的競賽方式，根本是不太可能出現任何失誤的。

　　由表3-2可以看出在這些科技公司新近公布的財務數據中，以一般公認會計原則為基礎所計算出來的盈餘和以擬制性標準所算出的盈餘有非常大的差距，顯然後者是被嚴重膨脹的。以全球最大的光纖通訊元件廠商JDS Uniphase為例，它實際上每股虧損1.13元，但以擬制性標準揭露，則是每股獲利0.14元，差異非常大。

財務資料的蒐集

　　公開發行公司財務資料[1]的最主要來源是它們呈交證管會存檔的相關文件。第四至十章中所討論的財務騙局，在證管會的檔案中都可以觀察得到。這些檔案可分為二大類：定期性與非定期性的呈報事項。所有公開發行公司均需定期呈送年度報告（10-K

表格與股票代理委託書）與季報（10-Q表格）；此外，當有特殊事件發生，如內部人出售股票（第144號表格）、公司向大眾發行新股或向大眾集資借款（登記事項S-1或S-4），或其它特殊事件（8-K表格）等，均需進行提報。

搜尋非美國公司的資料就較困難了，因為證管會對未在美國境內證券交易所交易的外國公司的提報規定較不嚴謹，這些公司幾乎從未將季報提交備檔，且年報只需要在年度結束後180天內提交即可（美國企業為90天內）。雖然如此，外國公司一般都會在自己的網站揭露最近一期的半年報。

開始著手搜尋財務騙局

當這些文件已經拿到手，讀者便可以開始著手進行騙局的搜尋。那麼，應該從什麼地方開始呢？有趣的是，你不應由資產負債表、損益表或現金流量表開始（第十二章將以MiniScribe公司為例，討論如何自這些報表中查出騙局），而是應該由附帶性的訊息如會計師查核報告、股東代理委託書、財務報表的註記事項、總經理致詞、經營階層的意見與分析（management discussion and analysis, MD&A），以及8-K表格等開始著手。表

譯注：

1.【公開發行公司的財務資料】台灣的證券暨期貨發展委員會（證期會）也規定，企業必須按時提報財報與其它各項的申報事項。在證交所及櫃買中心的「股市觀測站」（www.tse.com.tw、www.otc.org.tw）中可以查到非常詳盡的上市／櫃公司財務資料與重大訊息之發布，當然另外也有許多專業雜誌及商業資料庫負責整合這些資料，不過多數都是以「股市觀測站」上的資料為基礎。

財務數字追蹤

企業提報存檔項目一覽表

定期性呈報檔案

1.年度

(1) 10-K表格* 所有公開發行公司每年均需完成10-K表格，向證管會提報詳細的財務報告。這份報告需經外部會計師查核，並於會計年度結束後的90天內完成呈報作業。

(2) 年報 公開發行公司通常利用年報向股東報告每一年度的財務成果，此一報告是表格10-K的濃縮版，它包括基本的財務報表、附帶的註記，外部會計師的報告以及公司總經理的致詞。

(3) 股東代理委託書 股東代理委託書上的相關報表是年度股東大會前寄給股東的資料。此一文件主要是向股東解釋一些須訴諸表決的議案，包括例行性的項目如會計（查核）公司的重新聘任等。更重要的是，它包含經營階層津貼、經營階層股票選擇權、經營階層與董事的特殊待遇、關係人交易以及查帳人員的異動等。

2.季度

10-Q 表格 公開發行公司必須在每季結束後的45天內，採用10-Q表格格式呈送季報。此一報告遠不若10-K表格詳細，且不需經過會計師查核。它包括資產負債表、損益表、現金流量表、註記與經營階層意見與分析等。

不定期性呈報檔案

(1) 8-K表格 企業必須利用8-K表格，向證管會呈報諸如公司控制權的改變、收購案、處分案、查帳人員異動、董事辭職以及破產等特殊事項。企業必須在這些特殊事件發生後15天內向證管會提報，不過查核人員異動則例外，必須在事發後5天內提報。

(2) 第144號表格 內部人在買進或賣出股票時均應提報。

(3) 證券發行公司申報報表 當公開發行公司計畫發行有價證券，必須先提報此報表（採用S-1表格，首次公開發行的公司採S-18表格）呈交證管會存檔，包括公開說明書與其它事證。公開說明書描述公司的背景資料、財務績效與未來計畫等，是一個非常詳盡的業務計畫。它所提供的內容是預測公司未來前景的重要線索。

註：*公開發行公司必須呈報建檔的是10-K表格、年度股東報告以及股東代理委託書。這些文件所揭露的事項可以彈性列示，如此一來讀者便可以將這三種備檔文件當作一份整合文件來閱讀。一份典型的10-K表格包含以下幾個部分：經查核的資產負債表、損益表、現金流量表、財務報表註記事項、經營階層意見與分析、會計師查核報告、流動性情況與資本支出等。

3-3列出在前述這些項目中，讀者應該注意的問題。

會計師查核報告

由於查帳人員已花費數週檢視這些財務紀錄與會計花招，所以第一步應先閱讀查核會計師意見。一般而言，這種意見書都是

表3-3 利用文件來發現騙局

項目	應注意的相關訊息
會計師查核報告	未表達意見，或持保留意見；查核人員過去的聲望。
股東代理委託書	訴訟、高階主管津貼、關係人交易。
註記	會計政策／相關政策的變更、關係人交易、或有事件或承諾。
總經理致詞	內容坦誠度。
經營階層意見與分析	經營階層的意見與特定的簡要揭露事項、註記揭露事項是否一致。
8-K表格	會計政策出現不一致性。
申報表	過去績效、經營階層與董事的品質。

「乾淨」的觀點。然而，若查核人對該公司財務狀況或財務報表的公平性持強烈保留態度，他們一般會對此報告提出「保留意見」。

　　注意保留意見　投資人在投資被查核會計師持保留意見的公司時應特別謹慎，尤其是當該保留意見是當前令人憂慮的事項。致遠會計師事務所的查帳人員給予卡洛可電影公司（Carolco Pictures）的1991年財報意見就是如此。致遠在該公司虧損2.65億美元後，對這家電影公司能否繼續營運提出「高度的質疑」。對於當前疑慮的保留意見，就是用來警告投資人與其它相關人士，該公司已經面臨了嚴重的財務困境。

　　留意無查核委員會的公司　投資人可以注意另一個警訊，就是公司並未設立包含外部董事的查核委員會。此一委員會通常扮演經營階層與獨立查核人員間的緩衝器。雖然在紐約證券交易所掛牌的公司依規定都必須成立查核委員會，但其它多數的公開發行公司設立查核委員會與否，目前並無強制規定。投資人若遇到下述情況，應該要特別提高警覺：（1）未設立查核委員會；或（2）查核委員會成員的立場看起來無法獨立於經營階層之外，不夠超然。

股東代理委託書

　　雖然股東代理委託書與年報是分離的，但投資人必須將之視為財報的要件。敏銳的投資人會尋找財務報告上未揭露，但股東代理委託書卻有揭露的重要資訊，例如支付給主管階層或董事的特殊津貼，或公司所面臨的訴訟案及其它或有事件[2]的相關義務等。嘉信理財公司（Charles Schwab & Co.）的資深副總修果‧

魁肯布希（Hugo Quackenbush），曾這樣描述股東代理委託書：

> 委託書就像黑白肥皂劇，經營階層必須將他們不想揭露
> 的所有事項全數在委託書上揭露出來，而投資人透過委託書
> 則可以得到比浮誇的年報還要多的資訊，而更加了解一家公
> 司的實際情況。

財務報表的註記

　　附加在財務報表上的註記提供投資人非常有用的資訊，可用
來評估公司財務狀況與提報盈餘的品質。其中，註記揭露了會計
政策的選擇、進行中或即將面臨的訴訟問題、長期購買合約、會
計原則或假設的異動、個別產業的特定註釋（例如政府合約商的
未出貨應收帳款）與各部門資訊，包括哪一部門營運較好，而哪
一個部門營運較差等種種細節。

　　許多分析師都認為註記中的資訊確實較財務報表中的資訊還
要重要。舉例來說，專欄作家肯尼斯・費雪（Kenneth Fisher）就
曾在《財富》雜誌中寫道：

> 註記所揭露的就是，在報告的背後那些他們想要隱藏、
> 不願揭露，但又不得不揭露的骯髒事項……。他們將屍體埋
> 起來，讓最少人可以發現──用最小的字體。

譯注：

2.【或有事項】它的特點有：1.結帳日以前便發生；2.該事項的最終結果（造成企業獲
　益或損失）無法確定；3.有特定因素將對該事項的最終結果產生影響，例如在結帳
　日前所發生的訴訟案，其最終結果視法院的判決而定。

表3-4　評估會計政策

會計政策	保守	激進
營收認列	在銷售完成，當風險已轉嫁給買方後	在銷售當時，即便是仍有風險存在
折舊政策的選擇	採較短的期間	採較長期並用直線折舊
存貨方法	後進先出（假設價格上升）	先進先出（假設價格上升）
商譽的攤銷	期間較短	超過40年
擔保的預測	高估	低估
壞帳的估算	高估	低估
廣告的處理方式	費用	資本化
或有事件損失	提撥損失	僅作註記

　　表3-4提供一些評估公司會計政策的標準，透過這些標準可以看出他們的政策是保守或激進。

　　選擇會計政策較保守的公司　由註記中可以察覺到公司是否採用「創意會計」或會計花招，有些註記不僅會讓人對財報的真實性提出質疑，還可以看出經營階層的誠實度。未能採行保守會計方法的公司可能在作財務報告時也不誠實。事實上，許多分析師通常給予採用保守會計政策的公司較高的評等，例如，若想搜尋表現優異的公司，松頓‧歐葛洛夫（Thornton O'glove）這位廣受尊崇的分析師兼騙局終結者對投資人的建議是：

　　　　找尋會計原則非常保守的公司。以我的經驗而言，若一家公司未在會計方面進行修飾，表示該公司極可能也不會針對業務情況做任何修飾。你應該可以放心將資金投資在這家有高管理品質的公司。

　　對激進或不當存貨評價應提高警覺　存貨評價方法的選擇對

企業的提報盈餘可能造成非常可觀的影響，而從相關方法的選擇，也可以看出企業會計政策的保守程度。最普遍的方式是後進先出法（last-in first-out, LIFO）與先進先出法（first-in first-out, FIFO），先進先出法是將最早進貨的成本先行提列報銷。

在通貨膨脹的期間裡（也就是存貨成本上升的階段），後進先出法與先進先出法間的差異，將對盈餘造成非常可觀的影響。在這種情況下，企業採用後進先出法所算出的盈餘通常較先進先出法為低（這也將使所得稅降低，並連帶使現金流量升高）。而先進先出法低估了正逐漸上升的存貨成本，並使提報盈餘升高，所以，在通貨膨脹期間，先進先出法通常被視為是較激進的存貨評價技巧。

注意懸而未決或一觸及發的訴訟問題　除了尋找註記以發掘企業不夠保守的會計原則外，也要注意公司是否有懸而未決或一觸即發的訴訟問題（訴訟相關的註記通常較不像公司10-K表格第三項那麼具情報性），這類訴訟可能對公司未來的營運造成非常大的影響。

對長期採購合約應存疑　註記除了讓投資人得以了解企業的訴訟相關問題，它也針對長期採購合約對投資人提出警告。哥倫比亞天然氣系統公司（Columbia Gas System）1991年第一季的10-Q表格中提到該公司背負一個以高於目前價格採購天然氣的採購承諾，不過這個內容是被「掩埋」在註記中。當時，注意到這個註記且認為此事非比尋常的投資人應該會感到緊張。

該公司在1991年初簽下這份長期合約（在科威特的沙漠風暴戰役期間），當時天然氣價格處於最高的水準。由於哥倫比亞公司的顧客並未與該公司簽訂價格合約，所以他們當然也不需以如

此高價向該公司購買天然氣，在這種情況下，投資人就應該判斷該公司無法從繼續出售這些高成本的天然氣來獲利。理所當然的，哥倫比亞公司確實也無法將這些天然氣順利賣出，它後來甚至在1991年4月聲請破產。在接下來的法律訴訟中，投資人與債務人就哥倫比亞公司未能將如此重大的或有事件合約向他們揭露一事進行抗辯。

注意會計原則的改變　如同先前所提到的，經營階層在會計原則的取捨上，擁有非常大的彈性，而會計原則的選擇通常也會對企業的盈餘造成影響。因此，當企業在無重大理由的情況下進行會計原則的變更時，投資人與債權人就應特別留意。因為相關的行為很有可能是企業企圖以會計花招掩飾疲弱財務報表的一種訊號。

透過將公司折舊期間延長或折舊方法的改變，可以將盈餘修飾的非常亮麗。根據股票分析師大衛‧海利（David Healy）表示，通用汽車在1988年之所以能夠達到歷史新高的盈餘紀錄，就是因為它當時對會計原則予以放寬。經海利計算，在通用汽車當年49億元的盈餘當中，有大約18億元是來自相關的會計把戲，其中7.9億元是來自於將廠房資產的折舊期間由35年改為45年、4.8億則來自於退休金會計方法的改變、2.17億來自於存貨評價政策的改變，而2.7億則因該公司改變外租車輛的殘值假設所得來。

總經理致詞

在檢閱註記後，讀者應該回到年報最首頁，你將會看到總經理的照片與他的一段話。有時候，這些總經理會在文中宣布一些

可能對公司未來績效造成顯著傷害的近期事件。但是，千萬別指望這些內容會告訴你完全的真相，因為這些信函的內容通常都是非常樂觀的，不管公司的實際狀況如何。馬丁・開爾曼（Martin Kellman）教授近期有一份研究，他企圖找出最常被用於掩飾公司嚴重問題的字眼，他發現其中最不祥的字眼就是「挑戰」，他對挑戰的解讀是：「你的公司過去是虧損的，目前仍舊是虧損，且未來還是會繼續虧損。」開爾曼的建議是：如果這個字眼以任何形式在任何年報的首頁出現三次以上的話，那麼，立刻把手上的股票賣掉吧！

> 2001年前四個月中我們面臨了極端嚴重的挑戰，因為公司雖然去年11月達到了70%的年成長率，但在這幾個月中，年成長率卻變成負30%。
>
> ——錢伯斯（John Chambers），思科執行長，2001年5月

滴水不漏檢閱總經理致詞　許多專業的分析師也都認為總經理致詞的內容都是用來偏離讀者的印象，使人們相信公司的營運情況較實際上還要好。歐葛洛夫這樣描述總經理致詞：

> 它是為脫衣舞設計的掩飾用薄紗，也就是說，它是為暗示表面之下有什麼東西而設計，它指出形狀與型式，但卻不讓人看清內在的實際狀況。

歐葛洛夫也建議讀者應檢閱連續三、四年來的總經理致詞，來判斷各種跡象浮現的時點。像歐葛洛夫一樣，雷蒙・迪沃（Raymond DeVoe, Mason Wood Walker的一位分析師）也有檢閱年報與總經理致詞的癖好，他發展出一套解讀總經理致詞真正意

含的方法。以下是他對總經理致詞的解讀釋例：

年報：「本公司盈餘即將有非常強勁的成長表現。」
（解讀：我們去年虧了那麼多，且已經把可以沖銷的項目都
沖銷完畢，所以今年的盈餘不會再像去年那麼糟了。）

年報：「這次的盈餘報告有點低於經營階層在本季先前
所作的公開預測值。」（解讀：我們說謊了。）

年報：「本季的盈餘中有非常大的比例來自於營運設備
意外故障的賠償金。」（解讀：若飛機沒有墜機，我們其實
是虧本的，幸運的是，只有一人死亡，且保險公司支付了非
常可觀的賠償金。）

雖然多數的總經理致詞中所揭露的事項非常少，冗言非常
多，但巴菲特的致詞卻非常的坦率。他經常透過這些致詞來討論
他過去所犯的錯誤，並真實的將當時公司所面臨的重要議題逐一
反應給股東。其中最有意思的是，他在1992年的致詞中，批評保
險產業利用財務騙局來提升盈餘，他的說法如下：

保險產業的損失準備金數字顯示其盈餘成果是值得商榷
的，且證明1991年的各項實際財務比率應該是比提報的數字
還要差。當然長期而言，這些利用會計花招掩飾公司營運問
題的經營階層們遲早會遇到麻煩。最終，這類經營階層可能
面對的後果，就像是一個重病患者告訴他的醫師「我付不起
手術費，但X光的費用可不可以請你算便宜一點。」

將焦點放在經營階層與其預測　檢閱總經理致詞是評估公司
經營階層誠實度的好方法，應觀察的重點有二：一為經營階層是

否將一個不怎麼樂觀的事件發展渲染得過於絢麗？二是高階經理人的流動率是不是年年都非常嚴重（這可能顯示公司內部非常混亂）？

經營階層意見與分析

若總經理致詞的內容不夠具體，可以試著從年報及10-K表格中「經營階層意見與分析」的部分去尋找蛛絲馬跡。這一部分是要求經營階層針對財報上的特定議題進行討論，並評估公司目前的財務狀況、流動性，以及下一年度的資本支出計畫等。從這一部分也可以看清楚經營階層的誠實度。若公司有非常明顯的財務困難，在經營階層意見與分析的部分應該誠實的告知讀者，而不是企圖掩飾甚至美化相關的問題。

8-K表格

在讀者檢視過公司年報（與10-K表格）之後，應該再上證管會的網站（www.sec.gov）搜尋，看看該公司最近有無就8-K表格事項向證管會申報存檔。8-K表格除了告知投資人相關企業的主要收購或撤資的訊息外，也包含變更查帳人員的摘要說明。查帳人員變更可以視為企業採取會計騙局的一種線索，特別是那些因發現問題卻不願放水而遭解聘的查帳人員。

解聘對公司財務原則的解讀持不同意見的查帳人員，並尋找與該公司對一般公認會計原則有相同解讀的查帳人員的公司，所觸犯的是所謂「尋求附和意見」（opinion shopping）的缺失。為了防範企業進行這種運作，證管會要求企業在更換查帳人員時需填具8-K表格，以告知查帳人員的停職，以及公司與該查帳人員

間意見不合的詳細內容。不幸的是，在這些存檔案件中，幾乎沒有一件曾揭露任何意見不合的內容。

144號表格：內部人股票交易

經營階層與董事必須在意圖買進或賣出公司股票前告知證管會。內部人大量賣出持股，可能顯示公司正面臨一些問題。

公司訪問

當你已經充分審閱並分析公司在證管會的存檔文件之後，還可以考慮訪問公司的資深財務主管，其中財務長通常是最佳的選擇，其他如投資人關係部門的主管、公司的會計長以及出納等。由於這些公司都是公開發行公司，所以這些主管通常都必須在電話中對投資人所提出的證管會備檔文件中的任何問題有所回應。在訪問時，你不僅可以擁有獲得實際財務資料的機會，還可以評估這些經營階層回答相關問題時的語氣。

公平揭露指導原則　在證管會頒布一項新的指導原則——公平揭露法（Regulation Fair Disclosure）後，企業變得較不敢公然與分析師及投資人進行私下討論。證管會之所以發布這些指導原則，是因為過去有些企業會將公司資訊，甚至是一些不對外發布的訊息，提前發布給部分專業投資人與券商分析師，卻不提供給其他投資人或一般的大眾。

雖然公平揭露法可能造成企業不回答投資人任何問題，但它在以下二個層面卻可以幫助投資人：大型投資人再也無法在我們這些人之前先得到任何訊息；企業可能為達到全面公平揭露原則，而增加新聞稿發布的頻率與完整性。

商業資料庫

　　財務分析師通常採用商用資料庫來篩選出顯露特定警訊的公司，CFRA的分析師採用的是Compustat〔標準普爾（Standard & Poor's）旗下的一個部門〕以及Lexis / Nexis（Reed Elsevier的一個部門）的商用資料庫。在第十一章，將把焦點集中在普遍被用於發掘營運與會計弊病的特定資料庫。

後續章節預告

　　從第四至第十章將正式介紹企業用來扭曲財務報表最主要的7大類騙局（以及30種花招），每一章也將提供發掘這些陰謀的策略。

第二部

七大類騙局

4

營收過早入帳或品質有疑問

與營業收入有關的財務騙局中,最普遍的要算是營收過早入帳的問題。有些是在獲利流程尚未完成便已入帳,有些則是在無條件交易發生前便已入帳。

在第一類騙局中慣用的 6 種花招,前三種就是與營收過早入帳有關,包括:雖然未來仍需繼續提供勞務,卻已將相關的營收先行入帳;在貨品尚未運出或在客戶無條件接受貨品前就已將營收入帳;在客戶付款義務日到期之前就已先將相關營收入帳等。後三種則是認列品質有疑問的營收,包括:將產品銷售給關係人;給予客戶某種有價值的東西,以做為交換條件;以毛額來計算營收等。

這些花招當中,部分相對上還算良性,但有部分卻是相當惡質。(見表4-1)

【指導原則】營收應在獲利流程完成且交易行為已經發生後才能夠認列。

表4-1　營收認列的良／惡性程度排列

較良性				最惡性
1	2	3	4	5
過早入帳		金額有疑問		虛構營收

　　本章所介紹的第一個花招是關於賣方在完成所有合約條件前，也就是尚有未完成義務時，就先將營收入帳的問題。

花招 *1*：未來仍需提供服務，營收卻已提早入帳

　　就像多數的中年人，我非常喜歡與我18歲的兒子強納森一起打棒球或從事其它運動。一直到這幾年，強納森還是無法贏過我。但是，最近我與他進行一百碼的賽跑，這曾是我高中時代的拿手項目，結果在第一回合中，強納森略勝我一籌，我不服氣的爭辯說是因為我起步太慢，所以必須重新再比一次。第二回合，強納森還是贏了，而我呢？則是因為膝蓋扭傷而痛苦地躺在地

觀念釋疑

列記營收的正確方式

- 將產品銷售給非關係人的客戶，並且不以財務誘因（行賄）做為回報。
- 依照合約條件出貨，直到收到客戶無條件接受的訊息後才予入帳。
- 確認客戶必須負責付款（無賣方融資），而且客戶有足夠資金可以付款。
- 僅能將由客戶手中收回的淨收入列記為營收。
- 在合約條件下，提供一切必要的服務。

上。當企業逐漸衰老，它們的銷售成長率也自然會趨緩。有些公司優雅的接受這種現象，但有些則是嘗試著拒絕接受這種無可避免的事實。

老企業變法掩蓋成長趨緩

軟體製造商交易系統設計家公司（Transaction Systems Architect）在1998年時，明顯地陷入這種銷售趨緩的窘境。它向來採行較為保守的會計方法，例如它只有在客戶完成五年期特許合約的付款後，才將營收入帳。但是後來，該公司卻突然改變它的會計方法。為了掩飾銷售趨緩的事實，它在1998年12月當季將所有五年期合約的營收幾乎全數在當期予以入帳。改變營收認列方法以掩飾問題的作法，就像我與兒子的賽跑──我跑50碼、強納森跑100碼，而我卻依舊聲稱我是勝利者。

改變營收入帳方式掩飾問題，只能瞞過一時　交易系統設計家之所以能夠暫時隱藏問題，是因為投資人要到一年後才會進行各項數字的比對（企業通常不會因會計方法的改變而重編前期財報）。直到1999年12月當季，也就是會計方法改變的一年後，算帳的日子才終於來到；當季的營收較1998年12月當季衰退了20%。在2000年初，投資人才終於了解事實的真相，該公司股價立刻呈現崩跌走勢。

若未改變營收認列方式，交易系統設計家的特許權收入將呈現明顯下滑的現象。如同表4-2所示，由於會計方法的改變，使得實際衰退10%的特許權收入，呈現出26%的成長。此外，若未改變會計方法，在1999年3月之前六個月間，特許權收入其實是零成長的。

表4-2　至1999年3月季度與半年度營收認列方式改變的影響（單位：百萬美元）

	三個月期	經CFRA調整	六個月期	經CFRA調整
特許權收入	50.6	36.2	96.6	78.0
年成長率	26%	(10%)	23%	0%
總營業收入	87.0	72.6	173.0	154.4
年成長率	21%	1%	23%	10%

　　透過新的營收認列方法，該公司在1999年3月當季的營收因人為灌水而提升了1,440萬美元。此外，由於它明顯的將未來營收提前入帳，導致未來的可入帳營收反而被提前耗盡。

　　警訊與教訓　在1999年第一季時，交易系統設計家的問題徵兆就已經非常明顯。5月時，CFRA發布第一份警訊：營收認列方式的改變使銷售衰退的真相遭到掩蓋，而營運現金流量[1]（cash flow from operation, CFFO）的降低，以及遽升的長期應收帳款顯示，該公司營運確實出現問題（見表4-3）。我們當時便已警告營收認列方式的改變，只不過是短期的人為修飾手法罷了。

　　注意營運現金流量是否落後淨利成長　激進的營收認列方式所顯示的訊號之一是：營運現金流量開始明顯落後提報淨利（Net Income，NI），交易系統設計家在1999年3月時就是發生這樣的狀況。如表4-4所示，1999年3月當季，營運現金流量較淨利少950萬美元，但它在1998年卻是高於淨利的。此外，1999年3

表4-3　交易系統設計家警訊

問題表徵	實際事證	騙局種類
激進的會計方式： 營收過早入帳	• 改變它的營收認列方式，將未來年度的 　服務費收入累積認列為當期收入。	第一類
營運惡化	• 應收款項遽升，特別是長期應收款項。 • 營運現金流量大幅下降。 • 營收成長率非常低迷。	—

表4-4　營運現金流量與淨利的比較　　　　　　（單位：百萬美元）

	3/1999 第二季	3/1998 第二季
營運現金流量	1.4	9.4
淨利	10.9	8.3
營運現金流量－淨利	-9.5	1.1
營運現金流量／淨利	13%	113%

月當季營運現金流量佔淨利的比重僅爲13%，但在1998年同期，
營運現金流量卻是淨利的113%。

　　留意長期應收帳款佔營收比重遽升　投資人應注意的第二個
警訊是交易系統設計家大幅升高的應收款項，特別是長期應收款
項。正常來說，應收款項應該在銷貨收入入帳後一至二個月內就
應收回，而長期應收款項的付款義務則是在銷售日起一年以後。
所以，若企業出現巨額且持續升高的長期應收款項餘額，即顯示
該公司正採行非常激進的會計方法：那就是將一年後才能收款的
營收認列爲當期營收。

　　在1999年前九個月中，雖然該公司的銷貨收入呈現溫和的成
長，但當期已出貨的應收帳款卻降低24%，而長期應收帳款則大
幅增加3,200%。令人震驚的是，在1999年9月，長期分期應收款
佔營收的比重竟達到29%，而該比重在1998年12月當季時，僅約
1%（見表4-5）。

譯注：

1.【營運現金流量與淨利】現金流量可分為營業活動、投資活動以及理財活動之現金
流量。營運現金流量便是營運活動之現金流量，這個部分是以淨利為主體，再將當
期的各項營業活動項目由應計基礎調整為現金基礎，如折舊費用為加項、應收款項
為減項、應付款項是加項等。由營運現金流量可以得知公司在某一特定期間內自營
運活動創造現金的能力。

表4-5　應收款項的變化（以季營收為基礎）　　　　（單位：百萬美元）

	第四季 9/99	第三季 6/99	第二季 3/99	第一季 12/98	第四季 9/98
營業收入	92.6	89.1	87.0	86.1	79.3
本期已出貨之應收款項	50.6	57.1	61.2	66.4	58.1
應計（尚未出貨）之應收款項	41.9	39.2	40.0	34.0	33.0
長期分期付款之應收款項	26.9	13.0	9.3	0.8	2.1
總應收款項	119.4	109.2	110.5	101.2	93.1

新企業換戲法為公開發行

不僅是銷售成長率衰退的老公司認為有必要竄改營收認列政策。新興的小型公司為追求夢寐以求的首次公開發行，也可能因此改變營收認列方式，以對外呈現像加裝了渦輪推進器的營收狀況。醫療設備製造商菲希斯（Pyxis，現已成為卡爾迪諾健康公司（Cardinal Health）的一個部門）在1993年進行首次公開發行前，就明顯出現這樣的情況。

菲希斯通常是將其產品以五年為期出租給醫院，在該公司成立之初，就像交易系統設計家一樣，它只有在收回現金時，才將之列記為當期租金收入。不過，在1991年，也就是該公司首次公開發行前夕，該公司將其租賃收入的會計方法改為較激進的方式：它將絕大多數的營收立即認列入帳，而不再採用五年期入帳方式。

由於這個會計方法的改變，該公司的銷貨收入達到1,340萬美元，較1990年的34.4萬元大幅增加，若1990年也採激進會計方法，當年的營收將約為210萬元，比保守會計方法所提報的營收增加410%。

遲早要付出代價　交易系統設計家與菲希斯透過營收認列方

式的改變來膨脹近一期的盈餘，但卻在未來造成更嚴重的問題。

該公司將五年期合約的所有營收在第一期就全數認列入帳，爲該

公司帶來二個主要的問題：第一，由於未來各

期的正當營收已被移轉至本期，將使未來可入

帳的營收減少；第二，做比較報表時將面臨極

大的挑戰，也就是說，若企業將100萬元的未來營收轉列爲本期

營收，將使未來實際營收超越這個虛構（且虛灌）營收的困難度

提高。

拆穿騙局 在1994年3月，CFRA以該公司銷售成長有趨緩

的跡象，對投資人提出警告。在當年夏天，菲希斯終於宣布該公

司銷售趨緩的事實，而股價則應聲下挫三分之一，並且再也無法

回到消息發布前的水準。在1996年5月，卡爾迪諾健康公司收購

菲希斯。

> 小心企業改採較激進的
> 營收認列政策。

花招 *2*：在貨物運出前或客戶無條件接受該貨品前就已 先認列相關營收

在營收認列入帳前，賣方的風險必須先移轉給買方。然而有

時候，企業在產品出貨前或在客戶無條件接收該貨品前就已先認

列相關營收。應留意的相關花招有：在出貨前就已認列營收、提

前出貨或出貨品項不符客戶要求，或在客戶（或受託人）仍可退

貨之前，就已先將營收入帳。

【指導原則】一般而言，在會計期間結束前，產品必須出
貨給客戶，並由客戶確認同意才行。

在出貨前就已先認列營收

策略有兩種：一是採用完工比例會計法（percentage of completion, POC）；第二是採用「帳面上已出貨但貨品實際上仍未運出」（bill but hold）的營收認列方式。

在完工比例會計法下，營收是在產品製造期間、尚未送交客戶前就已開始認列；不過，此法只能應用在產品製造期間非常長的公司，像是太空相關的製造商。由於營收認列金額是根據不同的預測，所以完全比例會計法讓企業有許多機會可以進行財務騙局，以下是一些特定的計謀：

- 在不被允許的情況下採用：服務業通常不適用完全比例會計法，因為它們的專案多屬較短期的；此外，若公司所銷售的產品生命週期較短（低於一年），也應避免採用。
- 過度激進的應用：不當使用完全比例會計法的徵兆是，在銷貨收入與已出貨的應收款項僅溫和成長的情況下，未出貨應收帳款卻大量增加。

讓我們來看看比利時軟體製造商 Lernout & Hauspie（以下簡稱 LHSP）公司的情況。在1998年，該公司銷貨收入成長113%（從9,940萬元成長至2.116億元），但未出貨應收款項卻躍升了220%（由820萬元升高至2,640萬元）。有趣的是，幾年後，當這個大規模會計騙局的證據被揭露後，股價才開始重挫。從 LHSP 的案例中讓我們學習到激進會計方法與會計騙局間的那一條巧妙的界限，隨時都可以被踰越。企業採行激進會計方法的實證，應該被視為嚴重問題的前兆。

即便是某些確實適用完全比例會計法的公司，企業的錯誤預

測或運氣不佳，都可能導致營收與盈餘遭到虛灌，雷森公司
（Raytheon）所出現的情況正是如此。該公司依照它對成本的預
測與單位銷貨收入的假設，做為未來幾年的營收認列基礎。事
後，當它逐漸體認到由合約所能收回的營業收入將大幅度低於原
先的預測值時，雷森公司才對外宣布先前所提報的營收過高，並
因此提列了一次性的支出來抵銷過去所做的錯誤假設。

在帳面上已出貨但貨品未運出的會計方法中，客戶雖然同意
未來採購與未來付款的條件，但在此情況下，一直到雙方協議的
日期前，產品依舊保留在賣方這邊，而付款的義務也隨之遞延到
出貨的那一天為止。雖然賣方持續將產品保留在倉庫、買方未來
才會收到貨品，但賣方卻已先將銷貨收入認列入帳。然而，一般
而言，客戶在產品運出前，並無付款的義務。

日光家電（Sunbeam）自1996年11月起開始採用這項計謀。
該公司為了將其瓦斯鐵板燒的銷售季延長，並在執行長艾爾·丹
拉普（Al Dunlop）所謂的「轉機年」提升銷售量，該公司希望
說服零售商提前六個月向他們訂貨。而由於日光家電提供大幅度
的折扣，這些零售商也同意購買這些數個月後才會實質到手的商
品，而且他們只需在真正出貨後六個月內付款即可。在合約簽訂
的同時，這些產品由密蘇里州的鐵板燒工廠，運至由日光家電承
租的第三者倉庫，直到客戶要求送貨時才送出。

然而，日光家電卻將這些「帳面上已出貨但實際貨品仍未運
出」、價值3,500萬美元的相關銷貨收入與盈餘予以認列入帳。而
事後經外部查帳人員檢閱文件，又將3,500萬元中的2,900萬元移
轉成為未來各期的銷貨收入。

在進行查帳期間，安達信質疑部分交易的會計處理方式，但

不當或激進會計方法的主要警訊：「未出貨應收帳款」的成長速度大幅超越「已出貨應收帳款」。

在這些被質疑的案例中，幾乎每一項的金額又都被認定對整體查帳不具關鍵性影響。雖然有時候搜尋激進會計方法的警訊幾乎是不可能的任務，但在日光家電的案例中，讀者只需要檢閱該公司在1997年10-K表格中針對營收認列方式的註記，便可略窺一二：

原則上，公司對於產品銷售方面的營收認列基礎，是以產品運送給客戶的時點為準；不過，在少數的情況下，公司可能在客戶的要求下，針對部分季節性產品的銷售採用帳面出貨但卻暫時不運出貨品的方式，前提是產品已經生產、包裝完畢，並已做好送貨的準備，這些產品被分開保存，且貨品所有權的風險與法律權利均歸客戶所有。截至1997年12月29日為止，這類開立發票但卻仍持有貨品的銷售金額大約佔合併營收的3%。

在客戶索貨前將產品運出並將營收列記入帳

一般來說，企業在出貨時就可認列營收，但它們採用二種方式來虛灌營收：1. 在客戶索貨前就先出貨；2. 將季結算日期延後。

注意銷售流程未完成但卻提前出貨的情況　會計季度即將結束，但盈餘卻出現衰退，此時企業能有什麼作為來改變此一窘境呢？為何不乾脆將產品運出，並將相關營收予以認列入帳，以提高銷貨收入與盈餘！企業在年終前常會趕緊將倉庫中的商品「倒」給客戶（有時候甚至連銷售行為都尚未發生），並將相關的銷貨

收入認列爲當期營收。由於只要將貨品運送給零售或大盤商後便可認列營收，因此許多製造商便可能刻意在淡季持續出貨，即便零售商的倉儲已經滿檔仍不罷休。這種情況在汽車製造商間已行之有年，他們透過這種人爲的手法來提升銷貨收入。透過在季末趕出貨而不在客戶眞正需要貨品的下一季出貨，賣方便可藉此不當地提早認列營收。

讓我們來看看高度成長的科技公司資訊點（Datapoint）的故事，它在1981年時面臨營運趨緩的窘境，之前它也是在商品運送給經銷商後，便已認列營收，但經銷商因業務下滑，而要求資訊點減少出貨量。事實上，由於資訊點在先前的幾期中已經運送太多產品給經銷商，這些經銷商的倉庫早已堆滿；爲此，經銷商們再度向資訊點反應，這次它們要求該公司暫停所有貨品的運送。

此時，資訊點公司面臨一個問題，那就是要找到一個可以送貨的地點，以繼續維持它的營收與盈餘的假象；當然，這點根本難不倒這些聰明的經營團隊，他們租了一個倉庫，並將貨品儲藏在那兒，就這麼簡單。事實上，他們不過是把貨物運送給自己罷了。

另一個過早認列營收的情況，是在客戶所要求的送貨日期前就已經出貨。其中，在銷售行爲完成前出貨，或賣方刻意將季結算日期延後等，都讓賣方有機會可以虛灌盈收。其它的手法諸如回溯合約日期或竄改會計季度結算日，都是爲了將未來的銷貨收入列記於本期。

注意企業是否回溯合約日期　當每一季即將結算時，英孚美的銷售人員便會依慣例竭盡所能的完成各項交易案，以便達成當季的營收與盈餘目標。但是，在許多情況下，他們無法在季結算

前依照一般公認會計原則所規定的營收認列方式，與客戶完成協商並簽訂特許權合約。事實上，該公司的政策規定，在每季結帳前完成簽約手續且合約簽訂日期在結帳日前的特許權合約才可以認列營收；然而，在季度結束後再簽約，但把簽約日期回溯至上一季結算以前的日期，假裝該合約已經在上一季生效，卻是被默許的行為。

該公司將在季度結算一個月後才簽訂的合約之營收認列至上一季財報中，且這樣的案例應該不止一個。透過這種運作，該公司的前任經營階層與其他人士以詐欺的方式來膨脹每季與年度營收與盈餘。

注意公司是否竄改季結算日　為了美化營收短缺的事實，日光家電將其季結算日由3月29日變更為3月31日（日光家電的案例將在第十章詳細討論），這多出的二天讓日光家電得以由它的本業營運中額外認列1,500萬元的銷貨收入，並由新購併的柯爾曼（Coleman）公司又額外認列另外的1,500萬元的營收。

英孚美也玩弄過類似的花招，它扭曲季結算日，以累積更多的營收金額，這樣的作法讓該公司1998年第一季比前一年同期多出二天，而對公司財報的影響則是特許權收入增加1,140萬元，較更改前多出8%。

即便客戶有退貨可能，卻仍在出貨時就已認列營收

判斷買方退貨的可能性　許多企業允許買方在對產品不滿意時，可以有退貨權，這在銷售消費品的公司（如家用設備與汽車等），是非常普遍的情況。此外，出版商亦是以附帶退貨權為條件，出售書籍給書店（若書未賣完，可以退貨）。因此，即便出

版商已將書籍銷售給書店，且有部分已賣出，但出版商亦不宜認列全部的營收（因為必定會有部分書籍將被退回）。

一旦客戶選擇將產品退回，賣方就有可能陷入過早認列營收的情境。相關的花招為：將不是客戶所訂的產品出貨給客戶，或將可能被退貨的產品銷貨收入列為營收。

儘管有些公司有將產品出貨給自己的明顯不當行為，就像先前提到的資訊點，或回溯合約日期，如英孚美所為，許多公司還是會依法將產品出貨給客戶，並賦予客戶退貨權。一般而言，在退貨期間失效前，企業就不應認列相關營收，當然，除非賣方能夠準確估計出退貨數，才能依此估計值進行比例式的入帳。

注意公司是否在客戶仍具退貨權前就已認列營收 這可能是公司的合法銷貨收入，只不過它的營收入帳方式可能太過激進，且未將潛在客戶退貨因素列入考量。

注意附帶退貨條件的銷售 證管會發現日光家電在1997年第四季對經銷商的銷貨收入中，有2,470萬美元是附帶退貨條件

觀念釋疑

附帶退貨權的銷售

在部分產業中，賦予客戶產品退貨權，向賣方索取退費、信用額度的方式是非常普遍的運作模式。不過，當企業的退貨佔銷貨比例過高時，自銷貨收入所認列的營收數字就令人質疑。財務會計準則委員會已針對具退貨權的銷貨收入認列方式，頒布一份官方指導原則（SFAS 48）。典型來說，在客戶有退貨權的情況下，若賣方無法合理判斷可能發生的退貨金額，或其它重要的或有條件存在，營收就必須等到現金實際入帳以後才得予以認列。

的。此外，日光家電還提供折扣、較有利的付款條件以及價差保證等，其實這些「銷貨收入」事實上並不具實質經濟利益。有時候，企業甚至在知道客戶必會退貨的情況下，還蓄意送錯貨，英孚美就犯下這個錯誤。

留意企業是否將可用產品運送給客戶　在1996年第四季末，英孚美完成了一筆價值920萬元的銷貨交易，但該公司卻無法在當年年底前完成客戶所需的軟體碼；雖然在1997年1月，英孚美完成了一個「貝他」（beta）版本的軟體碼，但卻依舊無法應用於硬體上。後來，英孚美又花了6個月的時間，才完成可用的軟體碼。然而，英孚美卻在1997年第一季就將該筆銷售金額列為營收，而不是等到1997年第三季問題解決後才入帳。

此外，在出貨當時就將營收過早入帳的技巧還包括寄售式的銷售。在這種銷售架構下，產品是先被送到中間商或承銷商處，而承銷者必須再另覓買主。若製造商或寄銷者在出貨給承銷商時便認列營收，而不考慮承銷商是否能找到最終買主，它便犯了營收過早入帳的問題。因此，寄銷者在出貨給承銷商時，不應先行將該交易列記營收。日光家電便曾將這種寄售式銷售列為營收，它在1997年共列記了3,600萬元的附帶保證條件之寄銷收入。

花招 *3*：客戶付款義務日未到期，就已先行將營收入帳

營收認列的一項重要條件是，賣方的財務負擔已轉移給買方。因此，讀者應觀察的問題訊號包括：賣方提供買方融資協助、賣方提供買方更長的付款期限，以及客戶並無還款能力或其財務狀況並不穩定。

注意賣方是否提供融資 許多高科技公司近年來爲了提升營業收入，開始對客戶提供融資，以支付積欠貨款。持平而言，賣方融資事實上是一種非常好的銷售技巧，不過當這個技巧被濫用，將會對企業的營運造成非常大的威脅。電信設備供應商提供給客戶的融資金額高得讓投資人聽了都會毛骨悚然。截至2000年年底，這些供應商共支借給客戶150億美元，一年內成長了25%。就實際面來說，他們其實是以自己的資金購買自己的產品，以擴大並維持銷貨收入及盈餘成長。

注意公司是否延長客戶付款期限，特別是新產品 在1995年9月當季，芝加哥一家軟體銷售商系統軟體公司（System Software）開始針對新產品，提供客戶最長達14個月的付款期限。而透過這項新的措施，該公司將未來的銷貨收入提前於本期認列，以人爲的方式膨脹營收與盈餘。

英孚美定期認列轉銷商對軟體特許權採購承諾的相關營收，其中也包含了付款期限在12個月以上的交易帳款。而爲了達成這個目的，該公司利用第三者融資來累積現金收入，讓帳款看起來都是在銷貨完成後的12個月內收回。

觀念釋疑

軟體執照銷售認列規定

在一般公認會計原則的架構下，將軟體執照銷售認列爲營收的條件，就某種程度上來說，要視相關的費用是否爲固定費率而定，而軟體出貨12個月以後才需付款的部分被視爲是非固定費率。所以，一般公認會計原則的規定限制企業初期只能認列付款期限在12個月以內的軟體執照銷貨收入，而付款期限在12個月以上的部分則應予以遞延。

注意企業的客戶是否缺乏足夠資金還款 英孚美的前任銷售經理人們曾經針對與新客戶或小型客戶的交易，向歐洲當地的財務人員施壓，要求他們不得將公司評估客戶信譽的政策套用在這類客戶上。透過這些營收認列的運作，它在1996年第一季的不當認列金額至少有330萬、第二季為910萬、第三季則有820萬元。

注意客戶的融資情況是否仍不確定 有時候，銷售交易也取決於客戶是否能取得第三者融資，或客戶能否將產品再轉售給第三者。不管是以上何種情況，企業都不應在銷售當時就將營收入帳。不過，即便可能導致買方喪失付款能力的重要或有條件存在，還是有很多賣方公司不顧一切，先將營收認列入帳再說。

詳查買方是否已經有融資額度 當銷售是以買方融資能力為條件時，賣方就需等到買方已經取得融資資格以後，才能認列營收。房地產交易最常使用這樣的方式，銷售完成與否端視買方是否已經取得房屋貸款。

未等到客戶融資承諾就認列營收的案例之一是史特林家居公司（Stirling Homex），它的產品是已安裝好、完整配套的住宅單位。史特林公司將房屋銷售給低收入、不具經濟實力的買主，而這些人多數需依賴美國住宅與都市發展部（HUD）的融資。史

觀念釋疑

客戶信譽的規定

在一般公認會計原則架構下，「在企業（與客戶間）已經有具說服力的協議事證存在，且公司也已經完成對客戶的信譽評估之前，相關營收都不能認列入帳。」

特林公司在住都部簽署初步融資承諾時，不等待住都部最後的核准函，就將相關房屋銷貨收入列爲營收。結果，儘管在史特林公司所認列的營收中，部分客戶無法取得住都部的融資，但就財務報表所呈現的，卻顯示它的銷售與盈餘情況看起來欣欣向榮；看似健康的財報，實際上隱藏著許多嚴重的業務與財務問題。

本章所討論的前三種花招是公司提早將營收入帳的慣用伎倆，而剩下的花招則是與提報營收的品質有關。有關營收品質的問題可從以下幾點來觀察：銷售給關係企業、客戶獲得交換條件的銷售案、賣方列記了經人爲膨脹的銷貨收入金額。

花招4：銷售給關係人

每當買方與賣方間具有某種程度的關係時，其營收的品質就多少會有一點令人質疑。因此，將產品出售給供應商、親戚、公司董事或事業合夥人，都會讓人懷疑這樣的交易會不會有私相授受的嫌疑。公司有打折給親戚嗎？賣方是否希望供應商針對未來的採購案提供折扣？有附帶任何要求賣方提供交換條件的附約嗎？將產品銷售給關係人可能是完全正當的，不過，問題是應認列金額爲多少。讀者對於企業來自策略夥伴或其他關係人的營收應特別留意。

留意將產品銷售給策略夥伴　與策略夥伴間的不尋常交易將會造成混淆視聽的效果，且可能讓企業有機會利用人爲的方式來膨脹營收與盈餘。Sabratek 的案例就有這樣的疑慮。

Sabratek是一家醫療設備銷售商，近年來，它與數家公司進行策略性合夥。其中有一項協議是要求 Sabratek 支付一項爲期 15

年的技術執照費，大約 7 百萬元，以做爲使用合夥人軟體，及將該軟體與 Sabratek 原有產品結合在一起的代價；而 Sabratek 再將產品銷售給第三者以換取營收。在過去，Sabratek 也提供融資給它的合夥人，並將這些融資交易的相關收入列記爲應收票據。此外，該公司也將其產品授權給它的合夥人，並將這些特許權營收列記爲應收票據，而在合約的架構下，Sabratek 也具有收購合夥人的權利。

　　留意與策略性合夥人間的雙向交易　雙向交易所指的是一家企業向同一個主體買／賣東西，而這類交易可能導致的爭議就是營收的品質。以下兩個案例就會有這樣的問題。

　　Healtheon／WebMD（以下簡稱 HLTH）是一家網路資訊的提供者，它與微軟簽訂了一份五年期的企業聯盟合約。HLTH 必須在這五年期間支付微軟 1.62 億美元的特許權費用，但微軟也必須將其中的前 1 億元支付給 HLTH，以做爲該公司替微軟的三個健康頻道做廣告的代價。

　　微策略公司與交易應用公司共同宣布一項特許合約，在這個合約的架構下，雙方必須向對方購買軟體，而二家公司未來也將攜手發展新的軟體。透過這個合約，微策略在1999年12月當季，認列了大約 1 千萬美元的特許權營收；而交易應用公司則透過特許權賣斷給微策略，而認列了450萬美元（大約佔營收預測值的34%）的營收。

花招 5：給客戶某種有價值的東西，以做爲交換條件

　　若買方以完成銷售爲條件，除了產品以外，還收受賣方任何

有價值的東西，那麼這類營收認列金額的可信度便降低，這類交易可能包括以物易物、提供股票或股票選擇權給客戶，或投資買方公司的合夥股權。

與供應商以物易物，人為膨脹營收　軟體銷售商宏道公司（Broadvision）膨脹營收的方式，是將以物易物向供應商所取得的特許權價值歸類為營收項目。在1998年6月當季之前，宏道必須依產品營收的比例，支付一個供應商專利費。然而，在那一季當中，專利權合約被修訂為：宏道同意提供該供應商軟體，以抵減到2001年為止應付給該供應商的專利費。此外，該供應商也同意提供宏道特定的內部發展權利。宏道共自該項交易認列了131萬美元（佔當季營收9％）的營收。然而，與供應商間的付款條件修訂，並不能視為與一般客戶間可以創造營收的交易。

提供客戶股票或認股權證以做為交易誘因　在2001年2月，《華爾街日報》提出了一個有趣的案例，它是關於 Broadcomm 公司如何透過一些收購案來膨脹未來各期的營收。在進行收購前，Broadcomm鼓勵這些標的公司向其客戶索求大量的採購承諾。為了慫恿（合併後的 Broadcomm）客戶做出採購承諾，該公司給與客戶認股權證以做為交換條件。當合併案完成，Broadcomm 將這些營收認列入帳，而客戶則收到該公司的股票。

由以下的說明，讀者將可以見識到 Broadcomm 的會計方法。假設一個採購承諾價值1百萬元，而公司給付客戶的認股權證為25萬元；在合併完成後，Broadcomm 將這1百萬元列記為營收，並另外在資產負債表上提列一項25萬元的商譽，而這項商譽將在未來40年做為盈餘的攤銷項目。正是如此！營收立即認列，但被當作銷售交換條件的股票，則被推進40年期的「黑洞」中。毫無

疑問的，若採較保守的會計方法，僅會直接列記75萬元的營收，而這也正是客戶實際上付出的金額。

花招 6：以毛額計算營收

部分屬於新經濟的公司將遠高於實際服務費的金額列記為營收，扭曲了正當的營收認列法。讓我們來看看 Priceline.com（以下簡稱 PCLN）與 Papa John's International（以下簡稱 PZZA）的案例。

PCLN 是一家新潮的寄宿中介商，它與航空公司、旅館與其它機構簽約，並為這些機構找尋客戶，以填補過剩的空位。而 PCLN 則賺取它向客戶所收取的金額與付給航空公司或其它合作機構的金額間的差價，以做為酬勞。

例如：PCLN 賣了一張原價160元的機票給客戶，開價是200元，而當中的價差40元則做為它仲介服務的收費。但有趣的是，猜猜看 PCLN 針對這項服務所列記的營收是40元或200元？答案是，該公司將此一交易的毛額200元列記為營收，因此，讓人不得不對它的營收品質感到懷疑。

PCLN 不應將它尚積欠航空公司或旅館合夥人的金額計入它的營收項目（也不能作為營業成本項目），因為這些成本純粹只是「路過」，將這些成本也入帳，只是為了膨脹該公司的營收基礎而已。顯然的 PCLN 只是一個中介機構，應該只能將它提供給客戶與供應商的服務所收取的費用列為營收。

至於 PZZA 則是透過連鎖加盟店銷售比薩，它對這些連鎖店的服務是提供它們銷售比薩所需的各項產品與設備。PZZA 採購

上述的產品或設備，並加價10%，再賣給它的連鎖加盟店。奇怪的是，PZZA將這些「路過」的可回收成本列為營收。在1995年的前九個月當中，PZZA共認列了1.7億元的營收，其中包括了7,870萬元的「路過」成本。換句話說，PZZA透過將「路過」成本涵括在營收中，也就是將營收毛額化，透過人為方式將營收膨脹了84.6%。

後續章節預告

第五章將討論更加惡劣的營收陰謀：列記假造或虛構的營收。

5

第二類騙局

列記虛構的營收

　　在依賴財務報告所呈現的內容前，成功的投資人必須先確認這些報告是否真實、完整地呈現公司的經營實況。就某種意義來說，投資人就像藝術品交易商，必須嘗試分辨真品與贗品間的差異。若不具備充分的訓練與敏銳的眼光，要識破贗品是非常困難的，就像亞瑟‧科斯勒（Arthur Koestler）在《創意的行為》（*The Act of Creation*）一書中所提到的故事一樣：

　　一名藝術品交易商在買了一幅有畢卡索簽名的油畫後，一路旅行到坎城，希望畢卡索驗證一下那幅油畫是不是真品，當時畢卡索正在工作室裡作畫，他向那幅畫瞥了一眼說：「那是贗品」。過了幾個月，這名交易商又買了一幅有畢卡索簽名的油畫，並連忙趕到坎城，但畢卡索瞄了那幅畫一眼，咕噥著說了一句：「那是贗品」。「但是，我親愛的朋友，」這位交易商說，「幾年前，我親眼目睹你畫這幅畫。」畢卡索聳聳肩，笑著說：「我經常畫贗品」。

財務報表中出現的「贗品」之一就是虛構的營收。本章將討論5種虛構營收的特定花招：1. 列記缺乏實質經濟利益的銷貨收入；2. 將借款交易中所收到的現金列記為營收；3. 將投資收益列記為營收；4. 將因未來交易而獲取的供應商退佣列記為營收；5. 列記合併前不當隱瞞的營收。

花招 *1*：列記缺乏實質經濟利益的營收

列記假造營收的常用技巧通常是由公司策畫一個計謀，它將產品銷售給客戶，但這個客戶卻沒有義務持有這些產品，或是根本沒有付款義務。這種交易就是沒有實質的經濟利益。而要如何才能哄騙查帳人員，說這些交易是合法的呢？其實很簡單，只要擬一份正式的銷售合約，由各方簽字後，再另擬一份修訂主要銷售合約的「附約」，以逃避查帳人員的追查。

英孚美的附約條件

附約通常是為改變銷售合約中的主要條件而設。例如，允許客戶在任何時間都可以退貨，並收到全額的退費等。英孚美採用附約的情況可說相當猖獗，業務人員與經理人們經常採用這類的合約，將軟體授權費暫時「寄放」在轉銷商處，以提高營收的可認列金額。有時候，這些業務人員與經理人採用這類附約的原因，是因為他們無法在特定期間結束前找到特定的最終使用者，將期望中的營收入帳。此外，採用這些附約是因為他們需要更多的營收，卻尚未找到有購買軟體授權意願的最終使用者。表5-1詳列這類附約中所約定的條件。

　　儘管轉銷商未能將它們向英孚美承諾購買的軟體授權大量轉售出去，但為了膨脹該公司1995與1996年的營收與盈餘，英孚美員工卻一再引誘轉銷商在每季末許下採購承諾，然後再針對這些承諾提出各式各樣的交換條件附約。

　　彼此為對方抓背　在1995年第四季末，英孚美的一個轉銷商不願再做任何新的採購承諾，然而該公司最終提出一個讓該轉銷商難以抗拒的條件。這個轉銷商也是一個電腦設備通路商，它同意英孚美先向它採購200萬美元的電腦硬體（包括過時的設備），以做為它承諾向英孚美採購250萬元商品的交換條件。

　　故事還沒完，接下來，英孚美又運用了另一個財務騙局。由於面臨第三季銷售目標的壓力，英孚美員工急需額外的營收來達成目標，他們要求一個轉銷商購買390萬元的軟體授權，以做為其內部使用。該轉銷商同意該建議案的條件是，英孚美必須以軟體維修外包合約的方式，將這些授權費退還給該轉銷商──這可真像是回鍋菜！

HBOC公司的附約

　　就像英孚美一樣，健康保健資訊公司HBO & Co.〔以下簡稱

表5-1　1990年代矽谷最大詐欺案：英孚美所擬定的附約條件

- 准許轉銷商將未售出的軟體權利金退回，並退費或給予信用額度。
- 承諾讓公司的業務人員為轉銷商開發客戶。
- 承諾於未來分派最終使用者訂單給轉銷商。
- 將信用條件延長至12個月以上。
- 公司承諾向客戶採購電腦硬體或服務，實質上卻是做為客戶應付授權費的退費。
- 將公司未來的服務性營收移轉給客戶，以做為對客戶支付的授權費退費。
- 支付客戶虛構的顧問與其它費用，以做為對客戶支付的授權費退費。

HBOC，之後與麥凱森（McKesson）合併改稱為McKessonHBOC〕也利用附約的方式來認列不具實質經濟利益的營收。證管會與檢察官以詐欺名義控告McKessonHBOC的前任員工時提到，這些員工不當的利用附約來改變正式合約上的條件，而這些正式合約正是營收認列的基礎。

明星中的明星 在詐欺事件被知悉前，華爾街對HBOC一直非常的鍾愛，因為它在1998年的營收超過10億美元，使它成為該產業的市場領導者，股價也反映了公司亮麗的營運績效，該公司市值由1991年的1億美元竄升到130億元以上。HBOC在五年期間，以超過1,400%的漲幅名列標準普爾（S&P）500家公司中股價表現最佳的第二名。它在《亞特蘭大憲政報》（*Atlanta Journal-Constitution*）的評等中，連續榮獲1996、1997年喬治亞州公開發行公司中的第一名。

當然，該公司的高階主管也因此獲得非常優渥的津貼獎勵；其中，執行長查理·麥可爾（Charlie McCall）單是在1997年就領了價值5,200萬元的津貼，並持有價值1.2億元以上的股票。

弊案曝光 對於一個業務成長逐漸趨緩的公司而言，HBOC的優異表現，讓它成為一個非常吸引人的購併標的。1999年1月，一家位於舊金山的健康產品通路商麥凱森以140億元收購了HBOC。這項交易最終成為一個天大的錯誤。

在1999年4月28日年終查帳報告結果宣布時，公司並未獲得標準的「健康證書」，取而代之的是，查帳人員發現該公司共不當認列4,200萬元的營收，而這些虛構的交易當然也被用來膨脹盈餘數字。消息一出，股價隨即重挫大約50%，由65元跌到34元，公司市值在一天之內縮水了90億元。

　　數月後，麥凱森的查帳人員完成更完備的評估報告，他們發現更嚴重的弊端：HBOC 有三年的盈餘成果都是假造的，經重編財報後，共剔除了3.25億元的營收。之後，該公司遭到50起以上的股東訴訟案纏身，直到一年以後，麥凱森還是可以感受到餘震，也由於大量的訴訟案干擾，該公司股價一直跌到17元才見底。

　　欺騙投資人的計謀　該公司欺騙投資人的主要計謀有二種：一是 HBOC 與醫院間簽訂軟體合約時，其業務代表與醫院間經常另外簽訂一份「附約」，用來約定該銷售案的或有條件，如醫院董事會核准等。不過，儘管根據一般公認會計原則架構，企業必須等待所有或有條件都滿足以後才能列記相關營收，但該公司卻在合約簽訂當時就先將營收入帳。

　　另一個計謀是回溯數百個銷售合約的日期。例如，1999年4月5日，約在 McKessonHBOC 公司1999會計年度第四季結帳的一週後，電腦硬體公司資料通用（Data General，目前是 EMC 的一部分）突然同意向 HBOC 採購2,000萬元的軟體，且交易的日期被回溯到1999年3月31日。該交易的金額大約佔 HBOC 當季軟體營收的17%，也讓公司的每股盈餘得以達到華爾街所預測的0.62元。若沒有這筆交易，HBOC 將無法達成它的財務預測。而相對的，資料通用公司則取得合併後的 McKessonHBOC 公司2,500萬元的硬體採購合約，並加上一個附帶協定：該公司先前所下的軟體訂單是可以退貨的（這個交易特別不尋常的地方是，資料通用公司是一家硬體製造商，顯然它的軟體使用量並不大）。

　　此外，HBOC 還將與網路醫療公司 WebMD 所簽訂的500萬元

軟體合約的簽訂日期由1999年1月7日回溯至1998年12月31日。各位讀者，猜猜看是誰代表WebMD公司與HBOC協商合約日期的回溯事宜？就是HBOC的前任總經理傑伊·吉柏森（Jay Gilberson），他離開HBOC後，轉任WebMD公司的總經理兼營運長。世界真是太小了！

相關懲罰　HBOC的二位前任聯合總經理吉柏森與亞伯·柏甘茲（Albert Bergonzi）以詐欺罪名遭起訴，若判決有罪，他們將面臨10年的牢獄之災。在2000年9月，美國舊金山檢察署提出一個17項罪狀的起訴書（2001年又修訂一次），宣稱HBOC的高階主管在1997年12月至1999年4月間，共膨脹了2.7億元的營收。根據證管會舊金山辦公室的人員指出，「不管是由整個計謀的規模或對無辜投資人的衝擊而言，HBOC案都是史上最大的財務報告詐欺案。」

與先登／CUC詐欺案的比較　HBOC與先登／CUC案間有幾點非常相似：公司主要業務趨緩；收購有問題的公司；採用激進的沖銷政策以設置假造的準備金，並隨後將這些準備金釋出至盈餘項目；在重大收購案完成後，詭計便隨即被拆穿等。

警訊與教訓　就像先登／CUC案與美達菲斯案一樣，HBOC在業務發展轉為艱困後，開始進行激進的收購策略。另一項相似點是，它也開始採用激進的會計方法，以營造營收仍維持快速成長的假象。

特別要注意的是HBOC的未出貨應收帳款成長率，該公司並未將相關的應收帳款揭露於公開的文件中，而這些應收帳款的產生，則是由於該公司針對部分營收採用完工比例入帳法，有關HBOC激進會計政策的詳細內容請見表5-2。

表5-2 McKessonHBOC公司的警訊

問題表徵	實際事證	騙局種類
激進會計方式： 營收過早入帳	• HBOC採用完工比例入帳法，因此在產品出貨前便認列營收。 • 未出貨應收帳款激增。	第一類
激進會計方式： 列記缺乏實質經濟利益的營收	• HBOC回溯銷售合約日期。 • HBOC涉及對WebMD進行「回鍋式」銷售；且WebMD現任總經理為HBOC前任總經理。 • HBOC涉及以附約進行或有條件銷售。	第二類
營運問題	• 應收帳款，特別是未出貨應收帳款大增。 • 營運現金流量惡化。 • IMNET的收購案值得疑慮。 • US Servis亦令人感到疑慮。	—
內控環境疑慮： 存在內部人	• HBOC涉及關係人交易。 • 內部人賣出股票。	—
激進會計方式： 未將毀損資產予以沖銷	• 雖然HBOC在1996會計年度的應收帳款激增60%，但是壞帳準備卻減少1%。HBOC透過將準備金降低，來低估營運費用。	第四類
激進會計方式： 將未來的費用移轉至當期，做為特別支出	• HBOC於1995年列記了1.365億元的非經常性支出，而這項準備也讓該公司得以膨脹接下來幾期的獲利。	第七類
激進會計方式： 將有問題的準備金釋出至盈餘項目	• 在1998年6月當季，HBOC由1997年的特別支出中釋出了300萬元。	第五類

博士倫的或有條件銷售

知名公司假造營收以欺騙投資人，卻聰明逃過媒體法眼的另一個例子是博士倫公司（Baush Lomb）。在《商業週刊》1994年12月19日當期的內容中，揭露了博士倫隱形眼鏡部門採用「或有條件銷售」的各種會計騙局。

其中，在1993年底，博士倫召集它32個獨立的隱形眼鏡批

發商在公司位於紐約羅契斯特市的總部開會。公司要求他們以高於博士倫三個月前售價50%的價格,購買一批庫存了二年以上隱形眼鏡,而且採購必須在12月24日前完成,當天也就是博士倫1993年的結帳日。這些批發商於是在當期瘋狂購買了將近2,500萬元的產品,使博士倫在美國國內隱形眼鏡銷售額增加20%,達1.45億元,而這些採購案則為該部門在該年度創造了1,500萬元的盈餘。

不過,這項行動事後不斷困擾著該公司,1994年6月,博士倫宣布,「批發商在隱形眼鏡與太陽眼鏡的大量庫存將對該公司1994年的盈餘報告造成嚴重的衝擊。」消息一出,股價由50元跌到30元的低點。

由於該公司的高階主管曾經承諾這些批發商,在將這批隱形眼鏡賣出之前,不需要先付款,並表示若這項計畫失敗,最終的付款條件將再重新協商。結果,在該銷售案完成後的10個月內,博士倫僅收回不到15%的貨款,有些批發商甚至連一毛錢也沒有付。

花招 *2*:將自借款交易中所取得的現金列記為營收

千萬不要將從友好銀行中取得的資金與向客戶收回的資金搞混。銀行的貸款必須歸還,且應視為負債,相反的,因提供服務而向客戶收取的資金確實是歸公司所有的,必須列記為營業收入。顯然的,全錄公司(Xerox)無法清楚分辨負債與營收間的差異。

全錄的財務花招

金融媒體另一個成功的出擊是揭露全錄的會計騙局。2001年2月6日，《華爾街日報》的專欄報導全錄涉及在過去三年間進行各項財務報告詐騙，此外，它還被指控：

- 將向債權人取得的資金（也就是該債權人的應收款項）列為營收。
- 將它租賃業務中未來仍需供貨或提供服務的預收租金不當列記為目前的營收。
- 高估來自開發中國家的未來租賃收入，以膨脹短期的營運成果。
- 未能沖銷不斷增加的壞帳，而且對其墨西哥營運相關的交易進行不當的分類，致使該公司在2000會計年度的第二、第三季共認列了1.19億元的支出。

該公司事後面臨了數項集體訴訟案，同時在集體訴訟期間（1998年2月15日至2001年2月6日），全錄的股價由每股124元的高點跌落至4.43元，這對集體訴訟成員造成數億美元的損失。該公司的會計運作於是成為證管會的調查主題。

在2001年6月16日，全錄發布了一份聲明，內容是有關於墨西哥方面的「非法行為」，它將相關的問題全歸咎於惡劣主管的過失犯罪行為。然而，獨立查帳公司安侯建業會計師事務所（KPMG）給了全錄一記大耳光，表示該公司的政策與一般公認會計原則相牴觸。全錄因而調整它前三年的合併財務報表，結果使得股東權益降低1.37億元、淨有形價值降低7,600萬元。導致

重編財報的原因其實與三個事件有關：一是墨西哥醜聞的相關支出，全錄將它分爲三年提列，而不是於2000年一次提列；二是1997年Rank集團向全錄購買英國營運單位20%股權，相關的1億元負債被誤植爲費用；三是「錯誤應用」租賃修繕與殘値的相關美國會計法。

李文特公司的金融交易

多倫多的表演製作公司李文特（Livent）的案例，也是企業混淆金融交易與正當營收的絕佳案例。

1996年，李文特協議以450萬元的費用出售《畫舫璇宮》（Show Boat）在澳洲與紐西蘭的製作權，然而，事實上這只是一宗「金融交易」。李文特口頭承諾將會退還這些費用並外加10%的利息，以收回這些製作權。該協議承諾債權人，「於2000年12月31日收回所有資本，加上以年率10%計算的每月應付利息」，由於這項隱藏協議，李文特不當將該費用的現値，也就是420萬元，列記爲1996會計年度的營收。

將自合夥人取得的貸款歸類為營收

摩爾頓金屬公司（Molten Metal）與洛克希德・馬丁（Lockheed Martin）合夥，針對廢棄物科技進行研究與發展工作，其中洛克希德提供資金，而摩爾頓則負責進行研究工作。

在1994至1995年間，摩爾頓從合夥關係中收取了1,400萬元，並將該筆金額列記爲營收。但是摩爾頓實質上仍僅是一家發展階段的公司，它實際上還未能銷售任何商品給任何非關係人的客戶，所以向洛克希德所收取的1,400萬元，應該視爲是爲資助

此一合夥關係與相關研究工作所作的貢獻或放款，而非營收。

花招 *3*：將投資收益列記為營收

　　非源自營收的現金流量包括資產銷售與其它投資收益，將這二種現金流量的任一項列記為營收都是不當的行為，因為它們都不是來自於對客戶的產品銷售或服務提供。毫無疑問的，資產銷售利益與其它投資收益是屬於淨利的一部分，但卻不歸屬於營收的一部分。

　　在第二章中，我們介紹過美達菲斯公司。該公司的主要會計違法行為是不當的將它在創業投資案的1,250萬元獲利列記為營收。依照投資會計中的權益法，若投資者持有20%以上的股權，那麼它依投資比例所分得的獲利應該列入非營業項目的投資收益，而不是列為營收。該公司對這些項目的錯誤分類導致銷貨收入高估了10%，且更重要的是，營業利益被膨脹了108%之多。此外，當該公司進行財務報告重編時，其營業利益率（營業利益佔銷貨收入的比重）由原先提報的17.5%降為9.3%（見表5-3）。

　　採用類似手法的還有美國電影劇院的巨擘綜藝廳電影院（Cineplex Odeon），它在1989年將出售一個製片公司所實現的一

表5-3　1996年3月錯誤分類對美達菲斯的影響　（單位：千美元）

	提報	實際	遭膨脹比例（%）
銷貨收入	136,582	124,082	10.0
營業利益	24,021	11,521	108.0
營業利益率	17.5%	9.3%	88.2

次性投資收益列為營收，以對投資人隱瞞公司的問題。若當初綜藝廳電影院提報真實資料，投資人將可以輕易注意到該公司有1,450萬元的營業虧損；然而，該公司呈現給投資人的，卻是4,800萬的捏造營業收益。

花招4：將以未來採購案為基礎的供應商退佣列記為營收

有時候，一個公司可能同意以高於目前的價位支付存貨貨款，不過條件是供應商必須在下期將超付的金額以現金付款的方式退回。將這類退佣列記為營收是不當的行為，因為它其實只是存貨購買成本的調整項目罷了。

零售商處理退貨商品的方式

通常零售商退貨時，它們會從供應商與其他賣方收到現金退還（或信用額度），也就是賣方將產品買回做為存貨。這類退費的正確會計處理方式應該是列記採購退費，而非銷貨營收。然而，有時候零售商卻將這些因供應商誤送貨品所導致的退費列為營收，並因而高估了它們的銷售情況。舉例而言，證管會對L. A. Gear 提出告訴，原因是該公司不當的將470萬元的一次性賣方退費（因供應商誤送與其它來自源頭方面的問題）歸類為收入項，而事實上該公司並不是因營運而取得這些金額。

以更近一點的例子來說，日光家電也採用這種計謀來虛灌營收。在1997年時，它表示若客戶能給該公司一個立即性的退佣，它便同意在未來對客戶進行大量的採購（可能是用經過虛灌的價

格），而日光家電則將這些退佣列記為營收。事實上，正確的會
計處理方式應該是調整存貨金額，以反映產品成本的降低。

花招5：將合併前刻意隱藏的營收以不當方式釋放出來

在收購案完成後立即膨脹營收是一個非常簡單的招數：一旦
合併案宣布，收購公司便指示標的公司隱藏營收，一直到合併案
完成後才釋出。結果，合併後新公司所提報的營收將不當的包含
標的公司合併之前的營收。

讓我們來看看3Com與美國機器人公司（US Robotics）在
1997年的合併案。由於這二家公司的會計年度結帳日不同，因此
它們在結帳日前創造了二個月的「殘期」（stub period）。顯然
的，美國機器人公司隱藏了巨額的營收金額，好讓3Coms在合併
後的期間中，可以好好的利用。

3Coms很可能將美國機器人公司在殘期時所遞延的營收列到
它自己1997年8月當季的營收當中，證據如下：美國機器人公司
在殘期間所提報的營收金額為1,520萬元（大約是每個月760萬
元），而這個數字只是該公司近期銷貨收入水準的一小部分（見
表5-4）；相對於在1997年3月當季，共提報了6.9億元的營收
（或大約每個月2.3億元），美國機器人公司顯然未依照正常的業
務程序來認列營收，它所隱藏的營收大約超過6億美元。

表5-4　美國機器人公司的銷貨收入　　　　（單位：百萬美元）

至5/97前二個月期	3/97 第二季	12/96 第一季	9/96 第四季	6/96 第三季
15.2	690.2	645.4	611.4	546.8

前段章節回顧與後續章節預告

企業虛灌營收的慣用花招包括：

- 在未來仍需提供勞務的情況下，就已先認列營收。
- 在出貨前或客戶無條件接受商品前，就先認列營收。
- 雖然客戶付款義務仍未到期，就已先認列營收。
- 將產品出售給關係人。
- 給客戶某種有價值的東西，以作為交換條件。
- 以毛額列記營收。
- 列記不具實質經濟利益的營收。
- 將自借款交易所取得的現金列記為營收。
- 將投資收益列記為營收。
- 將供應商針對未來採購計畫所退還的佣金列為營收。
- 將合併前不當隱藏的營收於合併後釋出

接下來，第六章將介紹一次性利得，不管這些利得的認列方式是否得當，都將可能造成財務報表的扭曲。

第三類騙局　利用一次性利得來虛灌盈餘

就像魔術師將兔子憑空變出前，總是先揮揮魔棒或念些咒語，企業經營階層在為公司憑空「創造」盈餘時，也有他們自己的一套。只是這些經營階層們不需要特殊的道具，也不需要咒語，他們所運用的，不過是幾個非常容易上手的技巧：

1. 出售價值遭低估的資產來膨脹盈餘。
2. 將投資收益或利得列為營收的一部分。
3. 以投資收益或利得直接抵銷營運成本。
4. 將資產負債表科目重新分類，並從中創造利益。

金玉其外、敗絮其中的公司

利用會計花招與一次性利得來膨脹盈餘，可能讓經營階層非常的受用，但對依賴這些誤導性財報的投資人與債權人而言，卻是心驚膽戰的惡夢。這樣的財務報告通常讓公司看起來非常健康，但事實卻往往相反。讓我們看看查爾特（Charter）公司的投

資人與債權人在1983年時所受的驚嚇：查爾特在公布年度盈餘達5,040萬元後不久，旋即聲請破產。難道財務報表中都找不到任何公司提報盈餘作假的蛛絲馬跡嗎？

　　要回答這個問題，我們必須要進一步檢視該公司在1983年的損益表。透過詳細的檢閱，不難發現雖然該公司的淨利狀況非常好，但多數的收益卻是來自於非營業活動的項目。若分析師自淨利中扣除非經常性或非營業項目，便可以發現該公司的實際營運狀況非常疲弱。事實上，如表6-1所示，查爾特的一般經常性營業活動共虧損了6,400萬元。

　　就像查爾特的這些受害投資人與債權人所受到的教訓，讀者對於企業經營階層採用「一次性」手法來美化疲弱盈餘狀況的技巧，也應該特別小心。本章將討論各種與採用一次性利得或與公司主要營運無關的活動來膨脹盈餘的相關會計花招。（見表6-2）

　　【指導原則】當企業以來自非主要業務的一次性利得或收益來掩飾公司主要營運活動的惡化時，投資人就應該特別留意。不過，對那些來自健康業務的一次性利益，較不需要疑慮。

花招 *1*：出售價值被低估的資產以膨脹盈餘

　　企業利用出售資產以提升收益的方法之一，是將市價高於成本（或帳面價值）的資產予以出售。若這類資產的帳面價值被低估得過於不切實際，那麼出售這些資產所可能產生的利得將相當可觀。因此，投資人與債權人在檢視來自出售低估資產所產生的

表6-1　查爾特的虧損數字　　　　　　　　　　　（單位：千美元）

1983年繼續營業部門的提報盈餘	$50,382
減掉：	
資產假設的變更	3,003
清算後進先出的鋪設機	12,803
重新議定合約所產生的利得	33,600
投資交換所產生的利得	17,125
股利以外的權益盈餘	105,447
加上：	
煉油廠的沖銷	49,428
儲油槽的沖銷	7,772
關係企業淨虧損的權益攤提	12,511
調整後的經常性營業虧損	**$(64,396)**

表6-2　企業創造一次性利得的方法

較良性				最惡性
1	2	3	4	5
• 將超額提撥的退休金認列為營收	• 出售價值被低估的資產，以列記利得 • 在資產完全沖銷後，予以出售	• 將投資收益直接用來抵銷營業費用	• 改變退休金假設 • 將投資重新分類以創造收益 • 改變遞延所得稅的假設	• 將投資收益列為營收

非經常性利得時，應該特別嚴苛，特別是那些不具明顯經濟意義的資產銷售案。在資產負債表中，較常見的資產低估形式如下：

- 企業以合併權益法（a pooling of inetrest）列記營運合併所收購的資產。

- 企業多年前收購房地產（或其它投資），而這些投資目前已大幅度升值。

留意被壓抑的盈餘

當企業將合併時所取得且以合併權益法列記的資產予以出售

時，應特別留意公司以合併權益法被收購時，其資產是以合併當時的帳面價值列記於合併後公司的資產負債表上（在合併權益法相關的交易中，並無實質現金收支，也就是說，只是簡單的股權交換）。因此，若被收購公司的資產是多年前買進的，這些資產的帳面價值很可能大幅低於目前市價。而這一點就種下了會計陰謀的種子：若以公平市價將這些資產售出，便可隨即列記利得。透過這些資產的出售（收購後的價值並未向上調整），企業便可以獲取資產帳面成本與實際公平市價間的巨額價差，將「被壓抑的盈餘」釋出。

　　想像一下，若你以1億元購買一家持有500萬元淨資產的公司，其中的9,500萬元成本並不會列示在資產負債表中，也就是說，收購成本被嚴重低估（這也可以解釋為何那麼多合併案的最終結局都不好）。成本的低估代表合併後資本報酬率遭到人為的膨脹，而這一點正好就符合那些汲汲於推動合併的相關人士的需要，包括一些高階經理人，因為他們實在沒有別的功績可以拿來炫耀；不過，這種誤導性的行為對投資人卻是非常不公平的。

觀念釋疑

「隱藏獲利」的意義與重要性

當企業以高於原始成本的價格出售資產，就必須提報利得。當企業持有資產數年，資產的價值很自然會增加，因此若該資產被處分，企業亦須提列相關利得。然而若近期購入資產所列記價值低於公平市價（就像合併權益法中的資產收購一樣），企業在出售這些資產時，便可提報一筆「橫財」式的利得。所以說，出售帳面價值被刻意低估的資產，將使企業有機會釋出被隱藏的利益。

觀念釋疑

出售合併權益交易中所取得的資產

舉一個以合併權益法進行業務合併的例子，假設某公司採股權交換的方式，以市價100萬元（帳面價值20萬元）的股票收購另一家公司，而該公司持有此一新的營運主體一年，之後以110萬元將之出售。很清楚的，該公司所獲得的經濟利益是10萬元。然而，由於一般公認會計原則中奇怪的規定，該公司將會提報90萬元的利得，其中包括收購當時未能依照公平市價列記資產成本所造成的隱藏利益。

在2002年以前，合併權益法仍舊是一般公認會計原則中廣受認同的方法，然而投資人與債權人應該將資產列記成本低於公平市價（由於列記成本低於市價，因此這些資產在被收購當時，就已經具有隱藏利益）所造成的資產出售利得與收益剔除。

思科的誤導行為　《巴倫》（*Barron's*）雜誌的亞伯拉罕·布利洛夫（Abraham Briloff）博士已經研究過網路巨擘思科的會計帳目。在2000年6月結帳的會計年度中，思科以價值160億美元的自家公司股票收購了另外12家公司，其中5個收購案共價值約12億元，被認為影響輕微，因此在公司重估獲利情況時，並未將這幾家公司的影響列入考慮。另外7家公司共花了思科148億元的代價，但帳列成本卻僅為1.34億元。所以，在合併權益法的協助下，160億元收購案的帳列成本僅僅1.34億元，其間所創造出來的隱藏利益高達158.66億元。

奇異膨脹盈餘　在1976年奇異以價值約19億美元的股權收購猶他國際公司（Utah International）時，就曾經利用合併權益法來膨脹它的盈餘。奇異以帳面價值5.48億元來列記猶他公司的資產，因而隱藏了大約14億元的利益，一旦奇異出售這些資產，

觀念釋疑

針對合併權益法與商譽所修訂的新會計原則

在2001年6月，財務會計準則委員會頒布了財務會計準則聲明（Statement of Financial Accounting Standards）第141條「企業合併」與第142條「商譽及其它無形資產」，並自新會計年度2001年12月15日後生效適用。

在新的原則下，商譽（與使用年限無法界定的無形資產）不再需要進行攤銷，但須依照該聲明中的規定，每年進行毀損鑑定；而其它無形資產則仍繼續在其可使用年限中進行逐年攤提。

此外，依規定，合併權益法將成為歷史不再適用。不過，儘管不再適用，合併權益法中有關企業一次性利得的案例，仍將是歷史上重要的一課。讀者應該特別留意企業是否刻意將資產成本列記過低，以便在事後透過這些資產的出售來賺取橫財。

這類未經列記的資產價值，將被提報為利得；就算奇異事後並未售出這些資產，但它們低於市場的價值，就足以讓奇異有機會低估其費用（銷售成本與折舊），並因而使收益遭到高估。

注意出售價值被低估的投資案獲利

企業多年前以非常低的價格所購買的資產，如房地產與其它投資一旦出售，將為公司帶來一次性的收益。例如，一個房地產開發商以20萬元購買一塊土地，而一段時間以後，該土地增值為200萬元，於是該商人將土地移轉給一家企業供開發案使用。由於土地與公司所有人是同一人，帳上土地成本也會列記為原來的20萬元。若之後土地被出售，其間所隱藏的180萬元利益，就會成為新公司的獲利，讓人誤以為這個新公司的營運非常成功。

不過，值得一提的是，雖然在一般公認會計原則架構下，認列資產漲價後之出售利得仍是廣受認同的原則，可是對於營業獲利情況不佳，卻不斷嘗試以出售低估資產的方式來膨脹淨利的公司，投資人就應該提高警覺，特別是那些在季末或年終才出售資產的公司，更應特別注意。

花招 *2*：將投資收益或利得列爲營收的一部分

如同查爾特公司帳務崩潰案例中所說明的，依一般公認會計原則的規定，每當企業提列一次性收益時，應將這類收益與來自原有的繼續營業部門收益分開列記。當企業把非營業的利得列入銷貨收入或營業利益（不管是當做銷貨收入或是直接作爲營業費用的減項）中時，分析師就應該特別提高警覺。波士頓市場（Boston Market）連鎖餐廳的特許專營商波士頓炸雞公司（Boston Chicken），就是將利息收益與向各經銷商收取的各種費用列入營收，以掩飾它日益惡化的營運狀況。

「麥當勞第二」傳奇的真相

故事始於1993年10月，波士頓炸雞公司的首次公開發行成績是近十年以來最轟動、最成功的公司之一。身爲投資銀行領導者的美林證券在接下來的幾年中，協助波士頓炸雞公司透過股票與可轉換公司債的承銷，又募集了將近10億美元的資金，而投資人則把該公司視爲「麥當勞第二」。

然而，在完美的表面下卻有個問題存在：該公司的中心業務，也就是餐廳銷貨收入與經銷權利金，卻是虧損的。該公司所

有的獲利都來自於利息收益與向經銷商所收取的各項服務費。

　　波士頓炸雞公司在它1996年的年報中提到，「在公司持續擴張的過程中，向我們借款的區域發展商出現虧損，且將持續出現巨額的淨虧損，這一部分將對公司形成負的淨價值。」在1996年，該公司有疑問的虧損就增加了1.49億元，達到1.57億元。

　　神奇地將循環資金轉變爲收益　波士頓炸雞公司自市場（股票與債券）募集資金，並將這些資金轉借給經銷商店，這些商店或多或少都與公司高階主管或董事有關係。接下來，該公司以利息收益與其它形式的營收名義向這些經銷商收回資金。糟糕的是，這些附屬性的營收與收益卻佔了公司提報營業收益的絕大部分；不過，由於這類的收益與餐廳銷貨營收是結合在一起的，因此投資人根本難以察覺問題的存在。

　　騙局落幕　波士頓炸雞公司1997年的10-K表格揭露了營業虧損爲2.12億元（見表6-3）。在隨後的三個月中，該公司股價出

表6-3　1993至1997年波士頓炸雞公司的營收狀況　（單位：千美元）

	1993/12	1994/12	1995/12	1996/12	1997/12
營業收入					
公司直營店面	29,849	40,916	51,566	83,950	261,077
權利金與經銷費	11,551	43,603	74,662	115,510	117,857
利息收益	1,130	11,632	33,251	65,048	83,434
總營收	42,530	96,151	159,479	264,508	462,368
成本與費用					
產品成本	11,287	15,876	19,737	31,160	94,736
薪資與福利	15,437	11,637	31,137	42,172	109,424
一般與行政費用	13,879	33,027	41,367	99,847	292,534
放款損失準備	—	—	—	—	128,000
區域發展商虧損	—	—	—	—	49,532
合計	40,603	71,540	92,241	173,179	674,046
營業利益	1,927	24,611	67,238	91,329	(211,678)

表6-4　　1995至1996年波士頓炸雞公司本業營收與其它收益

	本業利益	稅前利益*	淨利	每股盈餘
1996年	($1,470萬元)	$1.099億元	$6,700萬元	$1.01
1995年	$790萬元	$5,440萬元	$3,360萬元	$0.66
變動百分比	(186.1%)	102.0%	99.4%	53.0%

*不包含持股比例較低的子公司

現崩跌走勢，最後在1998年10月聲請破產。諷刺的是，後來是
由麥當勞收購了該公司部分資產，並成功的重新推出，成為波士
頓市場餐廳旗下事業。

　　警訊與教訓　波士頓炸雞公司自作聰明的將非本業收益列為
營收，隱藏營運惡化的事實。如表6-4所示，該公司提報1996年
稅前盈餘成長一倍（至1.1億元），但根據CFRA計算，它的本業
實際上卻是虧損1,470萬元（我們所定義的本業利益是來自於公
司直營店面、權利金、初期經銷權與地區發展費等，而不是利
息、房地產或軟體費用等。至於所扣除的費用則包括產品成本、
薪資及福利費用和一般及行政費用等）。透過表6-5的內容可以更
詳細了解該公司的問題以及它的激進會計政策。

　　注意企業是否利用出售股票利得來膨脹盈餘　在波士頓炸雞
公司的案例中，導致本業收益與淨利間出現分歧的另一個原因，

表6-5　　波士頓炸雞公司警訊

問題表徵	實際事證	騙局種類
激進會計方式：將投資收益列為營收	• 將投資收益列為營收	第三類
營運問題	• 餐廳業務虧損	—
激進會計方式：未將毀損資產予以沖銷	• 未提列壞帳準備	第四類
內控環境	• 關係人交易太多	—

是因為它認列了出售一家子公司股票的一次性利得。該公司出售
Einstein／Noah Bagel子公司股票所實現的一次性利得，讓1996第
三與第四季的盈餘膨脹，分別認列1,480萬元與2,330萬元，總計
為3,810萬元。如表6-6所示，若將這類的利得剔除，波士頓炸雞
公司的1996年淨利應該較原先提報的金額低約2,620萬美元，而
每股盈餘則由原先提報的1.01元降低0.39元，成為0.62元。

　　注意企業是否以一次性利得直接抵銷一次性虧損　有時候，
企業會利用一次性利得來沖銷未來的營業費用（第十章將詳細介
紹相關的詐騙手法）。波士頓炸雞公司與廢棄物管理公司都曾利
用一次性利得來沖銷未來各期的營業費用。

　　波士頓炸雞公司以沖銷資產與1996年中購買設備為由，提列
了3,800萬元的非營業性支出，而在同一年中，它也提報了3,800
萬元的子公司股票處分利得。值得注意的是，當年第三、第四季
所提列的一次性支出各為1,500萬元與2,300萬元，與同期間所認
列的一次性利得的金額幾乎一模一樣。該公司決定在一次性股票
出售利得進帳的同一時間點提列沖銷項目，使該公司當期淨利金
額的波動性看起來非常「和緩」。

　　類似手法像廢棄物管理公司在1995年的財務報表中，利用交
換它所持有的服務大師公司（ServiceMaster）股權所實現的利

表6-6　波士頓炸雞公司調整後利得

	提報	調整*	CFRA調整後數字
稅前盈餘	$1.099億元	$3,810萬元	$7,180萬元
淨利	$6,700萬元	$2,620萬元	$4,080萬元
每股盈餘	$1.01	$0.39	$0.62

註：*稅前盈餘部分的調整是針對總得利3,810萬元來作調整；而淨利部分，是假設有效稅率為
39.1%來作調整；每股盈餘則是依淨利調整的比例來作調整。

得，來抵銷非營業性費用與其它謊報項目，其中多數是屬於1994年以前的報表中被認定爲謊報的項目。該公司利用這些利得來抵銷謊報項目與費用，並將抵銷後數字提報爲「雜項收益」（Sundry Income）。此一抵銷後淨額約佔1995年扣除特別支出前的稅前盈餘的10%，然而，該公司卻未對相關的直接抵銷行爲進行揭露。

在1996年查帳時，安達信統計出該公司財務報表中的謊報金額，約佔扣除特殊項目前的繼續營業部門稅前盈餘的7.2%。該公司也將出售兩家子公司的8,510萬元利得與獲利予以抵銷或予以錯誤的分類，這相關行爲都被安達信視爲不當的方式，若修正1996年的報表，這部分的因素將使該公司扣除特殊項目前的繼續營業部門稅前盈餘進一步降低5.9%。

花招 3：將投資收益或利得列爲營業費用的減項

有的企業透過一次性利得與其它非營業收益列爲營業費用的減項，將費用隱藏起來，它們慣常的作法如下：

- 企業自其退休基金資產中獲得意外的利得，導致其提報的退休基金費用減少，或甚至出現退休基金收益。
- 企業自處分投資案中獲得意外的利得，並將這些利得列爲營業費用的減項。

來自退休基金資產的意外利得

許多公司都將退休金費用納入營業費用中，在某些不尋常的

情境下，退休基金資產投資所形成的利得可能會超過退休基金費用，而形成退休基金收益。什麼樣的情境會導致這樣的結果呢？在多頭市場中，超額提撥退休基金的企業就可能會獲得超額的利得，此外，企業經營階層也可能竄改部分計算退休基金費用的會計假設。

注意企業是否從超額提撥的退休基金計畫中獲取意外的利得 這就像連續贏得二次樂透彩一樣，近年來，高額的投資收益已經使得企業界退休基金超額的情況非常普遍。像朗訊在1998會計年度就從它的退休基金計畫中提報了5.58億美元的收益，而這筆金額是已經扣除掉所有相關退休基金成本的淨獲利。

注意企業是否竄改退休基金的會計假設 有時候即便在空頭市場，你也可以中樂透彩，方法很簡單，只要在計算退休基金費用時，改採較為激進的會計方法即可。截至1999年9月的會計年度中，退休基金收益的增加讓朗訊的提報盈餘獲得提升，而收益增加完全是因為朗訊在1998年12月修訂了它的退休基金計畫的會計方法。

觀念釋疑

退休基金費用（或收益）計算

服務成本	本期獲利中的應付福利
利息成本	針對預計還款義務到期日再扣除一年的調整
實際獲利	利息、股利、租金與資產市價的變化
攤銷過去的服務成本	雇主給付額外福利的成本
利得或虧損的遞延／攤銷	針對實際與預估結果的差異進行調整

在1998年12月當季，朗訊修訂它計算退休金資產價值的方法，以訂定每期應提列的退休基金費用或收益。依原來的方法，朗訊將它已實現與未實現的利得或虧損，以五年期間進行攤銷，以做為提列退休金費用或收益的一部分。在新的制度下，公司依照過去退休基金計畫的歷史報酬率來預估每期的投資收益或虧損，並將預估與實際價值間的差額，進行五年期的攤銷。

若朗訊未改變它的退休基金計畫的會計方法，1999會計年度的盈餘將較提報數字少2.83億美元，也就是每股盈餘較原先提報的1.22元少0.09元，成為1.13元，而盈餘成長率將由原先提報的42%變為31%。

將意外獲得的投資收益直接列為營業費用的減項

企業必須在損益表中列記投資收益科目，並應將它與一般性營業收益分開列記。利用一次性利得來直接抵銷營業費用，也是以人為方式膨脹營業利益的計謀之一。IBM在出售一項業務給美台電訊時，就未能將所實現的巨額利得（約37億美元）予以獨立認列。投資人根本無法在IBM的損益表中發現這一筆巨額利得，因為該公司將它用來直接抵銷諸如銷售、一般性與行政費用（簡稱SG & A）等。IBM的一位發言人表示自1994年起，該公司便開始以一次性利得或支出來直接抵銷SG & A科目，並將這些一次性項目歸類為「一般」費用。（見表6-7）

花招4：將資產負債表科目重新分類以創造盈餘

一般而言，企業要將投資案售出，才能將投資增值的部分實

表6-7　1994至1999年間 IBM的一次性利得與支出　　（單位：千美元）

	1994	1995	1996	1997	1998	1999 (9/30)
營業利益	5,000	7,594	8,596	9,098	9,164	8,905
SG&A	15,916	16,766	16,854	16,634	16,662	10,284
列入SG&A的利得	11	339	300	273	261	4,554
列入SG&A的支出	0	0	0	0	0	2,448
利得／營業利益(%)	0.2	4.5	3.5	3.0	2.8	51.1
支出／營業利益(%)	—	—	—	—	—	27.9

現成為收益。然而，在部分情況下，企業卻可以將尚未出售的投資增值列記為收益。這樣的處理方式通常是為一些投資組合交易非常頻繁的公司所設置，但奇怪的是，蘋果電腦在1998年6月當季，卻選擇以不尋常的手法，利用一項巨額的股票未實現增值利益，膨脹淨利；其中，該公司將它在股票公開承銷後所剩餘的股權歸類為「交易性」證券，而不是「可出售」證券，並因此認列持股部位的未實現增值，而不是以非金融服務產業的慣用方法來處理。

　　透過將部分投資定義為「交易性」，蘋果電腦因而得以立即用較高的市價來列記相關證券的價值，並提列額外的1,600萬元利得。相反的，若公司將這些證券定義為「可出售」證券，相關的帳面利益就必須遞延至這些證券被出售後，才得以認列利得。那麼，該公司1998年6月當季的淨利就會較原先提報的數字低1,600萬元，每股盈餘也將降低0.09元，由原先提報的0.65元降為0.56元。

　　當財務會計準則委員會頒布一項關於匯率收益或虧損的新規則時（SFAS第133號），有些企業的盈餘便因而提升。亞馬遜在1991年3月當季收到一份非常窩心的禮物，讓它得以列記4,600萬

元的「非現金利得與虧損」的外匯利益，因為在2001年之前，這類的利得只能列示在資產負債表而已。

後續章節預告

截至目前為止，我所提到的騙局都是與不當列記營收與一次性利得來虛灌盈餘有關，不過，其實透過竄改提報費用，也可以創造非常多的盈餘，而這些相關的詭計將在第七與第八章加以討論。

7

第四類騙局 | 將本期費用移轉至後期或前期

　　不將全部的費用提報給國稅局（IRS）是非常令人難以理解的事，因為這樣會導致應繳的所得稅增加；然而，若企業想以較高的盈餘成果來取悅股東與銀行業者，這類的詭計卻正合所需。這類詭計常見的形式有二種：一是影響資產科目（也是本章要談的）；另一項則是影響負債科目（將在下一章詳加討論）。

　　本章將討論企業如何透過剔除費用項目，以虛灌盈餘的 5 種花招。每一種花招的最終目標，都是不當將營運成本列記為資產項目，而非費用科目。（編按：美國企業史上最大破產案件主角世界通訊所運用的不當作帳手法之一，便是將近40億美元的營運費用——支付給其它電話公司的網路使用費，列記為資本投資，使費用得以延後入帳，還讓該公司因此「轉虧為盈」。）

費用化VS.資本化

　　一般的營業成本可以歸納為二大類：創造短期效益的項目（例如租金、薪資與廣告等）與創造長期效益的項目（例如存

貨、廠房與設備等）。依照會計原則的規定，創造短期效益的支出應立即提列費用，以沖抵當期盈餘；相反的，創造長期效益的支出則應先列爲資產，並在往後的期間中，也就是效益實際回收時再列爲費用。有時候，這些長期的項目也會突然間變得一文不值，一旦發生這樣的現象，企業便應將這些成本立即提列爲當期費用，以用來沖抵收益。

【指導原則】企業應將創造未來效益的成本予以資本化，對於不具未來效益的成本則應予以費用化。

花招 *1*：將一般性營業成本資本化，特別是那些近期已決定不再支出的費用

第一種花招是將一般性營業成本（創造短期效益的部分）資本化，並將這些成本移轉至未來才提列，也就是說，這些成本被不當列記爲資產（而非費用），而這個資產將在未來各期進行攤銷。最常被用於不當攤銷的成本，包括：行銷與推銷成本、垃圾掩埋與利息成本、軟體及其研發成本、商店開辦前成本，以及維修與保養成本等。由表7-1中，可以見到企業不當將這類成本列爲攤銷項目的例子。

行銷與推銷成本

多數的公司都必須花錢爲它們的產品或服務打廣告，而會計指導原則通常規定企業應將這類的成本提列爲費用，當作一般的經常性短期營業成本。然而，部分企業特別是那些銷售會員資格

表7-1　將費用進行不當攤銷的案例

激進的將費用資本化	產業	公司
行銷與推銷費用	會籍銷售業	先登／CUC、美國線上、依科謝爾電訊
垃圾掩埋與利息成本	垃圾處理業	謙勃斯開發
軟體與其研發成本	軟體及其它高科技公司	美達菲斯、朗訊
商店開辦前成本	零售商與餐廳	Lechter's, Rayon's Famous Steak House
維修與保養成本	工業	Rent-Way

給顧客的公司（例如健康俱樂部或入口網路），卻以激進的會計方法，將這些成本資本化，並將之分散至數期來攤提。接下來舉三家公司的情況供讀者參考。

　　美國線上　第二章已談過它不當將1996年6月結帳年度的前三個會計年度中之行銷成本予以資本化，通常這些成本都應列為費用，並立即列為盈餘計算式中的減項；不過，美國線上卻將行銷成本列記為資產負債表中的資產，並將這些成本攤銷於未來各期報表中。它將磁碟片寄送給潛在客戶的成本稱為「遞延會員開發成本」（deferred membership acquisition cost, DMAC），並在1993、1994與1995會計年度中，用12個月期間，以直線法攤提。而自1995年7月1日起，該公司更將攤銷的期間由原來的12個月延長至24個月。

　　在1996年6月，美國線上資產負債表上的「遞延會員開發成本」已經膨脹到3.14億美元，分別約佔當時資產總額與股東權益的33%與66%。若該公司在這些成本發生時便以正常的方式提列，那麼該公司1995年所提報的稅前淨損將由2,100萬元增加為9,800萬元（包括沖銷1994會計年度年底時帳上的「遞延會員開發成本」）；而1996年提報的稅前淨利6,200萬元，將成為稅前淨

觀念釋疑

廣告成本的認列

通常廣告費用一旦發生，就立即被用來沖抵收益。根據美國會計師協會（AICPA）第93-7條的會計政策（Statement on Accounting Policy, SAP）聲明，「企業必須在廣告成本發生時，或第一次廣告執行時就應將之認列為費用。」不過，這項一般性的規則有一個例外條件：若一個主體的營運環境具備足夠的穩定性，使得以過去歷史事證為基礎所作的回收分析是可靠的，那麼任何符合這項例外條件的公司，便可以將這些費用資本化。

損1.75億元。若以季為基礎，美國線上將「遞延會員開發成本」資本化後，讓1995與1996會計年度的8季中，有6季是呈現獲利的情況，若未將其資本化，這8季其實都是虧損的。

美國線上主張該公司符合SAP93-7的標準，因此認為應獲准將行銷成本資本化。為了要達到此一目的，該公司必須提出具說服力的事證，證明現在的廣告費用在未來將創造像過去廣告活動所造成的效益一樣。

然而，證管會並不同意此一引用方式，因而控告美國線上。根據證管會的說法，美國線上並不符合SAP 93-7 的必要規定，因為該公司不穩定的營運環境導致未來淨營收的預測值變得不可靠。美國線上並不是處於一個穩定的營運環境，在整個相關的期間中，它的業務情況可以用幾個情況來形容：

- 美國線上處於一個非常不成熟，且技術一日數變的營運環境。
- 美國線上的營運模式仍處在發展階段。

- 美國線上客戶基礎出現驚人的快速成長，導致其客戶統計
出現明顯變化。
- 美國線上的客戶維持率是無法預測的。
- 美國線上無法準確預測，未來要獲取營收所可能發生的成
本。

先登／CUC　部分企業將現金收付列記於資產負債表的遞延
項目，直到對客戶的服務完成後才予以入帳。因此，用於支付一
般性營運費用的現金付款將列記為資產負債表中的資產項目，而
對於未來需提供服務所先收取的現金，則列為資產負債表中的負
債項目。

在第一章曾提及的先登／CUC公司，它銷售會員資格給客
戶，而這些會員資格讓客戶得以在一些餐廳與其它業務機構享有
折扣。由於該公司依規定應將收入遞延至會員合約期間結束後再
認列，因此該公司亦將行銷與推銷成本遞延至同一段期間內。如
表7-2所示，在1988年1月結帳的那一個年度中，總遞延成本（也
就是被資本化的部分）共增加了73.7%，達4,540萬美元；然而，
同一期間所遞延的營收僅增加21.2%，為5,240萬元。因宣傳活動
所導致的淨現金流出由2,620萬元增加1,900萬元以上，達4,540萬

表7-2　CUC會員取得成本的資本化情況　　　　　（單位：千美元）

	1988年1月	1987年1月
非流動資產		
遞延會員會費淨額	22,078	13,112
預付推銷成本	17,089	4,915
預付佣金	6,267	8,127
總資本化金額	45,434	26,154
遞延會員收入	52,384	43,205

元，但在同一段期間中，向客戶收回的淨現金流入僅由4,320萬元小幅增加約900萬元，為5,240萬元。由於會員資格、推銷與預付佣金等資本化成本的增加速度超過遞延營收，使CUC成功扭轉獲利逐漸萎縮的事實。

依科謝爾電訊公司（Excel Communication）　第三個例子是位於達拉斯的依科謝爾電訊公司，它是一家長途電話服務業者。該公司決定在它所認定的最適當時機，也就是向證管會註冊成為公開發行公司的前一刻改變其會計方法，將行銷成本由費用改為資本化支出。

在1996年5月公開發行的依科謝爾，為了讓首次公開發行作業成功，只好美化它原本看起來不怎麼起眼的帳面盈餘。這一點也不成問題，它決定調整銷售佣金的會計方法。過去該公司的當期行銷成本都是在當期就提列為費用，不過從1995年起，這類成本被資本化，並以12個月的期間進行攤銷。

注意企業是否選在首次公開發行前改變資本化政策。

此舉影響重大，因為這個改變，使1995年的盈餘幾乎提高為原來的3倍，達到4,440萬美元（或每股盈餘0.46元），較1994年的1,590萬元（或每股0.18元）高出甚多。這個激進會計方法讓公司盈餘膨脹了2,270萬元（佔1995年盈餘的51%），換句話說，依科謝爾光是靠會計方法改變得稍微激進一點，就將盈餘提升了109%。

若投資人當初檢閱過依科謝爾提交證管會存檔的以下註記，將可能立即放空該公司股票，而不會選擇作多。

本公司已經依會計慣例，將訂戶取得成本予以資本化，並以12個月為期，予以分期攤銷，這樣的作法，目的是為了

讓這些成本能與訂户在第一年中使用長途電話服務的相關營收能夠相互配合。如同本公司合併財務報表所列，行銷服務成本包括將當期招攬新訂户所支付的佣金予以資本化，以及本期應提列的本期及前期資本化攤銷金額。由於將一部分佣金支出予以資本化並攤銷的結果，反應在本公司合併財務報表上，使1993、1994、1995年12月31日的行銷服務成本各降低360萬、1,310萬與5,140萬元，而在1996年3月31日前三個月，則是減少2,760萬元。

垃圾掩埋與利息成本

廢棄物處理業的公司似乎也有將一般營業成本予以資本化的傾向，目的當然也是為了膨脹盈餘。

注意企業是否將開發新垃圾掩埋地的成本予以資本化 謙勃斯開發（Chambers Development）公司的案例，可以說是1990年代初期的大災難之一，它不當的將部分費用資本化，並列為垃圾掩埋的資產科目。這些費用包括主管薪資（在專案進行期間）、公關成本、旅費與法務費用及利息成本（針對開發期間所借入的資金）等。

在這相關問題被忽略數年之後，終於在1992年，該公司的外部查帳人員強逼公司經營階層應重編報表，將這些成本認列為費用並重新計算盈餘。數個月後，經查核人員進一步反映與檢視，他們要求公司必須再重編一次。當所有疑雲釐清後，該公司自1991年的資產負債表剔除了將近5千萬元、被不當資本化的垃圾掩埋地開發成本與利息成本，並將這些成本提列為費用，以抵減當年度收益。謙勃斯開發最初所提報的盈餘為4,990萬元，第一

次重編後的盈餘為150萬元，而經過第二次重編，竟成為虧損7,220萬元。

軟體與其研發成本

　　另一項經常被資本化的普通營業成本為軟體成本，不管是外購或自行研發的軟體成本都可能被資本化。軟體的初期研究與發展成本一般都應予以費用化；後期的成本（當專案達到技術可行性的階段時所發生的成本）也是一樣。投資人對於將大量的軟體成本資本化，或改變會計政策開始將費用資本化的企業應特別提高警覺。

　　注意企業是否將大部分的軟體成本資本化　1995年美達菲斯將大約3,350萬元的費用（約佔稅前盈餘的52%）資本化，較1994年成長423.4%。這個現象一直延續到1996年第一季，該公司又將另外的1,250萬元費用（佔稅前盈餘57.7%）予以資本化。

　　注意企業是否開始將軟體成本資本化　1999年9月以前，朗訊都是將內部使用的軟體成本列為當期費用，然而，在1999年12月當季，該公司採行美國會計師協會立場聲明書（Statement of Position, SOP）第98-1條「內部使用的電腦軟體開發與取得成本的會計方法」，朗訊開始將它部分內部使用軟體成本予以資本化（見表7-3），以美化帳面。

　　SOP 98-1是一個強制性的規定，它規定企業內部使用軟體可

表7-3　朗訊將軟體成本資產化的情況　　　　　　　　　（單位：百萬美元）

	99/9會計年度	98/9會計年度	97/9會計年度
資本化軟體餘額	470	298	293
年成長率	57.7%	1.7%	—

能產生的相關成本必須資本化、軟體建構成本可以資本化，而必要升級成本則是可以不予以資本化。不過，朗訊是將過去已經列為費用的成本予以資本化，不但讓各期的盈餘獲得膨脹，也導致之後連續四季的盈餘年成長率都呈現非常亮麗的數字。

店面開辦成本

就像研究開發成本與許多其它一般性營業成本一樣，店面開辦成本必須在發生當時立即提列費用。有時候，企業因擴大營運而開辦新的設施或店面，而將在開張前發生的部分營業成本予以資本化。例如，零售商與連鎖餐廳便可能將開店前的訓練成本與其它關於開辦新設施的成本予以資本化。將這些成本資本化通常被視為是較激進的會計方法。

讓我們來看看二個較惡劣的例子：在1990年代初期，零售商Lechter's與餐廳業者雷恩家族牛排館（Ryan's Family Steak House）都將開店前成本資本化。Lechter's是以新店面開張當天起的24個月期間來攤提這些成本；雷恩餐廳則主要是將員工成本予以資本化，並在餐廳開幕日起的五年期間內加以攤銷。

維修與保養成本

雖然在某些情況下，將軟體成本或店面開辦成本資本化是可以接受的，但維修與保養成本很顯然是屬於一般性營業費用，須當期提列，以扣抵收益項目。

有一家公司卻未能了解這一點，那就是Rent-Way，也是美國國內最大的「先租再擁有」的出租商店之一。在1999會計年度，Rent-Way以不尋常的人為手法降低部分費用，來浮報盈餘。它的

表7-4　Rent-Way公司的警訊

問題表徵	實際事證	騙局種類
激進會計方式： 將一般性營業成本資本化	• 將汽車保養成本予以資本化	第四類
未依法沖銷損毀資產	• 延後沖銷遺失或丟棄商品 • 將廢棄家具繼續列記於資產負債表上	第四類
激進會計方式： 未依法列記負債	• 在季結帳日前數週便停止列記應付帳款（與相關費用）	第五類

作法是：將汽車保養成本列記為資產，並以數年的期間來攤銷這類成本。表7-4則說明該公司採激進會計方法的詳細情況。

花招 *2*：改變會計政策並將本期費用移轉至前期

　　第一種花招可以幫助公司將營運費用移轉至未來，以擺脫目前低迷的局面，但這樣的作法不過只是將面對現實的日期延後罷了；接下來所要討論的第二種花招卻是一勞永逸的，它是一種較長期的解決方案，讓惡質的經營階層得以讓相關成本永遠消失。方法很簡單，只要將成本移轉至前期（不列入損益表中），任務便達成了。

史奈普從充氣到爆炸

　　就行銷成本在會計方法中的相關騙局來說，飲料業巨擘史奈普（Snapple）的案例可以供美國線上與先登／CUC作為參考，它將部分未來的費用移轉至前期，而使行銷成本消失無蹤。

　　話說1994年，史奈普發現將本期成本移轉出去，將有助於提升本期獲利，不過，史奈普並未採用一般老式的作法將成本移轉

至未來，相反的，它將成本移至過去。詳細作法是這樣的：1994年6月7日當天（季末結帳的三星期前），史奈普宣布將改變公司廣告成本的會計方式，亦即不在成本發生時就立即列爲費用，而是以各種與當年度單位銷售成本有關的預測值爲基礎來提列費用。由於這項會計方法的改變，導致有160萬元的本期與下期費用被移轉到（已經結束的）第一季，結

> 史奈普選在季末結帳前的幾個星期宣布修訂會計方法，投資人就應該可以感覺出有問題存在。

果這些費用自然由帳面上消失，未對損益表造成任何衝擊（將成本移轉至第一季，只需在資產負債表中交代一下即可）。

史奈普的下場　在會計方法改變後二個月，該公司宣布面臨營運問題，股價隨之腰斬，整整下挫了一半，跌至14元。在接下來的數月中，股價再度腰斬，成爲7元。在1994年11月，桂格公司（Quaker Oat, OAT）以18億元收購史奈普，若以每股價格而言則爲14元。然而，故事還沒完，在這個收購案以後，史奈普的業務持續走下坡，甚至還拖累桂格；最終，桂格以3億元將史奈普賣給了Triarc公司。桂格的這項收購案可以說是近年來下場最糟的案例了。

警訊與教訓　史奈普的問題其實有幾個警訊可循，最明顯的危險訊號莫過於在季末結帳前三個星期突然改變會計方法。其它警訊還包括：營運現金流量的劇減、應收帳款成長速度高於銷貨收入成長，以及存貨週轉率降低等。

另一個發生在更近期，也是將本期與未來費用移轉至過去的例子，還有光纖通訊元件大廠 JDS Uniphase（以下簡稱 JDSU）。在2001年7月，JDSU宣布一項收購案中價值4,480萬元的商譽已經失效，須予以沖銷。奇怪的是，JDSU將其中的3,870萬元回溯

至2001年3月當季。也因如此，該沖銷金額的86%並不會對本期或未來的盈餘造成衝擊。實質上，由於新會計規則的採用，使得該商譽的攤銷已經完成，因此未來盈餘將遭人為膨脹。

花招*3*：攤銷成本的速度過慢

為公司創造長期利益的支出（例如存貨、廠房與設備，以及商譽等），應該在利益取得當期便提列為費用；將成本配置到相關營收的術語稱為「配合原則」[1]（matching）。企業可以透過不配置足額成本到適當的期間以浮報盈餘，相關的作法如：固定資產折舊速度過慢；無形資產或租賃物改善工程的攤銷速度過慢；將資產折舊或攤銷期間拉長；存貨、行銷與軟體成本攤銷速度過慢等。

雖然一般公認會計原則鼓勵企業在取得利益的同時就盡速將相關成本沖銷掉，但許多誘因卻讓經營階層選擇慢慢沖銷資產。第一個原因是，折舊或攤銷速度慢將使資產存留在資產負債表上的時間延長，因而使公司擁有較高的淨值；第二是，沖銷速度較慢可以導致費用較低而獲利則較高。

對固定資產折舊速度過慢的公司應存疑　以產業平均值來比較折舊政策，讓投資人可以判斷各個企業是否採用恰當的資產沖銷年限。當一家公司沖銷固定資產的速度過慢，投資人就應該提

譯注：

1.【配合原則】又稱為成本與收益配合原則，當一項收益在某一期進行認列時，與這筆收益有關的所有成本均應在當期提列為費用，以配合收益來計算實際的損益。

觀念釋疑

廠房資產的折舊

一家公司以50萬元購買了一棟建築物，並將它列記為資產。它也決定該建築物的折舊期間為25年，因此，年度折舊費用為 2 萬元（500,000 / 25年）：

增加：折舊費用	$20,000
減少：建築物	$20,000

此時，資產負債表所呈現的建築物帳面淨值為48萬元（$500,000-20,000），而損益表所列的折舊費用則為2萬元。

不過，若該公司選擇將該建築物的折舊年限延長，假設是50年，如此一來，將使攤銷速度變慢，結果，每年所需提列的折舊費用僅為 1 萬元（500,000 / 50年）：

增加：折舊費用	$10,000
減少：建築物	$10,000

高警覺，特別是那些技術發展快速的產業，因為現代化速度太慢的公司遲早將會被過時的機器設備所困。

注意無形資產與租賃物改善工程的攤銷期間是否過長 攤銷與折舊的原理相同，企業無形資產與租賃物改善工程的攤銷期間愈長，早期所浮報的盈餘便愈高，對這樣的公司，讀者應該具有警覺心。

電影院連鎖公司綜藝廳電影院的投資人早該質疑該公司對租賃物改善工程如座椅、地毯等的攤銷政策，因為該公司針對這些物品的攤銷年限為27年，顯然該公司在預估這些物品的使用年限時，實在是樂觀到有點不切實際，而這種過度激進的會計運作讓

綜藝廳電影院高估了公司的實際盈餘情況。若該公司像其競爭對手 Carmike 電影院一樣，將這些租賃物改善工程的攤銷年限改為較保守的15年，那麼，它在1988年淨利將減少65%，每股盈餘成為0.54元。

注意企業是否為延長折舊或攤銷年限而改變會計方法　當一家公司採用過長的折舊或攤銷期間，它便因採用激進會計方法而被認定是有罪的。而若公司為延長年限而改變會計方法，其罪孽更加深重，因為這樣的舉動顯示公司的營運可能已陷入困境，才不得不改變會計假設，以掩飾營運的惡化。在部分案例中，經營階層改變會計假設可能是情有可原，但若這些改變的目的是為了膨脹盈餘，投資人就應特別小心。

通用汽車光是將廠房與設備的可使用年限延長，就讓1987年的折舊與攤銷支出整整降低了12億美元。Newcourt Credit〔後來被 CIT 收購，而 CIT 後來又被泰科（Tyco）收購〕起初將收購所產生的商譽攤銷年限定為20年，奇怪的是，大約一季以後，又改為35年，而使費用推延至未來各期。

注意企業存貨成本是否攤銷過慢　在多數產業中，沖銷存貨的流程並不複雜，一旦銷貨的事實發生，公司便將存貨移轉至銷貨成本的費用科目下。不過在部分事業中，要決定何時將存貨轉為費用或應該提列多少費用卻有困難。

例如，在電影業中，在電影或電視節目播出前，其製作成本將被資本化。而當營收實現時，再將這些成本配對（轉為費用形式）到相關的營收上。然而，由於實現營收的期間可能長達數年，所以電影公司必須先預估營收入帳的可能年數。若公司所採用的期間過長，存貨與盈餘將會出現高估的現象。

　　想想看，倘若一部電影的成本為2千萬元，若公司預計營收入帳期間為二年，每年應攤銷的費用則應為1千萬元；不過，若該公司將預計營收回收期間定為四年，則每年應攤提的費用為500萬元，如此一來，公司每年將會增加500萬元的獲利。若這部電影失敗，當然所有的成本必須立即予以沖銷。

　　不幸的是，有部分電影製作公司所訂定的攤銷期限過長，並且未針對虧本的電影予以沖銷，其中二個例子是佳能集團（Canon Group）與歐瑞恩影業（Orion Pictures）。

　　佳能集團　證管會針對該公司高估1985年營收一案，對該公司提出告訴，原因是佳能公司沖銷存貨（未沖銷影片成本）的速度實在太慢了，結果導致佳能的資產被大幅高估，而當年的費用則遭到嚴重低估。

　　歐瑞恩影業公司　該公司在預測未來營收方面也遇到困難（也因此它攤銷影片成本的速度亦過慢），此外，對於失敗影片成本的沖銷速度也太慢，有時候是幾年後才開始進行沖銷。例如1985年時，歐瑞恩提報3,200萬元的虧損，但其中一半以上的損失是針對它1982年就已發表的失敗影片所提的沖銷。顯然的，這些虧損並非全部來自1985年的營運，而這都是因為歐瑞恩前幾年浮報盈餘的後遺症。

　　《華爾街日報》在1991年10月的一篇文章批判歐瑞恩將幾年前就應沖銷的影片成本持續予以資本化。事實上，該公司因沖銷影片成本過慢或根本未沖銷虧本的作品，因此到1990年會計年度結束時，未攤銷影片成本已經超過提報營收。（見表7-5）

　　歐瑞恩最令人質疑的假設是有關它《女警特勤組》（*Cagney and Lacey*）系列電視聯盟權的營收預估。歐瑞恩攤銷相關成本的

表7-5　歐瑞恩公司的存貨與銷貨成長　　　　　　　（單位：百萬美元）

	1991	1990	1989
營收	$584	$485	$468
淨利	−63	15	13
存貨／營收	766	666	467

速度非常慢，並假設營收將持續入帳好幾年，最終並將達到1億元。不幸的是，營收僅回收2,500萬元，這代表歐瑞恩攤提存貨成本的速度實在太慢了。

　　注意企業是否將行銷或軟體成本的攤銷期間延長　如同本章先前所提，企業通常在行銷與軟體成本發生時便立即列為費用，但一些公司卻將這些成本資本化，不過是以較短的期間予以攤銷；而極度激進的公司則將攤銷期間延長到超過原先的估計值。

　　美國線上曾採用類似的詭計，將行銷成本進一步移轉至未來。在1995年股票承銷之前，美國線上將它已經略顯激進的攤銷期間由12個月延長為24個月，這樣的作法讓該公司膨脹了4,810萬元的盈餘（由淨損1,830萬元成為淨利2,980萬元）。美達菲斯同樣是利用人為方式，自1995年起將原來的攤銷期間由5年延長為7年，以達浮報盈餘的目的。

花招4：未調降毀損資產價值或未沖銷毀損資產

　　【指導原則】當資產價值出現突發性且大量的毀損，該資產必須立即全額沖銷，而非逐步攤銷。

　　經營階層難以決定、主觀性又高的決策之一，就是評估資產

何時將變成「永久性毀損」（就實務上來說，這是非常嚴酷的說法）。當資產帳面價值高於將該資產出售的價值，就代表該資產的價值已經被高估。事實上，這高估部分即是企業未能依法認列的虧損。當部分資產如存貨與應收帳款的相關準備金科目被低估時，這些資產科目價值經常是被高估的。所以，未能建立足額準備金或不當釋出這些準備金，將使費用低估、獲利高估。一般而言，企業宣布大規模重整支出（第七類騙局），都是因為先前未依法沖銷損毀資產（第四類騙局）的關係。

洛克希德公司倒楣的三星專案

洛克希德公司（Lockheed，後來與馬丁馬瑞塔航太公司（Martin Marietta）合併為洛克希德馬丁（Lockheed Martin））的案例，說明企業確實非常難以判斷何時應該沖銷毀損資產。在1970年代早期，洛克希德必須決定是否繼續將發展新飛機三星L-1011號的開辦成本予以資本化，或直接予以沖銷。一般針對飛機所使用的會計方法是「專案法」（program method），每一架在專案中的飛機都是採用假設平均成本（假定為300架），而不理會各架飛機的實際造價。因此，許多新型飛機早期的實際造價超過原定平均成本的部分將被遞延至整個學習曲線好轉之後才會提列，而技術較成熟後，也就是後期所生產的飛機成本將低於平均成本（因而得以吸收初期所遞延下來的成本）。就理論上來說，除非每一架飛機新增的成本都超過新增的營收，否則用前述平均成本的方式聽起來確實是非常不錯的選擇。不過，不幸的是，洛克希德的情況就正好是成本高於營收的情況。

到了1975年年底，該公司共累積了大約5億美元的資本化成

本在資產項目中，而當時從倒楣的三星專案上卻仍看不到任何獲利的跡象。最後，洛克希德只好開始沖銷這 5 億元的「汙點」，不過，該公司卻是以分期的方式來進行沖銷，每年提列 5 千萬元（即便三星專案的虧損仍舊不斷擴大）。

洛克希德將這 5 億美元的虧損繼續列入資產項目中的「發展成本」，每年攤銷 5 千萬元，一直到累計損失達到10億元以後才完成全部的沖銷（見表7-6）。顯然的，事實證明這些資產都已經毀損，早該全部予以沖銷。

最後，在1981年年底，以稅後金額計算，洛克希德共沖銷了4億美元（以稅前計算為7.3億元，這部分先前被提報為資產）。延後資產沖銷的決策讓洛克希德公高估了1981年前幾年的盈餘。

注意企業未沖銷的壞帳及其它無法回收的項目　有時候企業並未將財務困難客戶的應收放款予以沖銷，而這就是不具價值資產的最佳範例。一般公認會計原則規定，企業必須刪減這類的應收款的價值，直到符合它們的淨可實現價值（net realizable value，也就是公司預計可望回收的金額）為止。要將這類應收款調整為淨可實現價值，企業必須先預估可能的倒帳金額（或壞

表7-6　洛克希德三星專案的結果（單位：百萬美元）

年別	虧損金額
1975	$94
1976	125
1977	120
1978	119
1979	188
1980	199
1981	129
總計	974

帳），並以潛在的倒帳金額來列記準備金，以使淨應收款項降至預估的淨可實現價值的水準。若公司想要提升獲利，它只要簡單的將無法回收的應收款金額估計值降低，這些狀況在近幾年來的銀行與保險業經常可見。

銀行必須不斷估計它們的放款中有哪些部分最終將成為壞帳，而對於這些可能成為壞帳的放款，銀行就必須提列費用，並另外借記準備金。類似的情形還有產物與意外保險公司必須估計目前的保險合約中，公司最終必須付出多少金額。這些相關金額必須自放款或合約簽訂的當年度盈餘中扣除，而不是在保險理賠金支付或放款轉為呆帳的時間點才提列。當一項放款被註銷，銀行便應將這筆放款自資產項目中剔除，並自準備金中扣除相同金額（這些簿記分錄並不會影響到損益表）。

理想的狀況是，準備金總額應足以涵蓋在財務報表編製當時，所有經銀行認定已經倒帳或即將倒帳的帳上放款金額。每年自盈餘中扣除的增提準備金應該要足夠讓準備金維持在適當的水準；然而，若經營階層未能提列足夠的準備金來因應潛在的虧損，那麼公司的淨利與應收款將會被大幅高估。

對企業不具價值的投資案應特別留意 要確認企業目前是以較保守的方法來列記相關金額，且未來也會用同樣保守的方法，除了觀察放款與其它應收款項外，還可觀察企業的投資案。若企業所投資的股票、債券與房地產市場價值下滑，且不是暫時性下滑的話，它們就應該要調降這些資產的價值。這個原則對部分型態的公司特別重要，例如保險公司或是投資佔資產比例較高的公司。保險公司有時候會幾乎無預警的破產，毫無警訊的原因之一就是許多保險公司是以成本列記投資，而不是列記這些投資低於

成本的市值。

　加州的第一主管（First Executive）人壽保險公司即是保險公司中未能依法調降投資價值的案例。1990年年底，該公司在帳面列記的資產價值為1百億元，然而，這些資產中有多數是垃圾債券，而這些垃圾債券的價值早已慘跌多時。在1991年4月，相關主管單位扣押了第一主管人壽保險公司與其關係企業，數千名投保人的權益受損，這也是美國史上最大的保險業破產案。

花招5：降低資產準備

　企業必須調整部分資產的價值以反映客戶倒帳、存貨過時，以及其它可能導致資產價值降低的種種因素。為了要做到這一點，企業必須建立各種的準備金（也稱為沖抵科目），且須每期進行調整（這與上一段討論的銀行業與保險公司因應呆帳的處理流程相似）。企業若未依法增列足夠的準備金，或甚至不當降低這些準備金，就會使盈餘提升。一般而言，準備金是與應收款項、存貨、廠房與設備、商譽與遞延所得稅等連結在一起的。（見表7-7）

　注意毛應收款項增加而應收款項準備金卻降低　企業必須將

表7-7　資產形式與準備金科目

資產形式	準備金科目
應收款項	備抵問題帳戶損失
存貨	備抵過時存貨損失
廠房與設備	累積折舊
商譽	累積攤銷
遞延所得稅	備抵減額損失

預期能收回的金額列記為應收款項，也稱為淨可實現價值。要做到這一點，就必須同時設置並維持一個準備金（稱為備抵問題帳戶損失），以反映可能發生的倒帳問題。在正常的情況下，準備金的成長幅度應與毛應收款項的成長幅度相若，所以一旦準備金下降但應收款毛額卻反向上升，意味公司極有可能短列壞帳費用。HBOC在被麥凱森公司收購之前，就明顯出現這樣的情況。該公司1996會計年度的應收帳款餘額竄升了60%，但它的備抵問題帳戶損失卻降低了1.1%。備抵問題帳戶損失佔應收款的比重，由1995年的5.01%降至1996年的3.16%。若HBOC從頭到尾都將其備抵問題帳戶損失維持在平常的5.01%，營業利益將減少360萬元，而淨利則約降210萬元。

相似的，朗訊透過降低該公司的備抵問題帳戶損失金額來膨脹1999年3月前半年度的提報盈餘。在這段期間中，該折讓金額降低了11%，而應收款則上升26%，也因如此，備抵損失佔應收款比例大幅下降，由1998年9月的5.62%降至1999年3月的3.99%。若朗訊在1999年3月前的半年中維持平常的備抵損失水準，盈餘將降低約9,400萬元，或大約每股0.03元。

國際銀行巨擘匯豐銀行（HSBC）也曾用相同的手法來浮報盈餘。它的壞帳準備因新準備金大幅下降、準備金釋出金額大幅增加，而大幅減少約12.23億港幣，或86.2%，僅剩1.96億元。當年該公司共提列了1.22億港幣做為新放款的準備金，並自1997年額外提列的一般性準備金2.5億港幣中釋出另外的1.25億元，因此當年由一般準備金中的淨釋出金額為3百萬港幣。鑑於美國景氣趨緩與該公司在香港經濟中可能面臨的窘境，該公司又將額外準備金中剩下的1.25億元移轉至一般性準備金中，以支應壞帳與

問題放款。

注意企業是否針對放款提列準備金 若企業一點壞帳準備金也不提列，那就是謊報盈餘案例中最惡劣的情況；波士頓炸雞公司便是如此。即便到1996年年底時，波士頓炸雞公司與其子公司的總放款金額已高達7.9億美元，但它們卻依舊未針對地區發展商的放款損失提列準備。若波士頓炸雞公司保守地提列約2%準備金來因應潛在的壞帳問題，當年的營業利益與淨利大概會各降低1,580萬元與960萬元。

注意企業是否調降過期存貨的準備金 資產負債表中所列記的存貨項目，可能因為替換價值的降低或採用後進先出法而有所調整。就像應收帳款一樣，企業也應該設置一個準備金科目，以反映存貨價值的調降。一般而言，該準備金與存貨是呈相同比率成長，若準備金未隨存貨狀況作同步調整（或反而降低），通常就代表公司已將準備金釋出，做為膨脹盈餘之用。

讓我們來看看以下發生於朗訊的故事。雖然1999年9月為止的會計年度中，存貨水準大幅躍升，但朗訊的準備金不管是絕對金額或佔毛存貨的比例都是呈現下降。如表7-8所示，存貨金額上升了42%，由41.24億美元成為58.7億美元，然而存貨準備金卻由8.45億元降至8.22億元。若朗訊將準備金佔存貨比例維持在

表7-8 **過期存貨準備金與存貨毛額** （單位：百萬美元）

	9/99 第四季	9/98 第四季	9/97 第四季	9/96 第四季
過期存貨準備金	822	845	880	815
存貨毛額	5,870	4,124	3,931	4,145
過期存貨準備金／存貨毛額	14.0%	20.5%	22.4%	19.7%

20.5%的正常水準，則1999年9月會計年度的每股盈餘將降低0.08元。

注意企業是否沖回可疑的準備金　未依法提撥足夠的準備金被視爲激進的會計方法，但將假造的準備金予以沖回[2]，則將引發證管會的注意。朗訊在1999年9月當季沖回先前所提撥的重整準備金，因而大幅膨脹了公司的提報盈餘。其中，它在當季共沖回了5,400萬元的準備金，並創造了3,600萬元的稅後盈餘。

1985年時，由於市場上對 MiniScribe 的 Winchester 磁碟機需求降低，加上市場競爭激烈，導致該公司不得不提高它的存貨準備金。到了1986年，由於市場需求改善，公司又沖回了210萬元的準備金（有關MiniScribe的弊案將再第十二章詳加討論）。

若企業取得國稅局的租稅優惠，卻不確定何時可以取回退稅款時，就應提撥遞延所得稅資產的相關準備金。這些優惠是以未來應繳稅額減免的形式存在，然而，若企業出現虧損且未來可能將持續虧損，它便不需要繳稅，因此當然也不會有任何退稅款。不過，一旦該企業出現獲利（或預期即將有獲利），該項準備金將被廢除，同時損益表上所提報的所得稅費用亦將同步降低，當然，這對盈餘而言是正面的影響。1994年，波士頓炸雞公司決定廢除它380萬元的遞延所得稅準備，對它的帳面盈餘而言可謂是久旱甘霖。

譯注：

2.【迴轉（沖回）分錄】迴轉分錄係指由於一些會計技術上的原因，在會計年度開始的時候，將前期的調整分錄予以迴轉或沖回，所以也稱沖回分錄。迴轉分錄並非絕對必要的，會計人員之所以要在年度開始時作迴轉分錄，是因為要使調整分錄的會計處理前後一致，並可以避免出現帳務混亂的現象。

後續章節預告

第八章將介紹另一個膨脹盈餘的方法：未依法列記全部的負債。

第五類騙局

未依法列記負債或以不當方式短列負債

一位高階主管對新秘書表達對她的期望，他說：「我希望你非常靈巧、有組織，且對所有客戶都彬彬有禮，不過更重要的是，不要拿我的事情去嚼舌根。」秘書回答：「喔！是的，長官，我不會告訴任何人任何事情，你對我可以百分之百信任。」說完後，她傾身靠向桌子並低聲問：「長官，那你有什麼事不願讓其他人知道呢？」

有些公司在提列負債時，有時候採取「愈少愈好」的心態來詮釋這個不希望對外透露的「祕史」。這樣的哲學導致企業在提列諸如進行中的訴訟案、長期採購承諾與其它潛在義務時，都會採取盡量少列的政策。除了這些應列記於資產負債表上的義務項目外，企業可能還有許多義務應在註記中揭露。投資人與債權人應詳讀財務報表、當中的註記，以及股東代理委託書等，以找出公司所有應盡而未盡的義務。

本章將介紹揭發企業未依法提報或以下不正當方式低列負債的一些技巧：

1. 雖然未來仍然有應盡的義務，但卻未依法列記費用與相關的負債。
2. 修訂會計假設，以降低負債金額。
3. 將有疑問的準備金釋出，轉至盈餘科目。
4. 假造退佣。
5. 收到現金時就先列記營收，而不管未來是否仍有未盡的義務。

在損益表上低列費用的常見方法有二種：上一章討論的是膨脹資產的花招；本章則是介紹低估負債的花招。在第十七章中，我們將討論恩龍事件的始末，該公司就是以低列負債的手法欺騙無法看透實情的投資人，最終甚至演變成為（截至2001年底前）美國史上最大的破產案。（編按：世界通訊於2002年7月21日向法院聲請破產保護，該公司列示資產總額超過千億美元、負債高達410億美元，破產規模為恩龍的2倍，再創美國企業破產規模新高。）

【指導原則】若企業在未來仍有應盡的義務，負債便因此產生。

花招 *1*：未來仍有應盡義務，卻未列記費用與相關的負債

第一種花招是不依法列記費用與相關負債以膨脹盈餘。有二家公司曾用過這種手法——牛津健保公司與Rent-Way。

觀念釋疑

應計費用

假設你收到一些有價值的東西，同時收到這個東西的發票，但你還不需付款，例如你的律師在12月15日替你草擬了一份合約，並送來發票，此時正確的分錄應該是：

增加：法律費用

增加：應付帳款

若你決定在年底結帳後再列記這個分錄，你的盈餘將被膨脹，因為法律費用已經不包含在當年度盈餘的計算中。

意外的錯誤：牛津健保

1997年，牛津健保公司新構建的電腦系統出現非常嚴重的問題，嚴重到該公司根本無法辨識到期的保險收入與積欠醫藥供應商的費用應該有多少。結果，牛津健保嚴重低估它資產負債表上的保險金負債。

在幾個供應商的連續申訴後，紐約州保險部展開調查，1997年10月調查終結，它祭出3百萬元的罰金並命令該公司需增加5千萬元的準備金，此外，要求公司解聘財務長與其他主要相關人員。在牛津健保宣布每股虧損0.88元（而非先前所預測的每股獲利0.47元）的當月，公司股價重挫了62％。當年12月，該公司宣布增加1.64億元的醫療準備金，以及當季虧損1.2億元的消息後，股價續跌了15％。

警訊與教訓　牛津健保在1996年9月進行的電腦升級工程導致保險費帳單的催收進度嚴重落後，這使公司無法收回過去的保

險金，因而對營收與盈餘造成負面影響。

而電腦升級事件的影響，不僅是收款進度落後，也造成未處理醫療申訴案件不斷積壓，致使公司無法有效判斷醫療負債，進而無法提列足夠的準備金支應相關的醫療成本，當然，這也造成盈餘的膨脹。顯然的，牛津健保並非蓄意低估負債，而是電腦問題所造成的結果。不過，在下一個例子裡，整個誤報事件卻是有預謀的。

惡意的欺瞞：Rent-Way

在1999會計年度結帳前數週，Rent-Way的會計部門停止列記新的應付帳款與相關費用，而透過這樣的詭計，Rent-Way讓1999會計年度的費用降低了2,830萬元，次年它再度採用同樣的計謀，讓費用又降低了9,900萬元。

2000年10月30日，Rent-Way終於揭露該公司在前二年中總共不當低列了1.27億元的費用，股價應聲倒下，由23.44元重挫72%到6.5元。整個詭計被揭發是因為當時會計長與主辦會計主管雙雙去度假，新的財務長由Rent-Way的店內存貨系統發現店內的商品較帳面的紀錄少。

有一些負債僅需以註記揭露，對提報盈餘並不具影響，儘管如此，投資人也應該密切注意財務報表中揭露的所有重大承諾與註記中所談論到的或有條件，或財報中的經營階層意見與分析的部分。有時候，因重大承諾與或有條件而低列的負債金額，可能比資產負債表上所提報的負債更為嚴重。

很顯然的，企業必須將過去的交易案所衍生的既有義務提報為負債，並同時列記相同金額的費用。此外，一般公認會計原則

規定在某些情況下，或有負債應列為應計事項。

透視重大承諾與或有事項

而公司未來應履行的承諾與或有條件是什麼呢？例如，一家公司可能有長期租約或採購合約，一般公認會計原則對於這類的未來負債的規定較不明確，所以讓經營階層有較大的彈性來處理相關的項目。若這些義務非常重大，且公司可能因協議中的不利條件而受到負面影響，就揭露的最低程度規定而言，公司就必須作出詳細的註記。若公司未能提供所有的細節，投資人與財務分析師就必須詳讀整個年報，以了解整個情況。

讓我們看看哥倫比亞天然氣系統公司的案例，當該公司發布它在1991年第一季的財報時，多數的分析師依舊對該公司非常看好，並且建議客戶買進該公司股票。但在數週內，哥倫比亞公司卻投下一顆炸彈，它揭露公司有一項高達10億美元的天然氣供應合約的問題（以高出市價甚多的合約價購買原料），並提出公司可能聲請破產的警告。股市對該訊息的反應非常迅速，股價應聲重挫了40%，該公司的市值也在一天之內縮水了7億美元。

哥倫比亞公司受到大眾韃伐的原因，是它未能向外界強調該公司的未來應盡義務——它以「照付不讓」（take-or-pay）的合約條件向供應商購買大量天然氣，該合約規定哥倫比亞公司每年應以高於市價的價格購買2千億立方呎的天然氣，總成本約1.25億美元。據事後了解，在該合約簽訂後，天然氣價格重挫，但另一方面，哥倫比亞公司的客戶卻又另外尋求較低成本的燃料，也就是說，雖然哥倫比亞公司必須對供應商遵守承諾，但它公用事業客戶卻有權向其它較便宜的來源購買天然氣。

觀念釋疑

估算或有損失

當企業所面臨的情境符合或有損失的條件時，就應列記損失。假設公司將因訴訟案而產生損失，且幾乎確定應該要支付 6 千元，該公司就應作以下分錄：

增加：因訴訟所產生的損失	$6,000
增加：預估負債	$6,000

這筆交易紀錄將使負債增加、淨利降低；相反的，若未依法列記此一交易，將高估獲利情形。

　　質問是否存在任何或有損失　訴訟、稅務爭端等預估款項所可能衍生的損失都屬應計項目，一般公認會計原則規定當企業同時面臨以下二個情境時，就應列記損失：（1）可能產生損失；（2）損失的金額能夠合理估算。

　　偵察問題企業是否有即將到期的定額支出　許多公司都背負著類似的長期承諾，特別是與設施租賃有關的產業。在公司降低營運規模以因應營運惡化時，這些承諾特別容易成為尾大不掉的問題。電腦銷售商商業園地（Businessland）在1991年初，就因這類的長期承諾而頭痛不已。當時，該公司業務大幅下滑，但它依舊須負擔數十個已經撤銷營運的賣場租金，更糟的是，它根本找不到其他承租人來幫忙分攤這些開銷。

　　2002年經濟持續蕭條，許多公司進行營運瘦身，員工人數的減少相對也使企業所需的辦公室面積縮小。在分析這類的公司時，記得一定要釐清他們是否仍有未到期的長期租賃合約須繼續付款，若有，這些承諾的成本必定會拖累公司未來的獲利能力。

未登帳股票選擇權負債對盈餘的衝擊

賦予員工股票選擇權是最大也是最昂貴的負債之一，但多數公司卻未將它列記在資產負債表上，因此，選擇權對盈餘、現金流量的龐大且具實際經濟效益的衝擊，並未對投資人揭露。這類資訊多數是涵蓋在財報附帶的註記中。

在1990年代的這十年當中，股票選擇權的採用成為企業吸引與留住員工常用的工具，即使是公司董事，都可參與這樣的福利政策。根據威廉墨索（William Mercer）顧問公司針對350家企業的調查，其中93%的企業提供股票相關的獎勵措施給他們的董事，而在1992年時，僅有63%的公司採用這樣的政策。

投資人直到最近才逐漸了解這類未經列記的成本的重要性。貝爾斯登（Bear, Stearn & Co.）公司的會計分析師佩特・麥肯尼爾（Pat McComnell）指出，若將這些選擇權全數列為費用，那麼2000年7月以前的三年，標準普爾（S&P）500指數中所有企業的盈餘成長率將較原先公布的11%降為9%。基尼可斯公司（Kynikkos Associates Ltd.）的放空高手傑姆斯・卡諾斯（James Chanos）稱股票選擇權為，「全國性的不法行為……與持續的恥辱」。

在高科技公司中，有關這類隱藏性費用與膨脹盈餘的情況更加明顯。例如，若將思科的股票選擇權予以費用化，該公司2001年7月前一整年的提報盈餘將降低11億美元，或42%；此外，思科三年期累積盈餘成長率將由41%降為33%。

此外，公司需買回股票以給付給持有股票選擇權的人，而這一部分所需的實際現金成本卻愈來愈驚人。根據《經濟學人》雜

誌指出，1991年至2000年間，微軟共發行了16億股的股票選擇權，而它在這段期間共買回6.77億股的庫藏股，部分原因是要改善權益遭稀釋的窘況。該公司總買回成本為162億元，但有一點點足堪慰藉的是，微軟因而得以訴請應稅所得抵減，並獲得了120億元的免稅額。因此，為稅務的考量，微軟將股票選擇權列為巨額費用，不過，它卻未將這些內容呈現在給股東的報表中，真的就像是連中二次樂透彩一樣。

根據史密瑟公司（Smithers and Company）的研究，若微軟在將股票選擇權發放給員工的同時就列記為費用，那麼該公司在1998年的提報盈餘將是令人難以置信的虧損178億元的數字，而不是原先提報的獲利45億美元。史密瑟公司的看法讓許多美國大型企業坐立難安，它發現若股票選擇權在授予員工的同時就已經正當的列記，許多大型上市公司的1998年盈餘將比原先提報的數字少三分之二。

由於經營階層從股票選擇權中獲取巨額的利益，也難怪採用股票擇權政策的公司績效不見得比不採用這種政策的公司好到那裡去。根據哈佛管理學院的研究，「由企業的經營成果來看，我們看不出企業的薪資與津貼計畫設計和它們的營運績效有何關係。」該研究更指出，「將主管階級的薪資與公司績效連結在一起的主要理由，可能是資深經營階層用來掩蓋自身巨額津貼的障眼法。」

事實上，就反面來思考，我們有理由相信股票選擇權提供給經營階層的誘因，可能有悖於股東的長期利益。主要的原因是股票選擇權讓收受人有權選擇買或不買，如果一切進行的非常順利，這些人可能會買進這些股票選擇權；但一旦出現不利的情

況，他們卻可以不執行這個權利，然而，股東屆時仍然須虧本求
售。

所有的這些事實都顯示企業應將股票選擇權列為抵減盈餘的
項目之一。企業每年都會發行選擇權，而稅務主管機關則將之列
為抵稅性費用。根據會計規則，企業在負債發生當時就應予以列
記。1973年時有兩位經濟學家費雪‧布雷克（Fischer Black）與
麥隆‧蕭爾斯（Myron Scholes）共同發展出一套廣受認可的選擇
權計價方法，其中金融機構在出售選擇權時必須一律予以列記，
並在發行當時就進行避險。不過，當財務會計準則委員會幾年前
企圖修訂規則，將選擇權列為費用時，卻引來矽谷方面強烈的反
對聲浪。

花招 *2*：藉由會計假設的改變來降低負債

這個花招說明，經營階層選擇會計政策與假設的彈性。提撥
員工退休金與其它退休後福利的企業可以利用會計假設的改變，
來降低負債與相關費用。同樣的，承租設備的企業也可以利用許
多不同的假設，來決定負債與費用中的項目，如殘值與利率該如
何提列。而航空公司也可針對發出的飛行常客點數來估算尚未實
現的收入。因此，藉由特定會計或現實假設的改變，企業便可以
輕易膨脹盈餘（並降低負債）。

改變退休金假設以膨脹盈餘

在狂熱的多頭市場中，退休金計畫可能成為企業非常優渥的
額外盈餘來源。一般而言，企業不能自退休基金中取出資金，但

是卻可以玩弄幾個花招：例如福利金的實際現值、利率與預期資產報酬率等等，它們可以降低，甚至取消在某一年度應繳入退休基金的金額，以膨脹公司的盈餘。根據高盛（Goldman, Sachs & Co.）的會計大師加布里爾・納波利塔諾（Gabrielle Napolitano）指出，IBM 將退休金的預期投資報酬率由9.5%提高為10%，因而使該公司在2000年的盈餘增加了1.95億元（約佔稅前盈餘的1.7%）。

運用類似手法，朗訊於2000年12月當季透過改變它退休金與退休後福利計畫的會計方法，讓盈餘因而獲得提升。該公司毫不保留的假設退休基金資產的預期報酬率將會提高，並且以此來膨脹提報盈餘。

朗訊在12月當季列記了稅前貸項1.08億元，這使當期退休金與退休後福利金費用降低，而在同一季中，該公司又列記了一筆21.5億元的一次性營業外稅前後補利得（catch-up gain），以作為填補過去幾期的調整數。此外，它也決定將繼續降低未來的退休金與退休後福利金費用的提列數字。根據CFRA估計，在12月當季所作的灌水行為，使朗訊當季退休基金收入較平常增加了大約1.5億元。

改變租賃假設以虛灌盈餘

全錄在墨西哥與南美洲的租賃業務過去曾面臨問題，出租者在計算營收時的假設之一是絕對利率水準。在南美洲那種高通貨膨脹的環境中，出租人通常是採用較高的假設利率；然而，全錄卻將利率假設於較低的水準，因此在租賃初期列記了較大部分的營收。（第十四章將討論有關租賃會計的特殊挑戰）

改變空中交通負債假設以膨脹盈餘

1993年時，大陸航空公司（Continental Airlines）改變它對未實現收益的假設，並稱之爲「空中交通負債」（air traffic liabiliy）科目。此一科目代表機票已出售，但客戶尚未使用該機票，這個改變使該公司營收增加7,500萬元。

花招 3：將問題準備金釋出至盈餘中

對許多公司而言，提列特別支出的利益在於它們可以利用這樣的作法，將未來可能發生的成本列爲本期的特別支出而預先予以沖銷，並使未來各期的營業利益獲得提升（此一部分將在第十章的第七類騙局中詳談）；此外，提列特別支出的第二個利益是該支出所衍生的負債科目準備金可以在未來各期釋出，以用來膨脹盈餘。花招 3 是將問題準備金釋出，並轉入盈餘，而這一點也

觀念釋疑

重整準備金的釋出

假設公司宣布裁員 1 千人，而相關的遣散計畫將花費 1 千萬元：

增加：重整費用	$1,000萬元
增加：遣散計畫的負債	$1,000萬元

在六個月後，解雇的行動已經完成，但最後僅裁掉700位員工，於是公司將剩下的負債予以沖回，而由於費用的降低，致使盈餘受到膨脹：

減少：負債	$300萬元
減少：費用	$300萬元

清楚的說明為何有時候企業在重整支出發生後，卻出現盈餘改善的現象。事實上，這根本是假象。

在資產負債表上常見到許多不同的準備金，不管是未能維持足額準備金或人為的將準備金釋出，都可用來膨脹盈餘。第七章討論的是有關資產的準備金，這裡將介紹的是與負債準備金有關的詭計。

注意企業是否將多餘準備金釋出並轉入盈餘　日光家電是耍這類花招的高手，當錢修艾爾‧丹列普（Chainsaw Al Dunlop）甫擔任該公司執行長時，他便要求公司提列一筆巨額的重整支出。之後，這些被安置在準備金帳戶中的多餘資金便被釋出、移轉至盈餘帳戶。在1996年第四季以前，相關的移轉金額並不大，第一季虛灌了50萬元、第二季為450萬元，第三季為150萬元。

不過，由於該公司第四季的狀況可以說是一團糟，因此，它大手筆的釋出了2,150萬元的準備金到當期的盈餘中。而將準備金移轉為盈餘，讓日光家電得以掩飾公司急劇萎縮的營業利益率，以及公司為在零售據點塞貨而提供客戶過高折扣的問題。若沒有這些準備金相助，該公司當季的稅前利益率將重挫，由原來所提報的18.5％降至12.1％，而銷售額也可能從提報的成長26％，降為7％。

運用類似手法，HBOC也提列了一系列的巨額特別支出，以為這類騙局鋪路。它在1997年12月當季共提列了9,530萬元的購併相關特別支出，包括幾個看起來像是一般性、經常性營業費用的項目，如老舊資產價值的攤銷、產品相關成本與外購研發等。在1998年6月當季，HBOC將1997年提列的產品相關收購成本沖回了3百萬元。美達菲斯則採用不同的伎倆來創造並釋出假造的

準備金。在1996年第一季，該公司指示一家子公司將應計員工紅利移轉成爲收益。

花招 4：創造虛構的退佣

有一個較不常被採用的伎倆是收取供應商退佣，以人爲的方式降低費用並膨脹盈餘。這個計謀需要供應商的協助，相關的作法如下：通知供應商，表示公司將在下一年度採購 1 千萬元的存貨，而公司也針對這筆大額交易，要求供應商提供 1 百萬元的退佣回饋，以作爲簽約的交換條件。於是，該公司再將這筆退佣列記爲營業費用的降低（銷貨成本）。事實上，正確的會計處理方式應爲降低資產項目中的存貨金額，這對當期盈餘並不會造成任何影響。當然，一旦存貨售出，銷貨成本便會下降，而盈餘自然會上升。

在1999年2月，證管會對旭日醫療公司（Sunrise Medical Inc.）進行懲罰，原因是該公司在1994與1995會計年間進行多項的會計騙局。其中一個騙局是藉由收受供應商的假退佣來低列費用並膨脹盈餘。其中，旭日公司與其中一家供應商接洽，並協商好由該供應商針對當年已經完成的採購案，退還佣金 1 百萬元，而供應商所得到的好處又是什麼呢？原來旭日公司承諾在次一年度以較高的價格繼續向該供應商採購，以彌補這 1 百萬元的退佣。這兩家公司簽訂了一份附約，以作爲這個違法計畫的基礎。旭日公司將這筆退佣列記爲1995年費用項目的減項，並且未對投資人或查帳人員揭露這個退佣的相關內容，以及未來採購價格將升高等訊息。

花招**5**：未來仍有未盡義務，卻在現金入帳時列記營收

　　企業有五種主要的花招可以短列負債以膨脹盈餘。前四種是短列費用，但第五種卻是膨脹營收。許多企業通常在它們獲利實現之前，便先收取現金。例如特許權授權者經常必須在數年中提供持續性的服務、航空公司提供飛行常客免費的機票或其它禮物。當諸如特許權授權者或航空公司這類公司未能在營收實現之前將之遞延並列記為負債，其獲利便會遭到高估，且財務報表將會誤導大眾。

是負債？還是收入？

　　讓我們來觀察航空公司對提供給飛行常客點數的會計處理方式。例如，最近我出差到倫敦，讓我獲得了1萬點以上的飛行常客點數，這些點數約佔一次免費旅程（25,000點）的四分之一價值，為了購買這張機票我付了800元給航空公司，不過航空公司應將這項金額的一部分列為遞延負債。

觀念釋疑

列記航空公司營收

正確的分錄

增加：現金	$800
增加：未實現營收	$200
增加：營收	$600

錯誤的分錄

增加：現金	$800
增加：營收	$800

　　如同航空收入列記方式所呈現的，要決定哪一部分的現金收入應予入帳、哪一部分又仍有未盡義務，確實是有疑問的。雖然一般公認會計原則提供我們一般性的指導原則，但對特定事實的解讀卻仍是留予經營階層來決定。不幸的是，經營階層經常會出現偏頗行為，傾向於低列負債或對投資人與債權人隱藏事實。雖然就理論上來說，營收與負債的意義與解釋非常清楚且明確，但實務上卻有許多公司無法有效將二者分辨清楚。例如，當公司收到客戶的付款時，就應先考慮以下的問題以決定將這筆款項列記為資產或是負債：「這筆付款是為償付本公司已經提供完畢的服務，且未來我方不需再負任何額外責任，此外，相關的利益（或風險）的所有權是否已經完全轉嫁給買方？」簡言之即是：「公司是否已經確實掙得（已經實現）這筆款項？」若答案是肯定的，那麼就應該列記營收，否則，就需列記負債。

　　就像營收入帳期間較久的事業（如航空與特許權）一樣，當「風險與利益」尚未轉嫁給買方前，企業就應該先提列負債。如同第四章所討論的，當有重要的或有因素（如無法回收的機率、退貨與／或取消訂單等可能性）存在時，企業就不應列記營收；此外，負債項目必須列示在資產負債表上。所以，一旦企業將具或有因素的營收列記入帳，其營收與盈餘將被高估，而負債則遭到低估。

後續章節預告

　　從第一類騙局到第五類騙局都是與虛灌盈餘有關，最後二種，即第六與第七類騙局則是刻意低估本期盈餘，其中第六類為

低估營收、第七類為膨脹費用,這麼做的目的何在呢?

短列盈餘的目的是要將盈餘保留到未來較需要盈餘的期間,再予以列記,在以下這幾種情境,企業可能會低報盈餘:

1. 營運情況非常良好的公司將盈餘保留起來,以備不時之需。
2. 即將被購併的公司刻意隱藏盈餘,待合併後再釋出,以圖利收購者。
3. 收購公司企圖沖銷收購所產生的相關成本(合併成本、研發中成本等),以便讓未來各期相關費用可以降低。
4. 積弱不振的公司企圖沖銷巨額的資產成本(例如存貨、廠房與設備)以讓未來各期的費用得以降低。
5. 營運良好的公司將未來的費用累積於本期列報。

第九章將介紹與上述的前兩種情境有關的一些伎倆;第十章則將介紹與後三點有關的花招。

將本期營收移轉至後期

第六類騙局的目的是要短列本期盈餘，並將應記而未記的盈餘移轉至未來較需盈餘時再認列。在以下兩種情境，企業可能會低報盈餘：

1. 營運情況非常良好的公司將盈餘保留起來，以備未來不時之需。
2. 即將被購併的公司刻意隱藏盈餘，待合併後再釋出，以圖利收購者。

有兩種伎倆可幫公司達到這些目的：

1. 設置一些準備金並在未來釋出，以挹注盈餘。
2. 在收購計畫結案前不當短列營收。

【指導原則】企業在實現營收當期就應予以列記，若本期已提供服務，則不應將營收列記於下期。

花招 *1*：設置準備金並在未來予以釋出，以挹注盈餘

　　當營運狀況奇佳、盈餘數字大幅超越華爾街的預估值，企業可能傾向不提報全部的營收，而將其中一部分「存」起來，以備不時之需。將盈餘由豐收的本期移轉至未來表現較差的期間，也可以幫助企業「調節」獲利穩定度。

Grace的財務戲法

　　首先來看位於佛羅里達州的化學公司W.R.Grace的案例。在1990年代初期，由於醫療保健的補償金提高，使Grace的保健業子公司的營收出乎意外地大幅成長。該子公司的資深經理人便將部分收益予以遞延，列入既有的準備金中或另設準備金，這些額外的準備金到1992年底時已累積到5千萬元。在1991至1995年間，該子公司利用這些已建立與新建立的準備金，穩定地創造了界於23%至37%的盈餘年成長率；若扣除這些準備金的因素，實際的盈餘年成長率則介於負8%至61%。當W.R. Grace在1995年出售該子公司的時候，它將所有的超額準備金全數釋出，以挹注盈餘，並將之註記為「會計假設的變更」。

　　警訊與教訓之一：超額準備金的使用　在1998年12月，證管會終於對該公司提出控訴，控告W.R. Grace將1991與1992年盈餘中的2千萬元移轉至準備金帳戶。該訴訟案後來經判定，Grace公司確實不當將盈餘移轉至營運較差的年度。前任Grace資深經理階層藉由在不同的時間點釋出準備金，提升了公司的盈餘。例如，在1994年第四季，因為Grace急需這筆資金來挹注它的合併損益表，因而指示NMC的資深經理人降低150萬元的超額準備，

表9-1　W. R. Grace 的警訊

問題表徵	實際事證	騙局種類
激進的會計方式： 設置準備金並將之用於後期盈餘的挹注	• 要求其保健業子公司設置虛假的準備金。	第六類
激進的會計方式： 將有疑問的準備金轉為盈餘	• 在必要時將部分準備金釋出，並在該保健單位出售時，一次將準備金全數釋出。	第五類

以便將這筆資金轉為盈餘。（見表9-1）

　　警訊與教訓之二：將超額保證金轉回　在1995年第二季，Grace的董事會決議要透過部門獨立為公司的交易（spin-off transaction），處分這個保健部門。結果，該部門在Grace 1995年6月30日的財務報表上被提報為暫停營業部門。

亨式的財務戲法

　　數十年前，蕃茄醬大王H. J. 亨氏（Heinz）公司不只是簡單的設置一個準備金，它作了更多欺騙股東的行為。部分觀察家懷疑這些亨氏員工主要是受到該公司經營階層獎勵計畫的誘惑，才會進行這些詐騙勾當，因為這個獎勵措施主要是以公司稅後盈餘為基礎，要求每年盈餘須達一定水準才會分發獎勵。在這種情況下，一旦目標水準達成，這些經營階層便沒有任何理由將多餘的盈餘列入，反而是開始為下年度設置「盈餘存貨」。公司在營運績優年度將超出稅後淨利目標的盈餘隱藏（或預付費用），並為未來表現較差的年度設置準備金。

　　對亨氏的股東而言，公開揭露公司欺詐式財務報表雖是非常嚴重的衝擊，但卻是暫時的。後來，該公司在新的經營團隊接手

後，展現健全財報，讓公司股價一飛衝天，在1980年代劇漲了1,400%。

微軟的財務戲法

讓我們再來看看另一家公司，雖然微軟從未遭到證管會主管人員的質疑，但該公司大量設置準備金的情況卻值得我們詳細來審查。在過去十年當中，微軟不僅在軟體市場取得主導優勢，也在整個科技業執牛耳。事實上，由於該公司的優勢地位，導致美國法務部以不法獨佔市場、損害美國消費者權益為由，對它進行控告。

營運非常健康的公司通常有能立設置會計準備金，將本期盈餘移轉至未來營運成長趨緩的期間，達到美化帳面的目的。微軟當然是不費吹灰之力就達到華爾街的獲利預測，因此，該公司也有許多機會可以將營收遞延至後期。

警訊與教訓　在1999年9月當季，微軟來自營運的現金流量呈現意外疲弱；有關該公司遞延營收成長率的詳情（可詳見於資產負債表上），則訴說著有趣的來龍去脈。截至1999年6月，微軟顯然還是繼續提列大量的準備金，它共遞延了數十億美元的營收以供未來不時之需（見表9-2）。而在1999年6月當季，該準備金僅溫和增加約4,400萬元，但在1999年9月當季，微軟則釋出了1.1億元的準備金。表9-2是歸納微軟公司所採的激進會計方法；圖9-1則是公司相關作為對股價的影響。

調節盈餘可能調出大問題

W. R. Grace與微軟無非就是想要在未來不可測的營運高峰與

表9-2　微軟的未實現營收與實際營收（季趨勢）　　（單位：百萬美元）

	第一季 9/99	第四季 6/99	第三季 3/99	第二季 12/98	第一季 9/98	第四季 6/98	第三季 3/98
期初餘額	4,239	4,195	3,552	3,133	2,888	2,463	2,038
增加金額	1,253	1,738	1,768	1,361	1,010	1,129	885
使用金額	(1,363)	(1,694)	(1,125)	(942)	(765)	(704)	(460)
期末餘額	4,129	4,239	4,195	3,552	3,133	2,888	2,463
淨增（減）	(110)	44	643	419	245	425	425
變化趨勢(%)	(2.6)	1.0	18.1	13.4	8.5	17.3	20.9

谷底，用這些準備金來調節盈餘。對一般經營階層而言，調節盈
餘是非常普遍的行為，因為華爾街對於能夠維持堅穩盈餘成長性
且盈餘可理性預測的公司非常捧場。然而，將準備金移轉成未來
盈餘所造成的後果，可能會和另一項操控盈餘技巧——提前認列
營收的伎倆一樣嚴重。

　　無論如何，在每一個案例中，企業的實際目的都是要刻意誤

圖9-1　微軟激進會計政策對其股價的影響

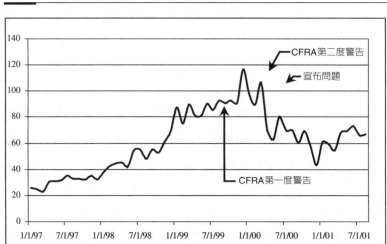

表9-3　微軟公司的警訊

問題表徵	實際事證	騙局種類
營運問題	• 1999年9月一貫性的銷貨收入降低6.6%。 • 營運現金流量遠較淨利為低。	—
激進的會計方法： 設置準備金並在未來各 期將這些準備金釋出	• 遞延營收累積到40億元以上，之後就慢慢 下降。	第六類

導投資人與債權人，當預付營收被不當的提前入帳時，未來的盈
餘便將記入本期；相反的，調節盈餘的目的是要將本期盈餘遞延
至未來。調節盈餘所造成的結果可能會是：企業連續數年獲利，
於是將每年的盈餘提撥一部分至準備金中，一旦盈餘開始出現惡
化，便將這些準備金轉入盈餘中，繼續對外呈現出穩定高獲利的
假象。

　　雖然調節盈餘（也就是利用準備金）可能並不像高估獲利等
相關騙局那麼惡劣，但投資人、債權人與查帳人員應以相同的警
覺心，發掘公司是否出現相關的弊端。

　　讓我們看看以下的案例：一家公司連續兩年的表現都非常優
異，由於它預期往後的營運將趨緩，因此，第二年再設置了一個
準備金；到了第三年，銷貨收入與現金流量果然大幅下降，於是
該公司動用準備金，讓財務報表看起來還是跟原來一樣的健康。
投資人與其他人受到欺瞞，渾然不知問題的嚴重性，不過，好景
不長，他們很快便因公司無預警的宣布關廠與財務困難而損失慘
重。若公司當初提報較正確的盈餘，雖然可能仍免不了要關廠或
面臨財務困境，但投資人（畢竟他們才是公司的真正所有人）將
可以事前獲得警訊；此外，另一個可能的演變是較樂觀的，早期
的警告系統可以讓主要投資人有時間可以查清問題的根源，並與

觀念釋疑

設置準備金

假設一家公司完成一筆現金銷售，金額為900元，正確的分錄應為：

增加：現金	$900
增加：銷貨收入	$900

這個交易使資產與營收雙雙增加。若該公司企圖將部分銷貨收入遞延至未來，那麼它可能採用的技巧是：一開始將該現金收入列記為負債，等到次年再將負債轉為營收。這種技巧就是一般所談的「設置準備金」，將盈餘由表現非常亮麗的年度移轉到往後獲利表現較差的年度。

設置準備金與稍後將之釋出的相關分錄如下：

當年度應作的分錄：

增加：現金	$600
增加：遞延營業收入	$600

次一年度應作的分錄：

減少：遞延營業收入或營業費用	$200
增加：銷貨收入	$200

這麼做的結果是，本年度的銷貨收入被列記為後期才實現的營收。

經營階層站在同一陣線，以要求他們改善現況。

花招 2：在合併計畫結案前不當隱瞞應記的營收

想像一下，你最近剛簽訂一份合約，計畫出售你的事業，並將在未來兩個月內結案。你也接到指示：在合併案完成前停止列

記任何營收。即使有點疑惑，但你還是順從地不再列記營收。這麼做讓你交到一個一輩子的朋友，因為這二個月裡你所隱藏的營收將成為收購公司的營收。

美達菲斯的財務戲法

在1996年第二季，美達菲斯收購一家位於德州的資訊科技供應與顧問公司，在收購案完成之前，美達菲斯指示這家公司在列記分錄的過程中，不當降低營收並提高準備金，使1996年第一季的盈餘短列了250萬元。該年6月，美達菲斯再度指示這家德州的公司（此時已經成為它百分之百持有的子公司）將這250萬元準備金移轉成為盈餘。透過不當將該公司的準備金釋出，讓美達菲斯在1996年第二季合併盈餘獲得膨脹。

在美達菲斯第一度指示這家德州公司設置250萬元準備金時，該公司的會計幕僚便開始準備兩套不同的財務報表，一套是內部帳，另一套則是提報給美達菲斯的報表。第二套帳裡的財務報表後來成為美達菲斯合併報表的一部分，不但提報給證管會存檔，也提供給股東。

組合國際的財務戲法

軟體巨擘電腦組合國際也受惠於白金科技（Platinum Technologies）公司的相關操作，白金科技顯然在合併前將部分營收予以遞延，到後期才將之認列入帳，以隱藏大部分的利潤。在1999年3月當季，白金科技的營收劇降至7季以來的最低水準，較前一季降低1.44億元，並較一年前減少2,300萬元（見表9-4）。白金科技將營收劇降的現象歸咎於組合國際的收購計畫，導

表9-4　白金科技營收季趨勢　　　　　　　　　（單位：百萬美元）

第一季 3/99	第四季 12/98	第三季 9/98	第二季 6/98	第一季 3/98	第四季 12/97	第三季 9/97	第二季 6/97
170.1	314.7	250.3	217.4	193.4	242.7	190.8	164.2

致與當季客戶簽訂合約的時間有所延遲。這樣的運作使組合國際
未來的營收因而獲得提升（因為合約在 3 月以後才簽訂，因此相
關營收必須留予合併後公司提報）。

後續章節預告

　　第十章將介紹膨脹未來盈餘的另一花招：在本期提列巨額的
一次性支出。

10

第七類騙局

將未來費用以特別支出名義移轉至本期

當公司因業務衰退與其它挫折而面臨艱困時刻，經理人們通常會採取特定的（記帳）步驟，以確保企業還有明天。他們可能會將未來的費用移轉至已經疲弱不堪的本期，作為特別支出，從而讓未來的盈餘情況因負擔的減輕而獲得舒緩。本章將討論達成這個目標的三種花招，這些花招能夠確保旭日將在明日升起：

1. 不當膨脹特別支出的金額。
2. 不當沖銷收購案中所衍生的研發中成本。
3. 將自由裁決型的費用（discretional expenses）累積至本期。

【指導原則】企業應在取得利益的當期將支出列為費用，以沖抵當期收益。

花招 *1*：不當膨脹特別支出的金額

特別支出讓企業有非常好的機會可以人為方式膨脹未來的營

業利益，作法是對外宣布公司將有一項特別支出，且不動聲色地將未來的營運費用涵蓋在其中，如此一來，未來的盈餘將會提高，因為這些期間的費用早已移轉至本期的支出項目。這實在是見不得人的把戲，不過，卻是非常受用的作法，因為一般人很少會追根究底地去檢查特別支出中的詳細內容。

日光家電：假重整，真騙局

假設你是被指派到海外一家有嚴重問題的公司擔任新執行長，一旦確實改善公司績效，將可獲得非常優渥的股票選擇權獎勵。這時候，你該怎麼做，才能確保未來績效能夠改善？看看以下的作法。

在就任後的幾週內，你宣布一個大手筆的提案，以便根除前任執行長所留下的爛攤子。你在宣誓內容中列出以下幾個方向：進行組織架構重整、縮編並沖銷資產負債表中被高估的資產，沖銷的金額則是愈大愈好。而且，千萬要記得將這些巨額的沖銷列記為「特別支出」。如果你這樣做，投資人便會以另一種角度來看這些發展，在評估公司股票價值時，通常就不會把這些特別支出列入評估的標準中。等到風頭一過，你所提報出來的盈餘情況已經獲得改善，因為許多未來的成本已經成為這筆特別支出的一部分，早就被沖銷掉了。

這就是為什麼日光家電的執行長丹列普看起來那麼精明的原因！好吧，至少他有一段時間看起來確實是如此。當丹列普在1996年7月就任時，日光家電已經陷入困境，而丹列普則向來在扭轉企業轉機方面有著非常高的評價。

在丹列普領導史谷脫紙業公司（Scott Paper Company）的18

個月當中，由於他的精心運作，讓該公司股價共上漲了225%，
也讓該公司的總市值增加了63億美元。之後史谷脫公司被以94
億美元的價格出售給金百利公司（Kimberly-Clark），當時丹列普
以離職總經理的身分，獲取1億元的津貼。在他領導史谷脫公司
的短暫期間，他共解聘了11,000名員工，大幅削減廠房改善工程
與研究等費用，最終更將公司賣給了最大的競爭對手。史谷脫公
司成為第六個被丹列普出售或解體的公司，當時華爾街對此還津
津樂道呢！

當日光家電宣布丹列普將成為新執行長的那一天，該公司股
價上漲了60%，也是該公司掛牌交易以來最大的單日漲幅（見圖
10-1）。當時一位華爾街分析師對丹列普的即將就任感到非常興
奮，他說「這簡直就像是洛杉磯湖人隊簽下俠客歐尼爾一樣」。

日光家電在1997年業務上突出的表現確實也讓投資人印象非

圖10-1　1996年至1998年間日光家電的股價走勢

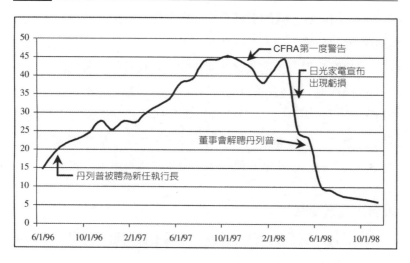

常深刻，股價從宣布丹列普就任前的12.5元上漲到1998年初的52元，在此同時，丹列普也為自己掙得一份新的合約，公司將他的年度底薪提高一倍，達到2億元。

然而，好景不常，後來所有事實一一被揭發。1998年4月3日，在日光家電宣布當季出現虧損時，股價重挫了25%，成為34.63元。二個月以後，報紙上有關日光家電銷售運作的負面評論促使該公司的董事會開始著手進行調查。調查結果出爐之後，丹列普與公司的財務長遭到解任，而公司亦針對1996年第四季到1998年第一季的盈餘徹底進行重編。整個重編行動使原先1997年所提報的盈餘減少一半，後來，該公司依照美國破產法規定聲請破產保護。

在證管會的2000年5月份的執行公告中，它控告日光家電在1996年最後一季到1998年6月間創造重整成功的假象來炒作股價，使公司價值提升，並因而成為一個良好的收購標的。該委員會發現公司的經營階層共不當設置了3,500萬美元的重整準備金與其它「餅乾罐」式的準備金，這些準備金後來都被釋出，轉為後續年度的盈餘。

警訊與教訓　激進式會計運作的警訊在丹列普入主該公司後不久即已浮現，該公司在1996年年底進行大量的沖銷並設置大量的準備金（見表10-1）。其它警訊還包括：將準備金釋出轉為盈餘、應收款項成長率超越銷售成長率、營運現金流量劇減，及毛利率成長率看起來非常不真實，不像是這類事業應有的水準等。

投資人觀察要點

注意公司是否在新執行長就任後馬上提列超額支出　在1996

表10-1　微軟公司的警訊

問題表徵	實際事證	騙局種類
激進的會計方法： 不當膨脹特別支出的金額	• 不當設置3,500萬美元的重整準備金。 • 設置訴訟準備金。	第七類
激進的會計方法： 將有疑問的準備金釋出， 轉入盈餘	• 將虛假的準備金釋出，以浮報1997年的 　盈餘。	第五類
激進的會計方法： 列記虛構的營收	• 該公司列記一些帳面上出貨，但貨品卻 　未運出的銷貨收入。	第二類

年12月當季，日光家電提列了3.376億元的重整特別支出，以及
1,200萬元的媒體廣告及一次性市場研究支出。根據證管會的法
律訴訟，該公司在1996年至少浮報了3,500萬元的重整支出，且
不當設置價值1,200萬元的訴訟準備金。

　　注意準備金是否下降　在提列超額支出、設置準備金之後，
讓日光家電得以將這些準備金釋出，轉爲盈餘。

　　注意應收款項成長率是否超過銷售成長率　日光家電資產負
債表上的警訊之一是：應收款項的上升速度（59%）超過銷貨收
入成長速度（16%）。（見表10-2）

　　注意營運現金流量是否劇減　更糟糕的事實是日光家電雖然
提報非常亮麗的營業利益，但現金卻不斷流出，其中它提報了

表10-2　日光家電的營運績效　　　　　　　　　　（單位：百萬美元）

評估項目	九個月期　9/97	九個月期　9/96	年增率（%）
營業收入	830.1	715.4	16
毛利	231.1	124.1	86
營業利益	132.6	4.0	3,215
應收款項	309.1	194.6	59
存貨	290.9	330.2	12
營運現金流量	-60.8	-18.8	

1.32億元的營業利益，但現金流量卻出現6千萬元的赤字，讓人不得不質疑這家公司的誠信。

注意毛利率是否以不切實際的速度成長　毛利率突然好轉也是非常令人質疑的，毛利率不太可能在一年內就成長高達1千個基本點（basic point，一個基本點等於萬分之一），而日光家電的毛利率就是由17.3%成長為27.8%。

艱困時刻最常見的財務戲法

雖然多數的特別支出與遣散費、關廠有關，但有些公司卻將存貨、無形資產，或甚至應收帳款的沖銷列為特別支出。你無需苦學就可成為懂得將未來成本「變不見」的新任執行長。在2001年經濟走緩、股票市場非常疲弱的環境中，許多公司都提列特別支出，以膨脹未來的盈餘。

思科的作法　這個遊戲非常簡單，在2001年4月，思科宣布二項巨額的特別支出（見表10-3），其中第一項的金額高達12億美元，是用來支應遣散勞工、關閉建築物以及沖銷資產負債表上的商譽等；另一項是用來沖銷22.5億元的多餘存貨，根據思科的說法，這些存貨主要是不具價值的原料。那麼，思科會不會將這些存貨出售，或將它們再運用於未來的生產呢？當被問及這個問

表10-3　思科的特別支出（2001/04/28）　（單位：百萬美元）

組織改造成本與其它特別支出	$1,170
超額存貨支出	2,249
研發中成本	109
行使股票選擇權的薪資稅	10
商譽與其它收購相關支出的攤銷	346
總計（稅前）	**$3,884**

題時，思科的發言人之一說，這些存貨是毫無價值的，而且「我們短期間內沒有使用這些原料的計畫」；然而，這位發言人卻也暗示，若未來的市況有所改善，那麼公司將有可能再度使用這些原料或予以出售。若思科果眞將這些已經被沖銷的存貨售出，它的盈餘將獲得膨脹，因爲該產品的銷貨成本早已被完全沖銷。

玩具反斗城的作法 像思科一樣，玩具反斗城（Toys 'R' Us）也堆積了許多公司無法順利售出的存貨。在1996年2月，玩具反斗城宣布將提列一筆3.95億美元的（稅前）支出，以支應將目前各店面陳列之各類商品的「策略性重新定位」成本，以及關閉25家分店、重整三處配銷中心等相關成本。CFRA警告玩具反斗城可能將未來的一般性營業費用列入該項特別支出中。在這筆支出中，與存貨重新定位有關的金額約爲1.84億元，而該公司解釋這些存貨是由各店面移往不同的配銷管道，以較低的價格出售；不過一般而言，存貨應以淨實現價值來進行沖銷，而存貨成本與淨實現價值間的差異則應列爲營業費用。

JDS Uniphase巨額的商譽沖銷 在2001年艱困的經濟環境中，許多公司都開始沖銷先前的購併成本。其中，2001年7月JDS Uniphase沖銷了將近448億美元的巨額購併成本，大約是該公司所有商譽的價值；不過，該公司發現了一個不會對當期盈餘造成衝擊的沖銷方法，它將其中387億元（86%）的沖銷金額配置到前一季的報表中（第四類騙局的花招 2：改變會計政策、將本期費用移轉至前期）。

艾普網不尋常的應收帳款沖銷行爲 有關遣散與存貨沖銷的特別支出較爲常見且具有一定的周期性，不過有關應收帳款的沖銷卻不尋常，因此讀者對這類的支出應有所警戒。

應收帳款支出顯示企業可能列記虛構的營收。在2000年6月時，艾普網（Appnet，後來被Commerce One收購）宣布當季銷售情況非常亮麗，但它同時也宣布將提列一筆應收帳款重整支出。讀者知道是怎麼回事嗎？其實在該公司當季所列記的營收中，有一部分是客戶宣告破產而永遠無法回收的。雖然這筆營收肯定無法收回，艾普網卻仍列示於帳面上，這真的是非常奇怪的作法，就好像開帳單給一個死去的人，而且還把這筆帳列為營收一樣。

去除可能衝擊未來盈餘的因素

美國線上藉由一次性支出的提列，讓它得以擺脫1996年的混亂局面。由於該公司接下來兩年將面對4億美元的遞延行銷成本攤銷，而使盈餘大幅下降、股價也無可避免將重挫。面臨這個大難題，當然需要聰明的解套方案，而它也確實找到一個好方法。

1996年10月29日，美國線上宣布在1996年9月30日已沖銷3.85億元的全部遞延行銷成本，理由是為因應不斷演化的營運模式（包括公司已發展其它營收來源以降低對訂戶收費的依賴），因此採行這類的沖銷動作是必要的。

花招2：不當將收購案中的研發中成本予以沖銷

對新任執行長或業務急速下降的公司而言，第一個花招是非常容易上手的。而對收購公司而言，巨額的沖銷遊戲也是非常好用的計謀。方法很簡單，只要將購買價格予以沖銷，並設法說服查帳人員，此舉只是為求「保守」即可。

將收購案中的研發中成本予以沖銷

朗訊的作法　朗訊完成非常多的收購案，而且多數的收購成本也已經沖銷，它將這些沖銷科目稱爲「收購而來的研發中成本」（acquired in-process R&D）。在新近十個收購案所支付的42億美元當中，該公司就沖銷了24億元（佔累計購買金額的58%）的研發中項目。相關的沖銷將使本期與未來的營業費用降低，並因而提升營業利益與淨利。

企業沖銷巨額收購費用的遊戲在1990年代末期達到最高峰，有時候甚至達到非常可笑的水準。讓我們看看通用儀器（General Instrument）與康柏電腦的例子。

通用儀器的作法　在1995年9月，通用儀器收購了Next Level Communications，前者沖銷收購價金的比例竟超過100%，其中，通用儀器支付了9,300萬元作爲收購價金，但卻沖銷了1.4億元的「購入研發項目」，沖銷金額約爲收購價的150%。

康柏的作法　康柏電腦在1998年收購了營運困難的迪吉多（Digital Equipment Corporation）後，就面臨非常嚴竣的挑戰，其中一項是放寬公認會計方法的限制。一般來說，在一個購買型的收購案中，收購者將被迫負擔商譽，且應在未來進行商譽攤提，以扣抵盈餘（2002年新法頒布前）。康柏後來找出創造「負」商譽的方法，以膨脹未來的盈餘。由於該公司推論若由商譽所衍生的「攤銷費用」將對未來盈餘產生負面影響，那麼「負商譽」將有利於未來盈餘的提升，因爲「負商譽」將衍生「負攤銷費用」，也就是——收益。

讓我們來看看康柏的會計內容：該公司支付了91億元給迪吉

多，並分配132億元的有形及無形資產（超過負債的部分），比它所支付的收購價高出41億元，其中康柏也分配57億元為「購入研發中成本」。由於大多數的收購成本已經被沖銷，因此使該公司所支付的91億元大幅低於所收購的有形與無形淨資產價值，而所短缺的41億元就成為「負商譽」。

依據會計指導原則的慣例，負商譽應該歸類到（被收購公司的）非流動資產項目，以抵減該項目的價值。依照這個方式，康柏將長期資產價值降低了41億元，而由於調降這類長期資產的價值，使該公司未來各期的盈餘獲得提升（因為折舊或攤銷費用降低）。

透視合併支出的潛在問題

近幾年來，還有其它的合併相關支出也是具有非常大的爭議性。讓我們來看看美國機器人公司（US Robotics）被3Com購併前一刻所發生的支出，以及迪士尼公司（Walt Disney）收購ABC公司的情況。

美國機器人公司的故事 在合併談判結案的前一刻提供3Com公司一個非常美妙的歡迎禮，其中，它在1997年8月所提列的4.26億元「合併相關」支出，將使3Com未來幾期的營業收益獲得提升。在所有的支出當中，9,200萬元是與沖銷固定資產、商譽與購入技術等有關，沖銷這些資產自然將降低未來的折舊與攤銷費用，因而使淨利提升。3Com也沖銷關於銷毀複製品及向配銷管道收回停產商品等相關費用，約1.21億元。

迪士尼公司的故事 為了緩衝它1995年收購ABC所產生的損失，於是設了一個25億元的準備金。在《巴倫》雜誌的一篇報

告中，會計專家布利洛夫表示這個準備金掩蓋了迪士尼公司1996年初收購首都城市（Capital Cities）／ABC所產生的19億元成本與費用。布利洛夫認為若未設置這個準備金，迪士尼在1997年9月30日結帳的會計年度盈餘成長率將由25%將降低為10%。布利洛夫同時認為，由於迪士尼已即將耗盡這些準備金，因此要繼續維持良好的獲利狀況是有困難的。

當心企業提列巨額收購相關支出：CUC的故事　有時候有關收購的巨額支出雖然是真實的，但也代表著收購公司未來將面對的新義務，當時CUC購併艾迪恩公司（Ideon）便是這樣的狀況。

在這個案例中，CUC不但是承接了一家營運有問題的公司，也收購了許多的法律負債。艾迪恩公司當時正陷於13起官司訴訟中，且在多數案件中都是被告。當中的12件案子與彼得・哈莫斯（Peter Halmos）有關，他是艾迪恩公司的前任董事長、執行經營顧問以及聯合創辦人。由於這大量的訴訟案件，CUC在收購艾迪恩時共提列了1.25億元的支出做為準備金，以支應相關的負債。

一次性沖銷的新扭曲手法：提供認股權證

新經濟公司早已學會如何聰明的利用各種方法來使用它們的股票與認股權證。Priceline.com（以下簡稱PCLN）將提供給往來航空公司之股票認股權證價值提列為支出，以替代未來應支付給航空公司的現金。相關的交易情況是這樣的：為了要維持與航空公司與旅館業者的業務關係，PCLN就必須付費給這些相關機構。若合夥機構同意該公司以認股權證替代現金付款，那麼

PCLN未來的盈餘將獲得膨脹，因爲該公司在認股權證發出的同時，就馬上提列特別支出，以沖銷相關的金額。其中，PCLN在2000年9月份當季列記了8,800萬元的「一次性」支出，並預訂在第四季進一步列記11億元的認股權證支出，以給付參與PCLN機票服務的航空公司2千萬股PCLN普通股的認股權證。

CFRA相信這些成本若歸類爲相關協議中止前的現行費用會比列爲「一次性」支出更爲恰當，因爲這些成本看起來是代表公司與合夥機構現有業務往來的一般成本，因此，PCLN事實上是將被視爲一般營業成本的未來各期費用，以提列一次性支出的方式預先予以沖銷（在公司出現大幅度虧損的期間）。

花招 *3*：將自由裁決型費用累積至本期提列

若公司已經達成本期盈餘目標，它可能會企圖將下一年度的費用移轉至本期。亨氏公司除了不當移轉收益之外，也被發現利用不法的預付費用，以膨脹次年度的盈餘。該公司的子公司之一也涉及其它的會計詭計，例如謊報銷售成本、不當向供應商索取廣告費帳單與未實際收受服務的相關費用發票等。

投資人觀察要點

注意企業是否有預付營業費用　近幾年來，在不斷翻新的會計手法中，還有一項值得一提：一位任職於紐約大企業的資深主管指示部屬們在年度結算前竭盡所能地製造費用。姑且不論他指示這些部屬做些什麼事，反正公司本期的盈餘數字既然那麼亮麗，所以，將今年的盈餘保留一些下來，待明年再重演一次亮麗

的績效表現，似乎是非常明智的做法。於是，該公司的一位中級
經理人在接奉指示後購買了一台價值1,200萬元的郵資機，雖然
這台機器需要在處理數百萬封的信件以後才會開始創造利益（以
目前的郵資計算約需要3,500萬封），但其購買金額卻可以立即抵
減當年盈餘。

注意企業是否降低折舊或攤銷年限 在第七章中，我們說明
一家公司如何透過較長的折舊或攤銷期間來膨脹盈餘，相反的，
若企業的目的是要將本期的盈餘遞延至後期（例如，將費用移轉
至本期），那它可能會將固定資產折舊期間，或無形資產與租賃
物改善工程的攤銷期間縮短。

注意企業是否改變會計假設來提升折舊費用 IBM 完成一項
關於個人電腦折舊期限的會計政策修訂。在公司剛完成的新資產
管理策略下，所有個人電腦的汰換期間將由原先的平均 5 年變更
為平均 3 年；該公司對內部使用的個人電腦的平均折舊期間是 5
年以上。據該公司的說法，這個折舊期限的改變較能真實反應
IBM 內部個人電腦的使用壽命期限。因此，該公司共列記了將近
2.41億元的稅後支出。

後續章節預告

第十一章將討論追蹤觀察財務騙局的可用資料庫；第十二章
將說明分析財務報告的技巧，我們將把焦點集中在不尋常的會計
訊號上。

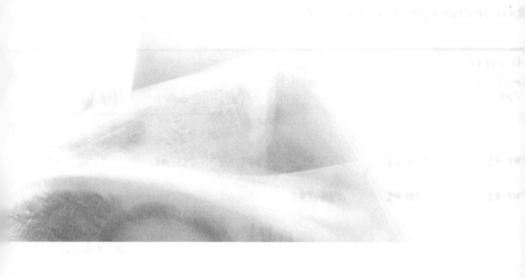

第三部
偵察的技巧

11

資料庫搜尋

　　市面上有許多商業資料庫可以供讀者使用，以用來監控企業營運惡化的訊號，及企業涉及財務騙局的實證。有些產品較強調財務報表上的數字分析（quantitative，數量分析），有些則引導讀者研究財報中的註記、經營階層意見與分析，以及新聞稿等敘述內容（qualitative，質量分析）。不過即便各位讀者不採用任何一個資料庫服務資訊，也可以利用本章所介紹的技巧來檢視自己的投資組合。

數量的監控

　　最常被使用於數量監控的商業資料庫為 Compustat，它是麥格羅・希爾（Mcgraw-Hill）標準普爾部門所銷售的產品之一。另外，Factest 公司則是負責銷售 Compustat 資料庫與其它資料庫結合後所衍生的產品。若讀者有機會使用這些產品，就可考慮採用這幾個監控系統來檢視企業以下幾個項目：

- 營運現金流量相對於淨利的最大下降幅度。
- 銷貨收入的單期最高年成長率，以及接下來一期銷貨收入年成長率降低或負成長的情況。
- 應收款項相對於銷貨收入的最大成長幅度。
- 存貨相對於銷貨收入與銷貨成本的最大成長幅度。
- 毛利率最大或最小的降低幅度。
- 「軟性資產」（soft asset）大幅成長。
- 遞延營收大幅成長。

　　以下例子說明這些資料庫如何警示投資人關於企業會計與營運的嚴重問題；當然，這些相關問題事後也會造成公司股價的重挫。Q0 代表最近一季，而 Q-1 則代表前一季。

營運現金流量落後淨利的情況

表11-1　營運現金流量VS.淨利（不含非經常性支出）（單位：百萬美元）

	Q0	Q-1	Q-2	Q-3	Q-4
牛津健保公司	−121.4	−57.4	−27.3	114.0	97.1
來得公司	−158.7	−99.8	82.6	206.2	2.9

次期銷貨收入增減情況

表11-2　次期銷貨收入增減情況

公司別	年增率	Q0	Q-1	Q-2	Q-3	Q-4
微軟	28.4%	−6.6%	18.8%	−1.7%	17.8%	5.0%
劍橋科技合夥公司	50.3%	2.9%	8.1%	13.5%	19.0%	—

應收款項較銷貨收入成長快（或慢）的情況

應收款項收現天數（Day's sales outstanding，簡稱DSO）通常被用來評估企業應收款項是否遭到膨脹，DSO的計算流程可分為二個步驟：首先是以銷貨收入除以年度平均應收帳款餘額，這樣可以算出一年內應收款項的週轉次數；接下來，再以365天除以應收帳款週轉次數，便可算出應收帳款收現天數。DSO的值若提高（或降低），則表示應收帳款成長率超越（或低於）銷貨收入成長率。

表11-3　應收款項成長率大幅超越或低於銷貨收入成長率

應收款項收現天數	Q0	Q-1	Q-2	Q-3	Q-4
薩布拉德公司	168	106	104	119	121
劍橋科技合夥公司	73	104	91	89	81
無線設施公司	45	54	32	21	10

存貨上升速度超過銷貨成本上升速度

平均售貨天數（Days' sales in inventory，簡稱DSI）通常用來衡量存貨是否遭到膨脹。DSI的計算方式也是分為二個步驟，首先以銷貨成本除以年度平均存貨餘額，可算出一年內存貨的週轉次數，接下來再以365天除以存貨週轉次數，便可算出存貨銷售天數。

表11-4　存貨成長相對於銷貨成本的情況

平均售貨天數	Q0	Q-1	Q-2	Q-3	Q-4
薩布拉德公司	407	282	239	273	241

毛利率劇升或下降

表11-5　毛利率急劇升高或下降　　　　　　　　（單位：百萬美元）

	Q0	Q-1	Q-2	Q-3	Q-4
日光家電	29.4%	30.7%	25.9%	20.9%	19.1%
康柏公司	21.5%	22.7%	23.5%	23.9%	23.6%

軟性資產大幅增加

軟性資產包括預付費用、其它流動資產及其它資產等。

表11-6　軟性資產大幅增加　　　　　　　　　（單位：百萬美元）

	Q0	Q-1	Q-2	Q-3	Q-4
劍橋科技合夥公司 （預付費用）	16.7	14.2	2.0	3.8	3.3
Baan（預付費用與 其它資產）	146.7	72.3	52.8	41.8	35.9

遞延營收大幅下降

表11-7　遞延營收的變化　　　　　　　　　　（單位：百萬美元）

	Q0	Q-1	Q-2	Q-3	Q-4
微軟	-110.0	44.0	643.0	419.0	245.0
微策略公司	11.3	15.2	12.3	11.4	10.0
無線設施公司	3.4	9.5	11.1	5.2	2.0

質量的監控

檢閱財務報表相當耗時，且多數人對這個工作並不感興趣。因此，投資人應採用一些資料庫產品，讓這些產品自動幫助他們搜尋財務報告與新聞稿中的術語、會計標題等等，而從這些項目

中便可以找出企業問題的早期徵兆。較低成本的管道有www.
10kwizard.com 或 www.edgar-online.com 等二個網站。而另一個涵
蓋層面較廣，但也較昂貴的工具則是 Lexis / Nexis 資料庫服務。
當你利用這些監控資料庫，可以下列幾項值得搜尋的項目著手：

- 會計預測或原則的改變
- 提供客戶融資或放寬信用條件
- 會計政策的改變
- 會計分類的改變
- 查帳人員的改變
- 展延付款期限
- 完工比例法
- 未出貨應收帳款
- 帳面上已出貨但實際上貨物卻仍未運出
- 較自由的信用條件
- 內部人股票出售
- 存貨的降低
- 分期付款的銷貨收入
- 非貨幣性交易
- 關係人交易

交叉使用各種資料庫

同時利用數量與質量二種檢視工具，所獲得的結果將較單獨
使用一項工具更為深入。例如，在 Compustat 的資料庫中，可察

表11-8　每季預付費用餘額　　　　　　　　　　（單位：百萬美元）

3/97 第一季	12/96 第四季	9/96 第三季	6/96 第二季	3/96 第一季
16.7	14.2	2.0	3.8	3.3

表11-9　應收款項收現天數獲得改善

12/96	9/96	6/96	3/96	12/95
73	104	91	89	81

覺劍橋科技合夥公司（Cambridge Technology Partners）顯示出二個奇怪（且明顯不相關）的事項：預付費用大幅增加（見表11-8），而應收款項（以應收款項收現天數來衡量）卻大幅下降（見表11-9）。接著利用 Lexis / Nexis 資料庫的質量監控，我們在搜尋後發現了有關改變會計分類的說明。綜合數量與質量的資料，我們才得以判斷，原來劍橋公司透過將高達 1,300 萬美元的應收款項重新歸類為「預付費用」，來解決該公司應收款項收現天數不斷升高的問題。

後續章節預告

在第十二章中，我們將提供一個非常詳細的個案研究，是有關於 MiniScribe 公司的情況。我們將採用共同比報表的垂直與水平分析、鑽研註記事項，並比較營運現金流量與淨利間的差異等技巧。

12 財務報告分析

上一章主要是討論如何利用現有的資料庫來檢視許多公司，並從中找出反映營運與會計問題的事證，現在我們將深入鑽研如何透析一家特定企業的情況。本章將討論分析與解讀企業財務報告的許多技巧，主要步驟有三：

1. 製作並分析共同比（common-size）資產負債表與損益表。
2. 謹慎審閱註記與其它有關「質」的資料。
3. 比較營運現金流量與淨利間的差異。

透視財報警訊

在1987年初，快速成長的磁碟機製造商 MiniScribe 向證管會提報申請非常巨額的債券發行計畫。當時，該公司才剛脫離1985年極度惡劣的業務表現，並展現出令人非常激賞的轉機。MiniScribe 後來成功完成這項債券集資計畫，公司前景也是一片

看好。但不幸的是，烏雲竟在此刻悄悄地籠罩該公司，不過事實真相一直到兩年後才被揭發：原來 MiniScribe「在帳目中加油添醋」。根據該公司董事會中的獨立評估委員會所發行的報告指出，MiniScribe 以令人難以置信的手法竄改存貨與銷貨收入數字，包括修正查帳報告中的數字；將磚塊偽裝為貨品運送給配銷

觀念釋疑

共同比分析

透過共同比分析，分析師便可以判斷出企業資產負債表與損益表中各個組成項目與其中一個主要項目（總資產或總銷貨收入）間的關聯性。當這個技術被用來分析資產負債表時，所有的資產負債表項目都必須以佔總資產的百分比來表達；當用於損益表的分析時，所有的損益表項目則是以佔淨銷貨收入或淨營收的百分比來表達。透過這種形式的分析，便可以查出企業財務情況與獲利能力的重大線索。此外，共同比分析可以採用垂直或水平二種形式的分析。

若針對某一年度進行垂直分析，所有的資產負債表項目都是以總資產的百分比來呈現，而損益表的項目則是以淨營收的百分比來呈現。這個技術讓分析師們可以快速的找出資產負債表與損益表中各個項目在某一特定期間中所產生的結構性轉變。例如，若在第一年度，存貨僅佔總資產的20%，但在第二年度上升至28%，此時，分析師們便可以快速地再針對這個轉變進行水平分析，通常在各期之間，所有項目的百分比應該都維持在非常穩定的狀態。

透過水平分析可以看出在一段期間中資產負債表與損益表各個項目之百分比發展趨勢。在這種分析架構下，必須先指定某一特定年度為基期，再算出下一年度各個項目與前一期比較的百分比變動。通常損益表上的銷貨收入百分比變動，應與費用科目的百分比變動，以及資產負債表中營運資金科目的百分比變動相當。

商，卻列記430萬元的「磁碟機銷售」收入。

我們只需利用基礎技術來分析 MiniScribe 公開發表的財務報告，便可以發現一大串的警告訊號。首先，讓我們來分析資產負債表與損益表，在此要採用的是一種稱為共同比分析（common-size analysis）的方法。

製作共同比資產負債表與損益表

讓我們來看看 MiniScribe 的資產負債表與損益表，並看看該公司在1987年3月所發布的10-K報表（表12-1）中所呈現出的警訊。中間一欄的數字將被用來進行水平分析；而右方的兩欄（佔資產％與佔銷貨收入％）將被用來進行垂直分析。舉例來說，存貨增加100.46%（由2,250萬元增加至4,510萬元）；且佔資產的比例由27.49%（2,250萬除以8,187萬）升高至32.95%（4,510萬除以13,688萬）。

1985年與1986年的共同比資產負債表（如圖12-1與12-2）呈現幾項不可思議且令人憂慮的轉變：現金與約當現金佔資產的比重由28.4%降至12%、應收款項佔資產的比重由19.6%劇升至29%，而經人為膨脹的存貨佔資產的比重則由27.5%升高至32.9%。由於資產負債表科目出現大幅度結構性轉變的情況是非常罕見的，因此，一旦有這樣的現象發生，就應對該公司採取質疑的態度。此外，共同比損益表中的資訊也有助於進行垂直與水平分析。（見表12-2）

透過垂直分析所查出的警告訊號 透過垂直分析，分析師們才得以快速掌握資產負債表與損益表中各個科目的結構性轉變，而圓形圖則有助於強調1985年與1986年間的重要轉變。

表12-1　MiniScribe 與其子公司的合併資產負債表　　（單位：千美元）

	1986年	1985年	水平分析 (%)	垂直分析 佔資產% 1986年	垂直分析 佔資產% 1985年
資產					
流動資產					
現金與約當現金	16,329	23,244	-29.75%	11.93%	28.39%
應收帳款*	39,766	16,041	147.90%	29.05%	19.59%
存貨	45,106	22,501	100.46%	32.95%	27.49%
其它流動資產	936	239	291.63%	0.68%	0.29%
總流動資產	102,137	62,025	64.67%	74.62%	75.76%
房地產與設備淨額	33,606	19,588	71.56%	24.55%	23.93%
其它資產	113	253	348.22%	0.83%	0.31%
總資產	136,877	81,866	67.20%	100.00%	100.00%
負債與股東權益					
應付帳款	37,160	12,228	203.89%	27.15%	14.94%
一年內到期的 長期負債	946	174	-45.69%	0.69%	2.13%
應計員工津貼與 相關費用	282	174	61.51%	2.06%	2.13%
應計認股權證費用	137	208	-34.04%	1.00%	2.54%
其它流動負債	438	327	33.96%	3.20%	4.00%
流動負債總額	46,686	21,073	121.54%	34.11%	25.74%
長期負債	23,877	20,771	14.95%	17.44%	25.37%
特別股 （面值為$1.00）	118	133	-11.28%	0.09%	0.16%
普通股 （面值為$0.01）	226	193	17.01%	0.17%	0.24%
普通股認股權證	7	15	-53.33%	0.01%	0.02%
特別股與普通股 股本溢價	65,348	62,021	5.36%	47.74%	75.76%
應收票據，經理人 員普通股抵押借款	—	(260)	—	-0.19%	—
庫藏股2千股以 成本計	(16)	—	—	-0.01%	—
保留盈餘 （累積虧損）	631	(22,080)	-102.86%	0.46%	-26.97%
股東權益總額	66,314	40,022	65.69%	48.45%	48.89%
負債與股東權益總額	136,877	81,866	67.2%	100%	100%

註＊：扣除備抵問題帳戶金額各$736與$752

圖12-1　MiniScribe 公司的資產（1986年）

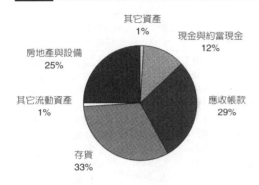

其它資產
1%

現金與約當現金
12%

房地產與設備
25%

應收帳款
29%

其它流動資產
1%

存貨
33%

圖12-2　MiniScribe 公司的資產（1985年）

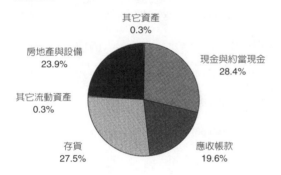

其它資產
0.3%

房地產與設備
23.9%

現金與約當現金
28.4%

其它流動資產
0.3%

應收帳款
19.6%

存貨
27.5%

　　警訊 1：應收款項佔總資產的比重明顯增加。應收款項佔資產的百分比由1985年的19.6%升高至1986年的29.0%。

　　警訊 2：存貨佔總資產比重明顯升高。存貨佔資產的百分比由1985年的27.5%升高至1986年的33.0%。

　　警訊 3：現金與約當現金佔總資產比重明顯下降。現金與約當現金佔資產的百分比由1985年的28.4%降至1986年的11.9%。

　　警訊 4：毛利率以令人驚奇的幅度揚升。自1985年至1986年

表12-2　MiniScribe與其子公司的合併損益表（單位：千美元，每股資料除外）

	1986年	1985年	水平分析 (%)	垂直分析佔銷貨收入% 1986年	垂直分析佔銷貨收入% 1985年
淨銷貨收入	184,861	113,951	62.23%	100.00%	100.00%
銷貨成本	137,936	111,445	23.77%	74.62%	97.8%
毛利（率）	46,925	250	1,772.51%	25.38%	2.20%
銷售、一般與行政費用	14,459	12,217	18.35%	7.82%	10.72%
研究與發展費用	855	420	103.50%	4.63%	3.69%
營業費用總額	23,014	16,421	40.15%	12.45%	14.41%
營業利益（虧損）	23,911	(13,915)	-271.84%	12.93%	-12.21%
其他收益	129	708	82.34%	0.70%	0.62%
其他費用	(2,142)	(3,174)	-32.51%	-1.16%	-2.79%
扣除所得稅與非常貸項前之利益（虧損）	23,060	(16,381)	-240.77%	12.47%	-14.38%
所得稅準備	2,770	392	608.93%	1.50%	0.34%
扣除非常貸項前之利益（虧損）	20,281	(16,773)	-220.91%	10.97%	-14.72%
非常貸項－利用稅額虧損前抵以降低所得稅	243			1.31%	0.00%
淨利（損）	22,711	(16,773)	-235.40%	12.29%	-14.72%
每股盈餘（虧損）					
扣除非常貸項前之利益	$0.5	($0.88)	-163.64%		
非常貸項	$0.0				
淨利（損）	$0.6	($0.88)	-171.59%		
計算每股資料所採用的普通股與約當普通股股數	35,892	19,026	89.12%		

間，毛利率由2.2%上升至25.38%（成長十倍）。一般而言，儘管時間點不同，但毛利率通常傾向於維持在相對穩定的水準，因此當毛利率出現如此巨幅的改善時，反而令人感到非常的憂慮。

　　警訊 5：銷售費用佔銷貨收入的比重大幅改善。銷售、一般與行政費用（以下簡稱SG&A）佔銷貨收入的百分比由10.72%降至7.82%。出現大幅改善的情況可能是因為公司將一般營業成本予以資本化所致（第四類騙局）。

　　透過水平分析所發現的警訊　水平分析強調的是銷貨收入成長率相對於主要資產與費用科目的成長情況。

　　警訊 6：應收款項成長率大於銷貨收入成長率。銷貨收入成長62%，但應收款項卻增加148%。

　　警訊 7：存貨成長高於銷貨收入成長。存貨竄升了100%；此外，半成品與成品的存貨也增加了153%。而存貨成長率大幅高於銷貨收入成長率的原因，可能是因為公司未依法沖銷呆滯的存貨（第四類騙局）。

　　警訊 8：現金餘額大幅降低。現金與約當現金大幅減少了29.75%，但銷貨收入卻增加62%，照理說，銷貨收入增加應該帶動現金與約當現金也同步增加才對。

　　警訊 9：其它流動資產與其它資產的成長率高於銷貨收入成長率。「軟性資產」如其它流動資產與其它資產的增加，可能是該公司將營業成本資本化（第四類騙局）的另一個證據。這類科目在1986年出現竄升的現象（分別上升了292%與348%）。

　　警訊10：應付帳款成長幅度高於存貨應付帳款，竄升了203.89%（較存貨成長率高一倍左右），這是令人非常疑惑的一點。也許是因為應付帳款包括了其它特定項目，關於這類問題，可以透過訪問公司經營階層來得到解答。

　　警訊11：SG&A成長率較銷貨收入為低。雖然銷貨收入成長62%，但SG&A卻僅增加18%，SG&A與銷貨成本佔銷貨收入比重的改善可能是公司將營業成本予以資本化（第四類騙局），或不當虛灌營收（第一或第二類騙局）的證據。

　　透過財務報告註記所發現的警訊　有時候無法由數字中發掘

的問題可能就隱含在註記中，我們就從MiniScribe公司的註記中發現了數個警訊，爲了要中肯表達，我們將註記的確實內容引述如下：

警訊12：MiniScribe 將各項存貨準備金釋出，並轉入盈餘。
「由於市面上對微小型溫徹斯特磁碟機（micro-winchester drive）的需求降低，加上市場上的價格競爭非常激烈，MiniScribe在1985年提高了超額存貨的準備金。到了1986年，由於市場上的需求普遍回升，加上公司得以用高於原先預期的價格將這些存貨售出，因此前述的準備降低了210萬元。」（第四類騙局，花招5）。

警訊13：MiniScribe將應收帳款準備金釋出至盈餘科目。
「雖然應收款毛額增加141%（由1,679萬元升高到4,050萬元），但公司卻依舊調降壞帳準備金。若公司依照應收款的增加幅度同步提高壞帳費用與準備金，那麼這個準備金將由73.6萬元升高到181萬元」。（第四類騙局，花招5）

警訊14：MiniScribe 將廠房與設備準備金釋出至盈餘科目。
「公司在1985年設置了130萬元的準備金以因應多餘的製造產能、重大租賃物改善工程及製造設備。到了1986年，由於公司的製造產能開始全能運用，因此這個準備金又被調降。」（第四騙局，花招5）

警訊15：MiniScribe 違反借款公約。「1986年12月28日，公司違反財務比率公約其中的一項：循環信用工具，此後又違反未及時將財務資訊呈遞給銀行團的相關特定公約。然而，銀行團選擇忽略這些違反行爲，因此並未修訂對公司的放款期間與合約條

件。」

警訊16：**MiniScribe 正接受證管會的調查**。「1987年1月14日，公司被告知目前正在證管會的非正式調查下。然而，公司沒有理由相信這個非正式調查的結論會對公司的財務情況造成什麼重大的負面影響。」

警訊17：**有關係人交易的情事**。「公司的一位董事也擔任 Xidex 公司的董事，本公司先前曾向該公司採購薄膜傳導體與氧化物傳導體，而本公司的採購數量佔該公司總產量的實質多數。在1986與1985年期間，本公司向 Xidex 購買各約1,220萬元與320萬元的產品，而1985年以前向該公司採購的金額並不大。此外，本公司的董事長兼執行長也是 Silicon General 公司的董事長，本公司向該公司採購特定的微晶片。在1986與1985年間，本公司各向 Silicon General 採購了約170萬與120萬元的產品，而1985年以前向該公司採購的金額並不大。」

警訊18：**放款給經理人員**。「在1984年間，本公司發行了附帶股票限制協議的普通股給公司特定的經理人員，而這些經理人則開立無息或有利息的票據來作為交換。每一位經理人所開出的票據都以這些股票為擔保。付款期間則介於一至四年，股票則在同一段期間內受到限制。」

警訊19：**公司正面臨進行中的訴訟案**。「在1986年10月，Rodime Inc. 與 Rodime PLC 以 MiniScribe 侵犯美國第4568988號專利向美國科羅拉多地方法院對公司提出告訴，1987年2月，Rodime 修正控告內容，指控 MiniScribe 也侵犯了另一項專利（聯邦專利第4368383號）。」有關會計騙局所引發的訴訟案隨後毀滅了該公司。

表12-3　營運現金流量落後淨利　　　　　　　　　　（單位：千美元）

	1986會計年度	1985會計年度
營運現金流量	8,543	(21,564)
淨利	22,711	(16,773)
營運現金流量－淨利	(14,168)	(4,881)

　　警訊20：長期借款增加，但利息費用卻減少。「在1986年12月28日、1985年12月29日與1984年12月30日的合併損益表中，被納入其它費用金額的利息費用個別約為2,142,000、3,010,000與948,000元。」利息費用的降低應該顯示公司有些利息費用被資本化了（第四類騙局）。

　　透過現金流量表所發現的警訊　雖然1987年時有關單位並未強制規定企業要準備現金流量表，但我們卻可以由MniScribe的財務狀況變動表中取得營運現金流量的數字。

　　警訊21：營運現金流量明顯落後淨利。很不幸的，1986年的營運現金流量落後淨利超過1,400萬元。（見表12-3）

現金流量表分析

　　自財務會計準則委員會發布美國財務會計準則公報第95號規定以來，企業依規定必須在呈報資產負債表與損益表的同時提報現金流量表。我們將採用牛津健保公司1997年6月提報的現金流量表來進行說明，該公司在提報這份現金流量表（見表12-4）後不久，股價便在1997年10月出現重挫的走勢。

表12-4　牛津健保公司與其子公司的合併現金流量表　（單位：千美元）

	1997年1至6月	1996年1至6月
營運活動之現金流量		
淨利	**$71,554**	**$40,975**
調整項目		
折舊與攤銷	27,491	20,124
遞延所得稅	3,865	180
處分投資之實現利益	(7,477)	(2,655)
權益法之關係企業淨損	1,020	2,050
其它淨額	240	240
資產及負債之變動		
應收保險費	(106,702)	(26,941)
其它應收款項	7,020	(3,351)
預付費用與其它流動資產	738	(1,056)
應付醫療成本	(92,122)	126,975
應付交易帳款與應計費用	20,235	9,553
應付所得稅	17,500	14,772
未實現之保險費	(46,572)	(41,277)
其它淨額	(4,041)	(402)
營運活動之淨現金流入（流出）	**(107,251)**	**139,187**
投資活動之現金流量		
資本支出	(42,730)	(29,896)
購買可出售之證券	(304,867)	(446,373)
可出售之證券到期或出售	416,415	166,399
非合併性關係企業之投資	(20,564)	(6,305)
其它淨額	394	115
投資活動之淨現金流入（流出）	48,648	(316,060)
理財活動之現金流量		
發行普通股之現金收入	—	220,541
執行股票選擇權之現金收入	10,252	6,243
理財活動之淨現金流入（流出）	10,252	226,784
現金與約當現金淨增加（減少）數	**(48,351)**	**49,911**
期初現金與約當現金餘額	72,160	58,450
期末現金與約當現金餘額	**$23,809**	**$108,361**

表12-5　比較牛津健保公司之營運現金流量與淨利　　　（單位：千美元）

項目	1997年1-6月	1996年1-6月
營運現金流量	−107,254	139,187
淨利	71,554	40,975
營運現金流量－淨利	−178,805	98,212

牛津健保公司

比較營運現金流量與淨利的差異　牛津健保公司1997年6月的現金流量表中顯示出一系列的問題警訊。讓我們來比較該公司1996年前六個月與1997年前六個月的營運現金流量與淨利的情況：在1996年，牛津公司的營運活動共產生1.4億美元的淨現金流入，超過淨利的4,098萬元；然而1997年的績效卻遭透了，該公司當期淨現金流出為1.1億元，但同一期間的淨利其實是7,155萬元。結果，營運淨現金流量減淨利的金額劇降了2.8億元，由1996年的9,821萬元成為1997年的負1.8億元。（見表12-5）

有趣的是，直到1996年12月當季以前，牛津公司的營運現金流量都還是維持高於淨利的理想狀態。事實上，自1994年9月當季至1996年12月當季間，牛津公司的營運現金流量從未低於提報淨利（見圖12-3）。然而，自1996年12月當季起，該公司卻連續三季出現營運現金流量低於淨利的情況。到了1997年6月當季，短缺的數字已高達1.2億元（淨利為3,718萬元，而營運現金流量卻為負8,423萬元）。因為這樣狀況，該公司股價在1997年10月出現重挫，一天之內便崩跌了42%，這一點也不令人意外。

來得公司

另一個發生在1990年代末期駭人的會計騙局是連鎖藥局來得

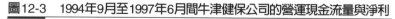

圖12-3　1994年9月至1997年6月間牛津健保公司的營運現金流量與淨利

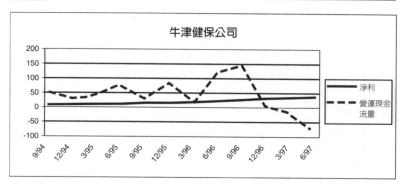

公司。透過現金流量表的檢視，讀者其實便可以發現該公司的營運數字中所隱含的不祥徵兆（騙局被揭發後對股價的影響請見圖12-4）。

　　雖然該公司在1998年5月與8月當季都提報非常亮麗的淨利

圖12-4　1997至2001年來得公司的股價走勢圖

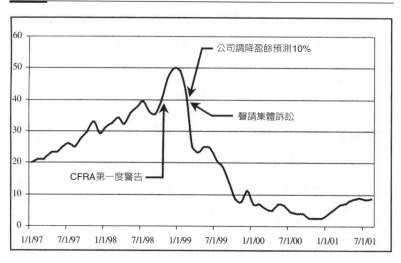

圖12-5　來得公司的赤字自1998年起開始浮現

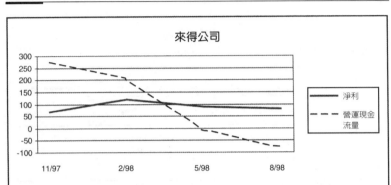

年增率，但該公司1997年以來強勁的營運活動現金流入卻在
1998年間轉變爲淨流出（見圖12-5）。

　　如表12-6所示，該公司的營運現金流量在8月當季由前一年
同期的6,350萬元劇降至負7,750萬元，5月當季由前一年同期的
1.5億元降爲負900萬元。結果，光是8月當季，營運現金流量就
落後淨利1.5億元以上，而若計算1998年8月以前的六個月期
間，營運現金流量落後淨利的數字竟然高達2.6億美元（見表12-
7）。相反的，在前一年的同期當中，營運現金流量其實是高於淨
利的。

現金流量表上的其它警訊

　　現金流量表除了可以幫助評估營運現金流量相對於淨利的演
變，它也包含有關現金來源與用途的有用資訊。在這當中，應特
別注意的警訊是：處分資產、額外借款與出售股票等活動有關的
現金流量。

表12-6　營運現金流量相對於淨利的演變（年度比較）（單位：百萬美元）

	8/98* 第二季	8/97 第二季	5/98 第一季	5/97 第一季	2/98 第四季	2/97 第四季	11/97 第三季	11/96 第三季
營運現金 流量	(77.5)	63.5	(9.0)	151.6	202.3	103.9	274.1	9.6
淨利	81.2	60.6	90.8	68.2	119.7	55.2	67.9	37.4
營運現金流量 減淨利	(158.7)	2.9	(99.8)	83.4	82.6	48.7	206.2	(27.8)

*調整後數字，不含2.897億元的非經常性支出（稅後為1.738億元），不含非常損失4,520萬元。

表12-7　營運現金流量相對淨利之演變　　　　　　（單位：百萬美元）

	8/98 6個月期	8/97 6個月期	8/98* 12個月期	8/97 12個月期
營運現金流量	(86.5)	215.1	389.9	328.6
淨利	172.0	128.8	359.6	221.4
營運現金流量－淨利	(258.5)	86.3	30.3	107.2

註:* 調整後數字，不含2.897億元的非經常性支出（稅後為1.738億元）。

　　相反的，較好的情況是營運現金流量足以支應資本支出與債務的償還，甚至足夠供應買回公司流通在外的普通股（庫藏股）。就理想的狀況而言，一個具備上述情況的公司可以利用它充足的營運現金流量來支應未來的成長，而不須額外再舉債，或因發行新股而使公司的每股盈餘遭到稀釋。

財務警訊完全解讀

　　雖然 MiniScribe、牛津健保與來得的財務報告讓讀者有機會見識到許多警告訊號，但這些警訊僅是騙局中的冰山一角而已，非常不完整。以下提供完整而詳盡的警告訊號清單：

包羅萬象的警告訊號清單

資產負債表與損益表

警訊	問題表徵或騙局內涵
1. 現金與約當現金相對於總資產呈降低情勢	流動性問題，可能必須增加借款。
2. 應收款項成長幅度大幅超越銷貨收入的成長	也許在營收認列上過度激進：營收過早入帳或展延客戶的付款期限。
3. 應收款項成長幅度大幅低於銷貨收入的成長	可能將應收款項重新分類為其它資產類別。
4. 壞帳準備金相對於應收款項毛額呈降低情勢	準備金提列不足且虛灌營業利益。
5. 未出貨應收款項成長率超過銷貨收入或已出貨應收款項之成長率	大部分的營收可能來自於完工比例法的銷售案。
6. 存貨成長率大幅高於銷貨收入、銷貨成本與應付帳款	存貨可能已經呆滯，需要進行沖銷；公司可能未依法扣除部分銷貨收入的銷貨成本。
7. 存貨準備金相對於存貨呈現降低的情勢	準備金提列不足並浮報營業利益。
8. 預付費用相對於總資產呈現大幅升高的情況	也許不當將特定營業費用予以資本化。
9. 其它資產相對總資產呈上升情況	也許不當將特定營業費用予以資本化。
10. 廠房與設備毛額相對於總資產呈現大幅增加的情況	極有可能將維修與保養成本資本化。
11. 廠房與設備毛額相對於總資產呈現大幅降低的情況	未投資新的廠房與設備。
12. 廠房與設備毛額升高，但累積折舊卻降低	未提列足額的折舊支出：浮報營業費用。
13. 商譽相對於總資產呈現大幅升高的情勢	也許有形資產被重新分類為商譽，以迴避未來應提列的相關費用。
14. 累積攤銷下降，但商譽卻升高	未提列足額的攤銷支出：浮報營業費用。
15. 應付帳款的成長率大幅超越營收成長率	未針對目前的存貨與物資提列流動負債，未來將需要較巨額的現金流出。

警訊	問題表徵或騙局內涵
16. 應計費用相對於總資產呈現下降的情勢	也許公司將準備金釋出，以膨脹營業利益。
17. 營收增加，但遞延營收卻下降	新業務可能趨緩，或公司將部分準備金釋出以浮報營收。
18. 銷貨成本的成長高於銷貨收入成長	價格壓力導致毛利率降低。
19. 銷貨成本相對於銷貨收入呈現下降的情況	公司可能未將全部的存貨成本轉嫁至產品成本上。
20. 各季銷貨成本的相對變動幅度大於銷貨收入	不穩定的毛利率可能代表公司進行會計違法行為。
21. 營運費用相對於銷貨收入呈現大幅下降的情況	也許不當將特定的營業費用予以資本化。
22. 營業費用相對於銷貨收入呈現明顯上升的情況	公司的效率可能降低，所出售的每一單位產品之費用升高。
23. 稅前利益主要來自於一次性的利得	主要業務可能已經趨緩。
24. 利息費用相對長期借款呈現大幅上升的情況	未來的現金流出將增加。
25. 利息費用相對於長期借款呈現大幅下降的情況	公司可能將特定的營業費用資本化。
26. 軟體成本攤銷成長率低於資本化成本的成長	也許公司不當將特定營業費用予以資本化。

現金流量表

警訊	問題表徵或騙局內涵
1. 營運活動之現金流量大幅落後淨利	盈餘的品質可能是有嫌疑的，或是營運資金的相關支出過高。
2. 公司未能揭露營運活動之現金流量的詳細內容	公司可能嘗試要隱藏營運現金來源的問題。
3. 現金流量主要來自處分資產、借款或股票之發行	是公司營運疲弱的訊號。

敘述內容：附註、經營階層意見、股東代理委託書、查核人員意見報告書

警訊	問題表徵或騙局內涵
1. 會計原則之改變	意圖掩蓋營運問題。
2. 會計假設之改變	意圖掩蓋營運問題。
3. 會計分類之改變	意圖掩蓋營運問題。
4. 查帳人員的變更	顯示公司企圖冒險進行不法情事。
5. 財務長或外部律師之變更	顯示公司企圖冒險進行不法情事。
6. 正接受證管會的調查	可能導致會計報表重編。
7. 長期承諾／或有條件	可能大量消耗現金準備。
8. 進行中或潛在的訴訟問題	可能大量消耗現金準備。
9. 自由開放的會計政策	財務報告可能涉嫌浮報盈餘。
10. 誤導性的經營階層獎勵方案	可能導致經營階層採用會計騙局來虛灌盈餘、紅利與股價。
11. 羸弱的內部控制環境	製造觸犯會計騙局的機會。
12. 查核人員的疑慮	顯示公司企圖冒險進行不法情事。
13. 經營階層企圖心較強	比溫和的主管人員更可能利用財務騙局。
14. 採用完工比例的會計方法	營收可能遭到膨脹。
15. 採用帳面出貨但貨品卻未運出的會計方法	營收可能遭到膨脹。
16. 過度依賴少數的客戶	若任何一個客戶不再採購，就可能引發營運問題。
17. 主要客戶面臨財務問題	若任何主要客戶聲請破產，公司的營運可能會受創。
18. 賣方提供融資給客戶	營收可能遭到虛灌，且公司的營運情況可能比表面上看起來還要疲弱。
19. 客戶有退貨權	營收認列速度可能過快。
20. 以物易物的交易	營收可能遭到虛灌。
21. 賣方提供客戶股票認股權證	營收可能遭到虛灌。
22. 將利息或軟體費用資本化	營業利益可能遭到虛灌。
23. 短列負債，例如股票選擇權	未來的現金義務可能較預期中為大，且營業利益可能遭到虛灌。
24. 不符合借款公約	銀行可能催繳貸款本金，導致現金嚴重短缺。
25. 缺乏非關係人的獨立董事	羸弱的內控環境可能讓經營階層有機會設下會計騙局。
26. 預付未來的營業費用	將使未來的營業利益遭到膨脹。

誤導性財務報表的警告訊號清單

會計政策的選擇	太過自由開放
改變會計政策	沒有充分的理由
遞延費用	盈餘遭到高估
調節盈餘	盈餘遭到低估
過早認列營收	盈餘遭到高估
短列應計費用	盈餘遭到高估
改變自由裁決型的成本	操縱盈餘數字
低品質管制	有進行騙局的風險
變更查帳人員	有進行騙局的風險
進行改頭換面巨額沖銷	未來的盈餘被膨脹

後續章節預告

第十三與第十四章將討論一些特殊的問題點：收購會計花招與營收認列問題等。

第四部
重大問題點

13 收購會計花招

　　通常投資人給與快速成長的公司較高的溢酬，而這類公司為使營運情況像加裝了渦輪推進器一樣，它們可能需要收購其它公司來挹注營收的動能，但這類的策略對投資人而言卻具有潛在風險。本章將解析與收購有關的騙術，這些騙術都是為掩飾收購公司目前的體質而設計。

　　先登、McKessonHBOC 與過去十年中的其它大型財務風暴的共通點是什麼呢？首先，它們都採用非常激進的收購策略，以加強本身已經趨緩的銷售情況。接下來，它們再採用一些收購會計騙術，進一步掩飾公司營運持續惡化的真相。本章將討論 8 個經常被用於收購的會計花招。

花招 1：彙總收購不具獲利能力的企業

　　依過去的歷史經驗，收購是讓企業可以快速介入新市場或銷售新產品的重要工具。而另一個達到這些目標的方法，當然是完

全依賴內部的（或組織結構的）成長。因此，企業必須進行「自行開創或向外購買」（make-or-buy）的決策評估，對於這類性質的收購，我們稱之為「策略性」的收購。

另外，有一種新型態的收購策略：彙總收購（roll up），在1990年代興起。與策略性收購不同的是，使用這種新策略的公司企圖收購同一產業中的上百家小公司（通常以股票作為支付的工具），目的是要在這個產業中創造一個大型的全國性連鎖企業。採用這種彙總收購策略的企業涵蓋各行各業，如醫療機構、會計師事務所、辦公用品供應商以及殯儀館等產業。較值得一提的彙總收購案例包括公共工業公司（Republic Industries，汽車交易商）、美國服務公司（Service Corporation of America，殯儀館）、希斯可公司（Sysco，食品服務公司）以及廢棄物管理公司等。

立即獲利的神奇公式

一般公認的「彙總收購大王」是住在華盛頓特區的強納森·李德基（Jonathan Ledecky），他顯然也懂得許多魔術師常用的技巧，怎麼說呢？他特別喜歡將許多小型、疲弱不堪且不具獲利能力的公司結合在一起，更令人驚奇的是，他讓這些合併後公司得以隨即具備獲利的能力——至少維持一小段期間的榮景，而只要做到這樣，股價便可以一飛沖天。讓我們來看看這些投資案如何成功的引發其他投資人的興趣，並看看讓這些公司立即獲利的神奇公式。

李德基的傳奇據說是從向信用卡公司借款25萬元來進行他人生中的第一個投資開始，後來僅僅用了四年的時間，他就成為一位坐擁2億美元財富、令人豔羨不已的富翁。他一手策畫將自己

的文具店與其它5家文具店彙總合併在一起，接下來再將這個合併後公司的股票予以公開發行，並逐漸成為辦公室用品業務中的主要廠商——美國辦公室用品公司（US Office Products）。該公司後來又另外彙總收購了其它220家小型公司。在1997年底時，美國辦公室用品公司已是當時的明星企業之一，銷貨收入與盈餘呈現同步成長，股價在公開發行後的二年半間上漲了4倍。不過，奇怪的是，次年開始，該公司的銷貨收入卻開始趨緩，甚至出現虧損，股價因而跌至5.735元，約為1995年2月掛牌時的一半價錢。

這其實是多數彙總收購案例的最終結局。雖然美國辦公室用品公司最終難逃崩解的命運，但李德基隨即又以聯合資本公司（Consolidation Corporation）的5億元盲式基金（blind pool，通常以投資證券市場為主，基金管理人可以分享基金的獲利，但卻不需承擔損失）為後盾，繼續開始推動其它幾個彙總收購案，包括一個花卉連鎖店 USA Floral、一個設備融資公司 UniCapital，以及一家暖氣與通風設備公司 Building One Services。這些公司後來的命運與美國辦公室用品公司幾乎一模一樣，早期投資人（主要是李德基本人）獲取非常大的利潤，但後期投資人則終因這幾家公司業務出現惡性循環乃至破產而遭淘汰出場。

直到1990年代末期，投資人才終於從過去的教訓中了解彙總收購的風險有多高。企業在1990年代景氣非常強勁的期間中，透過將借款額度使用到極限來收購一些不具獲利能力的小公司，而且似乎並未遇到任何問題。讓這些公司立即獲利的其實只是表面花招，但卻始終沒有人可以找出這種利用彙總收購遊戲來持續賺錢的魔力公式。彙總收購案例通常最終都因收購各個企業所花費

的借款成本過高,而落得非常悽慘的下場;此外,除了這些彙總收購案件的發起人能夠及早將資金抽離外,其他投資人通常都是血本無歸,蒙受非常大的損失。

我們在第九與第十章中介紹過兩種膨脹未來盈餘的花招:將本期營收移轉至未來(第六類騙局),以及將未來的費用移轉至本期,作為特別支出(第七類騙局),當企業企圖美化公司合併後盈餘時,這兩種花招是非常管用的。以下的收購會計花招正可以為企業創造它們理想中的結果,值得投資人與分析師注意。

花招*2*:將虧損移轉至殘期中

當各家即將合併的企業之會計年度結帳日不同時,其中一家企業可能會訂定一段「殘期」,作為收購動作完成幾個月前的記帳基礎。例如,假設有一家標的公司(target company)的會計年度結帳日在10月,而收購案卻要等到次年1月1日才終結,那麼標的公司還是必須針對這兩個月的殘期向投資人提報盈餘成果。

若企業的殘期盈餘成果出現大幅虧損,投資人就應該要提高警覺,因為這顯示該公司的營收可能被刻意隱藏起來,或者費用遭到虛灌。讓我們來看看美國機器人公司在與3Com合併前,針對該公司兩個月殘期所提報的盈餘報告,這個報告與往例相比出現明顯的乖離。

美國機器人公司所提報的殘期營收非常低,僅1,520萬元(平均一個月約760萬元),僅佔該公司近期銷貨收入非常低的比重(見表13-1)。吊詭的是,在1997年3月當季,該公司提報的

表13-1 美國機器人公司的銷貨收入 （單位：百萬美元）

兩個月殘期 5/97	3/97 第二季	12/96 第一季	9/96 第四季	6/96 第三季
15.2	690.2	645.4	611.4	546.8

營收曾高達6.9億元（平均每個月為2.3億元）。

看起來，3Com可能將美國機器人公司在殘期時所遞延的營收列入它1997年8月的季營收當中，也就是說，3Com很可能利用二家公司會計年度結帳日的不同，來從中牟利，將1997年4至5月的殘期營收遞延至8月份那一季才列記。

既然企業可以利用殘期來隱藏營收（第二類騙局，花招5），那麼，將費用全部灌到這個期間，並聲稱這些只不過是一次性的支出，似乎也是具有相同的效果。美國機器人公司當然沒有漏掉這個花招，它在1997年第三季提列了4.26億元的「合併相關」支出，這使3Com未來幾期的營業利益將因而獲得提振。在這些特別支出當中，有9,200萬元是用來沖銷固定資產、商譽及購入技術等，當然，該公司將這些資產沖銷以後，未來的折舊與攤銷費用將減少，淨利將因而受到膨脹。此外，3Com也提列了大約1.21億元的沖銷金額，用來作為清除副產品與配銷商所退貨之停產產品的成本。

花招3：在收購結案前後進行巨額的沖銷

美國機器人公司在殘期進行巨額沖銷的提列，實在很難讓人相信這是正常作業。事實上，一般較常見的情況應該是收購公司在收購案結束後才提列支出。

讓我們再來看看零售連鎖店寵物用品供應站（PetsMart）的情況。很顯然的，寵物用品供應站利用許多不同的手法，以合併相關的沖銷動作來「消除」未來的一般性營業費用（也就是讓未來收益的減項科目降低），因為通常在這些沖銷動作完成以後，該公司的一般性與行政費用都會出現令人無法理解的大幅下降情況，這點顯示該公司確實將部分這類的成本移轉至合併支出中。

花招4：將因巨額沖銷所設置的準備金釋出

在收購企業時進行巨額沖銷的好處有二：首先，當然是將未來的營業費用移轉至本期，並將這些費用貼上「一次性支出」的標籤；第二個好處可能就不是那麼明顯：在列記一次性支出的同時，設置一個準備金，而將來再利用這個準備金來虛灌盈餘。

記不記得我們在第一章所提到的先登／CUC案？讓我們回到1996年7月。當時CUC以10億美元收購了軟體製造商大衛森公司（Davidson），並幾乎將全部的收購金額沖銷掉。透過這個支出所設置的準備金讓CUC有機會得以虛灌未來的盈餘，作法相當簡單：將準備金釋出即可（第五類騙局，花招3）。

花招5：收購結案後改變收購價格的分配

在購併時期，收購者會將收購價金分配到各個可辨認的資產，並以公平市價列記這些資產的價值，而未依這個方式進行分配的成本則將列為商譽。但有時候企業在收購案完成後私自修正這些成本的分配比例，將較多的收購價金分配到商譽科目，原因

是新的會計原則規定企業不需再針對商譽進行攤銷，這個規定形同鼓勵企業將較多的收購價金分配至商譽科目。

讓我們來看看藝品連鎖店麥可斯商店（Michaels Store）如何利用重新分配收購成本來圖利。在1994年7月，麥可斯收購了它的宿敵李渥茲公司（Leewards），而在收購完成的同時，麥可斯將預定要關閉的20家李渥茲分店的相關資產價值予以沖銷。在此同時，麥可斯也提高了它的商譽科目金額，提高的金額正好和那些被沖銷的收購資產價值相同；這個舉動讓那些資產的真實價值變得非常曖昧不明。此外，透過沖銷部分資產的價值（例如預定關閉的分店存貨）的作法，麥可斯實質上是以40年的期間攤銷商譽的方式來攤銷這些不具價值的資產。

在收購完成後六個月中，麥可斯的商譽科目金額增加了大約1,700萬元，而這些新增商譽的調整項目包括訴訟準備金、清算租賃物、其它共同用途以及進一步沖銷存貨收購價值。這顯示該公司再一次將沒有價值的存貨列在資產負債表上，並膨脹盈餘。在新的會計規則下，這類的花招將會愈來愈猖獗。

新會計規則

2001年時，財務會計準則委員會廢除了合併權益法，自此以後，所有的收購案都必須採用購買法（purchase accounting method）；此外，由收購所衍生的商譽將不再自動成為每年應定期攤銷的項目。在新的規定下，只有當資產已經毀損以後，才需要開始進行攤銷。

新的攤銷規定可能導致企業將大多數的收購價金列為商譽，從而衍生新的會計花招。只要企業不提報毀損資產，當然也就不

需要提列商譽攤銷。這種花招將讓企業可以順理成章的把多數的收購成本「留在」資產負債表上，而不需將這些成本用來扣抵盈餘。

花招 6：列記因收購其它公司所衍生的營收

如同第四與五章中有關營收認列方式所討論的，當賣方已提供服務或將產品運送給客戶後才可以認列營收。但許多公司卻利用收購會計花招，以非常弔詭的方式來列記營收：買進一項資產（或業務）並要求賣方支付回扣，再將這些回扣標上營收的標籤。非常奇特的是，在這種交易下，由買方（竟不是賣方）認列資產營收。

FPA醫療公司就從收購健康基礎公司（Fundamental Health Corporation）的醫療相關業務過程中找出一個認列營收的好方法。在1996年12月，FPA提報該公司支付了1.97億元收購健康基礎公司的醫療事業，而根據收購的協議，FPA同意保證健康基礎公司的病人權益將不會中斷，並將持續享受未來30年的服務；交換條件是健康基礎公司（賣方）必須在未來二年當中提供5,500萬元的回扣給FPA。而FPA每年在收到這些款項時，就將之列記為銷貨收入。

事實上，賣方支付給買方的回扣應列記為購買價金的調整項目，而非營收。就這個情況來說，FPA公司支付了1.97億元，並在之後二年收取了5,500萬元，所以淨收購價金應為1.42億元。FPA公司的激進會計方法對該公司1996年12月的銷貨收入、營業利益及淨利所造成的影響如表13-2。

表13-2　FPA醫療公司經調整的營收與營業利益　　（單位：百萬美元）

	1996年12月 提報數字	扣除回扣	1996年12月 經調整數字
營業利益	151.0	10.0	141.0
淨利	10.0	10.0	0.0
營業收入	4.2	5.9	-1.7

花招 7：將合併的影響視為不具關鍵性

當公司採用合併權益法來記錄收購案的帳務時，通常會將前期的財務報告調整成為「擬制性」報表，讓本期的盈餘成果不至於因收購案的發生而被誤導或遭到膨脹。然而，這個規定卻有一項例外條款，若企業認定一項合併案不會對財報造成明顯影響，便可獲准不重編前期的財報。且讓我們來看看商業服務公司Maximus在收購案完成後，迴避重編財報的決策過程。

1998年時，Maximus完成了數個收購案，每一個都採用合併權益法來記帳。而根據經營階層的看法，他們認定這當中的每一個收購案都不會對盈餘產生重大影響，因此也就不需要重編前一年度的財報。如表13-3所示，該公司旗下的顧問集團（Consulting Group）的營收成長1,150萬元，但是在這當中，被合併的企業就貢獻了1千萬元。若是扣除這些被合併企業的營收，顧問集團1998年12月的營收年增率將僅剩7.5%，而不是該公司所提報的57.8%。

Maximus認定這些合併案的影響輕微，而決定不重編前一年的財報，但卻造成旗下的顧問集團1998年12月當季的營收年增率遭到高估，如表13-3所示，新增的營收中有87%是由被合併公司所貢獻的。

表13-3　顧問集團的營收成長率　　　　　　　　　（單位：百萬美元）

	12/98 第一季	增加	12/97 第一季	成長率
原先提報數字	31.4	11.5	19.9	57.8%
減：合併貢獻	10.0	10.0	0	—
經CFRA調整	21.4	1.5	19.9	7.5%

花招 8：以股票或認股權證為採購承諾誘因

在1990年代期間，企業更精於利用公司的股票作為各種交易的工具。在前幾章中，我們談過企業以股票選擇權來替代應支付給員工的現金津貼，此舉讓財務報表中所提報的費用出現誤導性的低估現象。我們也指出 Priceline.com 曾利用認股權證來誘使部分航空公司簽訂專案合約。認股權證不但讓企業可以不必支付現金，又可以迴避相關費用的提列。

快速成長的電信巨擘 Broadcomm 發現一個非常有趣的方法可以讓它在進行收購案時，利用公司的股票來鎖定未來的營收。在 Broadcomm 的某一個收購案結案前，標的公司要求它的客戶簽訂關於未來採購案的協議，而標的公司則提供股票（或認股權證）給客戶，作為同意簽訂未來採購協議的誘因。而在標的公司被 Broadcomm 收購以後，這些簽訂協議的客戶將會收到 Broadcomm 的股票，實質上來說，Broadcomm 是以它的股票作為引誘客戶簽訂未來採購承諾的「誘餌」，而這些 Broadcomm 的股票公平市場價值代表的其實是銷貨折讓，應該作為銷貨收入的減項。

看看以下的簡單說明：若 Broadcomm 提供客戶公平市場價值 250 元的認股權證以換取 1 千元的購買承諾，那麼 Broadcomm 應該列記淨銷貨收入 750 元：

購買價格	$1,000
認股權證價值	- 250
淨銷貨收入	$ 750

　　然而，Broadcomm卻利用收購會計花招，將整個交易的毛額（1千元）列記爲銷貨收入，並將這250元列爲商譽，再以40年的期間來進行商譽的攤銷。而在最新採用的會計規則中，商譽可能一點也不需要進行攤銷，也就是說，該公司授予客戶的這些認股權證，實質上可能永遠也不需提列爲費用。

後續章節預告

　　第十四章將討論的是有關營收認列方面的一些問題點，如長期合約、分期付款銷售、或有條件銷售以及資本租賃等。

14 營收的認列

　　從歷史經驗來看,有關營收認列方面的會計花招對投資人的殺傷力可說是最大的。所以,投資人應該以極度警戒的態度來檢視企業是否涉嫌過早認列營收、膨脹營收金額或甚至只是簡單的偽造一些交易來創造營收等。有一部分特定的交易特別容易讓經營階層有機會可以膨脹營收。本章將介紹4種這類令人疑慮的問題點:

問題 *1*:長期建造合約的營收

　　一般而言,企業在產品交貨後便認列營收;若產品將在幾天或幾週內送達客戶手中,這個方法看起來就合乎邏輯。不過,像太空產業的公司要花10年以上的時間才有辦法完成火箭建造合約,將產品送交客戶,那麼相關的帳務又該如何處置呢?事實上,目前已經有特殊的會計規則專門用來處理這類的長期合約。

　　例如在1990年時,聯合航空公司(United Airlines)同意向

波音公司（Boeing）採購64架飛機，其中雙方約定在1994至2004年間波音應交出30架747型飛機，而1995年至2000年間則應交出另外34架新開發的777機型。波音應該如何針對這項合約認列營收呢？它有二種選擇，該公司可以等到合約完全履行後才列記所有的營收與盈餘（完工法，the completed-contract approach），或針對每一年度的已完工金額，先行認列部分營收與盈餘（完工比例法，the percentage of completion method；也稱為比例法）。

　　就波音公司的情況而言，若是該公司有能力完成相關合約、無重大不確定性因素存在，而且可以精確估算各期間完工比率的話，採用比例法是較合適的作法。不過，如果有重大不確定性因素存在，與／或無法作出可靠度高的預測，那就應該採用較保守的合約完工法，也就是必須等到合約到期日才可以認列營收與盈餘。

比例法的風險

　　通常，企業採行比例法的決策在最初可能是出於善意的，但期間卻可能會出現意外的發展。例如，世界情勢的發展就有可能會使一些採用比例法的國防工業公司的財務報表變得具誤導性。例如，1991年9月時，美國的老布希總統宣布將開始廢除核子裝備，並將刪減相關武器系統的發展經費，這項決策導致許多採用比例法的國防工業公司營收都出現高估的現象（因為這些企業認列營收的基礎——未來的合約，已不再適用）。

　　讓我們再看看波音公司與聯合航空公司220億元的合約。假設全部的成本是120億元，而前三年各年所發生的成本依序為12億、14億與10億元，這三年中波音交貨給聯合航空的金額依序

為6億、8億與20億元，而各年度向聯合航空所收回的資金則依序為5億、7億與15億元。在完工比例法的架構下，由於預估總成本120億元的十分之一將在第一年發生，因此該公司在第一年應認列10%的營收（與盈餘）。（見表14-1）

波音公司的實際帳簿分錄如表14-2。雖然波音公司剛開始進行生產，且數年後才會開始交貨，但它卻認列了22億元的營收與10億元的毛利，而興建中工程扣除已交貨（也稱為未出貨營收或未出貨應收帳款）的部分共為6億元。

採行比例法的企業可能帶來的風險，包括：第一，比例法是以未來的成本與事件預測為基礎，因此若成本預測或完工階段遭到扭曲，使用這個方法的提報成果就較容易受人為操控；第二，通常企業改變預測的主要原因都是由於想要控制提報盈餘數字，而不是因為有了新的進展。此外，若企業最終未能完成專案，或無法在約定期間內完成，又將是什麼情況呢？就像我們先前提到的國防工業所遇到的情況一樣，企業的營收與盈餘將遭到嚴重的高估。也因如此，完工比例法被視為是可能高估盈餘的激進會計方法。

> 當未出貨應收款項的成長率超越已出貨應收款項或銷貨收入，代表企業不當使用完工比例法，或使用的方式過度激進。

表14-1　　　　（單位：億元）

合約價金	220
預估成本	120
預估獲利	100
完工百分比：	
第一年	10%
第二年	14%
第三年	12%

表14-2

第一年		
興建中工程的存貨	$1,200,000,000	
現金與預付款項等		$1,200,000,000
應收帳款	$ 600,000,000	
合約交貨		$ 600,000,000
現金	$ 500,000,000	
應收帳款		$ 500,000,000
對資產負債表的影響項目		
應收帳款	$ 100,000,000	
興建中工程之存貨	$1,200,000,000	
已交貨合約	$ 600,000,000	
興建中工程扣除已交貨金額	$ 600,000,000	
對損益表的影響項目		
營業收入	$2,200,000,000	
銷貨成本	$1,200,000,000	
毛利	$1,000,000,000	

完工法的玄機

　　完工法不常被用為長期合約的營收認列基礎，例如在波音公司的案例中，若採用完工法，那麼該公司在合約全部完成前就無法列記營收。不過，若使用得當，這個方法確實要比完工比例法還保守。然而儘管如此，還是有一些財務騙局與不當使用完工法有關。

　　讓我們來看看會議計畫服務公司Caribiner International（以下簡稱CWC）不尋常的會計方法。該公司採用完工法的決定是非常罕見的，因為該公司典型的服務合約的完成期間都僅約數個月，而不是數年，而且就算是長期性合約採用完工比例法是較為有利的。

　　通常委託CWC安排所有銷售會議細節的客戶會在簽訂合約的當時收到三分之一金額的帳單、期中再收到三分之一，而會議

完成後則再收到最後三分之一費用的帳單。而對CWC而言，營收認列方式有兩種選擇，即比例法（依發生的成本來認列，而不管開出的帳單或收到的現金有多少）與完工法（合約全部完成後才認列營收）兩種。令人覺得驚訝的是，CWC竟採用較不普遍的完工法。雖然該公司已投入某一合約工作約數月的時間，並也已收到三分之二的帳款，但它卻選擇到全部完工才將營收入帳。

該公司將所有營收與費用遞延至專案完成以後，其中它將未來營收（客戶已付款項）列記為負債中的「遞延收益」科目，而未來費用（當費用發生時）則列為資產科目中的「遞延支出」。CWC將一部分的遞延收益（與合約預估毛利有關的部分）分配到長期遞延收益科目，剩下的則繼續列為流動資產科目中的遞延收益。等到專案完成以後，所有關於合約的遞延收益全部都被移轉至營收科目，而所有的遞延支出則轉列為當期費用。

如表14-3所示，CWC不僅是將已收現（短期遞延收益與長期遞延收益）的營收予以遞延，也將已付現的費用予以遞延（遞延支出、預付費用與其它資產）。讓我們來看看這麼作對現金流量的影響：與現金流出增加有關的資產餘額由1,400萬元增加至2,290萬元，但與現金流入減少有關的負債餘額則由2,200萬元降至1,780萬元。而由於被遞延到未來的費用高於被遞延的營收，因此該公司實質上是利用完工法來浮報盈餘。

從CWC服務部門的營收與遞延收益（構成未來潛在營收的主要來源）雙雙重挫的情況來看，該公司的業務似乎有走下坡的情況，而遞延收益下降幅度超過遞延費用的現象更加深了這個疑慮。雖然該公司的服務營收在9月當季才開始大幅下滑，但在先前的兩季中，遞延收益卻早已連續出現明顯下滑的情況。

表14-3　CWC 公司部分資產負債表科目　　　　　　（單位：百萬美元）

	1997年9月	1997年6月	1997年3月	1996年12月
資產				
遞延支出	10.2	11.2	13.5	9.6
預付費用	9.1	11.0	6.2	4.0
其它資產	3.6	3.3	2.2	0.1
總計	22.9	25.5	21.9	14.0
負債				
遞延收益—短期	12.2	18.1	21.7	15.8
遞延收益—長期	5.6	7.3	8.9	6.2
總計：短期遞延營收 ＋長期遞延營收	17.8	25.4	30.6	22.0

問題 *2*：委託銷售的過早入帳

　　在委託銷售（consignment sales）的架構下，銷售者（委託者）雖然將產品運送給交易商（受託人），但卻仍然保有對該產品的產權。因此，相關存貨依舊保留在委託者的帳目中，且不應列記營收。當交易商將產品出售給客戶並已完成收款後，它便獲得佣金營收，此時委託者才可以將營收入帳，並將該商品的成本由存貨移轉成為銷貨成本科目。但是，如果交易商未能將產品售出，並且將之送還委託人，在這種情況之下，當然就不能列記營收。

注意企業是否在將產品運給委託銷售的受託人後便立即認列營收，因為這麼做就可能有營收過早入帳的嫌疑，如第一類騙局。

　　假設華德迪士尼公司以委託銷售的方式委託威名百貨（Wal-Mart）銷售它的卡通電影。迪士尼運出800支錄影帶，預定每一個售價為60元，它並支付了 1 千元的運費。這些錄影帶的成本為每片20元，而威名每出售一支錄影帶可以獲取 25％ 的佣金。該年度，威名共賣

表14-4

委託銷售存貨	16,000	
存貨		16,000
（將委託銷售的存貨與一般存貨分開列記）		
委託銷售存貨	1,000	
現金		1,000
（將運輸成本列入存貨成本）		
在出售給客戶時未作分錄		
現金	14,400	
佣金費用	3,600	
委託銷售		18,000
（年底在收到受託人通知且收到現金後才列記銷貨收入）		
委託銷售成本	11,000	
委託銷售存貨	11,000	
（記錄委託銷售成本500支錄影帶一全部的5/8）		

出 500 支錄影帶，年底時，它將銷售錄影帶所收回的現金扣除佣金後，匯給迪士尼。相關的會計分錄如表14-4。

問題 *3*：分期付款銷售

　　多數的銷售案件是在企業出貨給客戶，且客戶對產品表示滿意後便可列記營收，不過有一項例外，那就是當客戶的付款能力具不確定性時。在這種案例中，企業在認列營收時，應該採用較保守的分期付款法較爲合適。在分期付款法的架構下，因銷貨收入所產生的毛利（銷貨收入減銷貨成本）將被遞延到現金收款完成後才予認列。

　　假設電腦超級商店（Computer Super Store）以2,000元的價格出售一台個人電腦給一位信用狀況不佳的客戶，並決定採用分期付款法記帳。該客戶支付200元的頭期款，外加三期的分期款

表14-5

現金	200	
應收分期付款款項	1,800	
分期付款銷售		2,000
（列記銷貨收入與頭期款）		
分期付款銷貨成本	1,200	
存貨		1,200
（將存貨轉為銷貨成本）		
現金	600	
分期應收款項		600
（列記第一次分期付款回收）		
分期付款銷售	2,000	
分期付款銷貨成本		1,200
遞延毛利		800
（將銷貨收入結入銷貨成本與遞延毛利）		
遞延毛利	320	
已實現毛利		320
（將已收回現金的40%列記為利益）		

600元（每期為200元），而電腦超級商店的個人電腦成本為1,200元。在一般的（非分期付款）銷售中，該產品的800元毛利可以在出售當時便予以入帳（毛利率為40％，即800元除以2,000元），但在分期付款銷售中，則需等到現金全部收回以後才能夠認列毛利。很顯然的，分期付款法較立即認列全部金額保守，且是正確的作法。就像第一類騙局花招3所介紹的，當客戶缺乏付款能力時，應採用分期付款法較為妥當。表14-5是相關的會計分錄。

問題4：租賃性資產的營收

出租人可以利用較激進的會計運作來膨脹它們的提報盈餘，

其中有兩項花招要特別注意：將營業租賃改為資本租賃，或是改變資本租賃的假設，包括租賃物的折現率與殘值的假設。首先，讓我們先來看看一些背景資訊。

謹慎分辨租賃與假銷售間的差異

租賃會計與遞延收款的銷貨收入記帳方式差異非常大，出租人在每個月收到現金時是列記租金收入；相反的，以分期付款方式出售產品的銷售者則立即將客戶支付的所有金額總和之現值列記為營收。相對於較保守的租賃法而言，企業當然較偏好銷售法。

營業租賃的會計方法

營業租賃的會計方法是非常直接的，因為所有權並不會移轉，資產依舊列記於出租人的帳上，而租賃在財務報表上的記帳方式則與房租的記帳方式相同。當資產出租以後，出租者便設置一個租賃營收科目來記錄並計算承租人所支付的租金，而承租人則設置一個租賃費用的科目來記錄並計算租金。

資本租賃的會計方法

乍看之下，資本租賃的會計方法也很直接，承租人將租賃資產以未來所有租金的總和的現值列記於帳上，而由於將資產列記在帳上，因此承租人必須要在承租期間提列折舊費用。相反的，出租人則將資產由帳目中移除，並以未來所有租金總和的現值來列記資產應收款項。

觀念釋疑

租賃的類型

租賃是所有權人將房地產、廠房或設備在某一段特定期間內的使用權轉移給租用人的一種協議。所有權人稱為出租人,而租用人稱為承租人。在租賃的期間中,承租人有權可以使用這些物產,而這些使用權的取得是因支付出租人租金所交換而來。

資本(或銷售型)租賃(capital lease)有時候也稱為假銷售(disguised sales),在這種架構下,是將租賃物所有權的全部風險與報酬移轉給承租人;其它的則稱為營業租賃(operating lease)。例如一位地主每個月向承租人收取地租,他應以營業租賃的會計法來列記營收;相反的,若零售商出租一台個人電腦給客戶,為期四年,四年後該客戶擁有對該電腦的優惠承購權,則該零售商應以資本租賃的會計方法來列記營收。

資本租賃的認定標準

在租賃開始時,只要符合以下任何一項標準,承租人都應將租賃予以資本化:

- 在租賃期滿以後,所有權將移轉給承租人。
- 租賃協議包含優惠承購權。
- 租賃期間佔該資產的經濟使用年限75%以上。
- 未來租金總和的現值超過該資產目前市場價值的90%以上。

若一項租賃案符合以上這些標準中的任何一項,或同時符合以下二項標準,出租人就應將租賃予以資本化:

- 相關租賃協議不會出現讓出租人發生不可償還成本(unreimbursable costs)的不確定性。
- 最低租金的可回收性具有合理的確定性。

進行財務騙局的機會

由營業租賃改為資本租賃　通常一家公司採用銷售型租賃在第一年所獲得的收益將較營業租賃為高，因為在銷售型租賃的架構下，未來全部租金總和的現值將在租賃開始的第一年列記為營收，而營業租賃則僅能列記單期的租金。例如，菲希斯公司最初是採用營業租賃法，但是，在它股票掛牌交易前，卻改採銷售型租賃法來列記它的租賃收入。這個新的方法讓菲希斯（見第四章）得以列記「期初先付」（front-end load）式的營收，也讓該公司的獲利情況較採用營業租賃法時明顯改善。

改變資本租賃的假設　企業利用資本租賃法來提升獲利能力的另一個方法是改變租賃的關鍵假設：折現率，亦即用來決定租賃現值以及租賃物殘值的利率。與租賃有關的營收與費用其實主要取決於折現率，採用較低的折現率將使出租人擁有較高的獲益機會，因為在銷售型租賃的架構下，較低的折現率將使租金總和的現值升高，因而使出租人得以在租賃的初始年度提報較高的銷貨收入。

相類似的是，在銷售型租賃法下，提高殘值將使銷貨成本降低，因此使提報盈餘增加，而且還能夠取得較高的利息收益。採用較高殘值的淨效益是在租賃期間取得較高的淨利，而同時採用低折現率與高殘值的整體效益則是使營收受到膨脹，或將營收移轉到租賃的起始年度。

以下說明如何利用較低的利率與較高的假設殘值來浮報盈餘：假設出租人採用8.67%的折現率而非9%，並將殘值由22,500元提高至45,500元，那麼在租賃期間所提報的總營收雖然仍將維

持在339,625元，但是第一年的淨利卻較高，而後續年度則較低
（見表14-6）。

營業租賃與資本租賃對財務報表的影響

不管一項租賃是被歸類為資本租賃或營業租賃，對公司的財
務報表都會產生幾個顯著的影響。兩者之間的部分差異會讓企業
獲益，但有一些則不會。以下例子是用來說明營業與資本租賃間
的差異，以及這二種方法對資產負債表、損益表以及現金流量表
所造成的影響。

對損益表的影響　自資本租賃的開始日起，出租人將預計未
來現金流入總和（也就是租金）的折現後金額列記為營收，接下
來，在整段租賃期間中，出租人將這類現金流入的殘值部分依比
例列記為非營業收益。相反的，在營業租賃的架構下，出租人將
在租賃期間中每期收到的租金之名目金額總和，依比例列記為各
個期間的營收。由於這樣的差異，使採用銷售型租賃法可能使早
期淨利出現較高的現象，不過，在租賃期間中，這兩種方法的總
認列收益卻是完全相同的。（見表14-7）

對資產負債表的影響　在銷售型租賃的架構下，企業的營收
認列方式為：列記一筆應收款項──「銷售型租賃之淨投資」（也
稱為銷售型租賃應收款項）在資產負債表上，這是指未來最低租
金給付額，減去未實現收益（使租金列記金額由名目價值降低為
現值的影響因子），以及無法回收的租金準備。

此外，公司也同時將該租賃資產由資產負債表中移除。但
是，在營業租賃的架構下，在租賃期間內，租賃資產則繼續保留
在資產負債表上。

表14-6　採用不同折現率與殘值提高後對損益表的效應

淨利	折現率 =9%	折現率 =8.67%	差異	殘值 =22,500	殘值 =45,500	差異
第一年	$136,425	$141,894	$5,469	$136,425	$143,309	$6,884
第二年	35,678	34,844	(834)	35,678	36,298	620
第三年	33,039	32,230	(809)	33,309	33,715	676
第四年	30,163	29,389	(774)	30,163	30,899	736
第五至十年	104,320	101,268	(3,052)	104,320	110,356	6,036
總淨利	$339,625	$339,625	$0	$339,625	$354,576	$14,952

表14-7　採用資本租賃與營業租賃對損益表的影響比較

淨利	銷售型租賃	營業租賃	差異
第一年	$136,425	$33,963	$102,462
第二年	35,678	33,963	1,715
第三年	33,309	33,963	(924)
第四年	30,163	33,963	(3,800)
第五至十年	104,320	203,773	(99,453)
總計	$339,625	$339,625	$0

對現金流量的影響　不管採用哪一種方法來記錄租賃帳，總現金流量都不會受到影響，但是，租賃應收款項被提報為營業或投資活動項目，就將對營運活動之現金流量與投資活動之現金流量產生影響。

就實務上來說，多數的公司都將資本租賃歸類為營業活動，若是這樣，營業與投資活動之現金流量就不會因採用銷售型租賃或營業租賃而有所不同，因為在這種架構下，租賃的稅負優惠並無不同，這是由於稅務機關通常只認可營業租賃的關係。然而，當租賃投資被提報為投資活動，由租賃所取得的現金流量將由營業活動中移至投資活動的那一部分。

後續章節預告

　　本書的最後一部分將引領讀者追蹤上個世紀所發生的財務騙局史（第十五章），以及相關單位企圖在投資人受害之前消滅騙局所做的努力（第十六章）。最後，我們將為讀者解析一個史上最大的會計騙局（第十七章）。

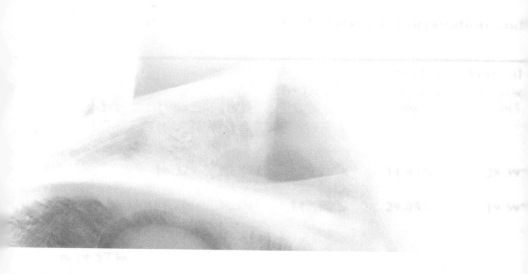

第五部
回顧與展望

15

財務騙局的新舊戲法

「以前是什麼，未來就會是什麼；以前發生過什麼，未來也必然會發生。太陽底下，沒有新鮮事。」就像所羅門王所說的一樣，在現今的社會中，依舊充斥著形形色色的「快速致富」的陰謀以及財務騙局。本章將回顧20世紀曾發生過的主要騙局。

貪婪的年代：二次大戰前

早在20世紀的前半段期間，許多企業的年報中就存在形形色色的財務騙局，這些騙局導致相關企業的股價過度超漲，後來更引發了1929年至1932年間的股市崩盤。例如，國際電力公司（International Power）的股價在一天之內重挫了78%，原因是有報導指出該公司的「帳目被加油添醋」。當時除了企業發行誤導性的財務報告外，許多招搖撞騙的騙子，例如察爾斯‧龐氏（Charles Ponzi）、艾瓦爾‧克魯格（Ivar Kreuger）與菲利普‧謬茲卡（Philip Musica）等，讓許多投資人與債券持有人蒙受慘重

損失。

其中，在一次大戰結束後不久，有人以假的自由債券（liberty bond）輕易騙走了將近4億美元；而在大約十年後，聲名狼藉的龐氏（也許是歷史上最著名的騙子），以不可思議的高報酬（快速致富）來欺騙投資人上勾。他將較晚加入該專案的投資人所繳的資金，用來支付高報酬給較早參加的投資人——這個花招後來就被統稱為「龐氏騙局」。在《波士頓環球報》（the Boston Globe）揭發他的騙局前，龐氏至少募集了1,500萬元的資金，後來他因竊盜與信件詐欺等罪名被監禁十年。接下來又發生了一件更大的財務騙局，這是由國際金融家克魯格一手導演的，他經常調換公司的資產與負債科目，甚至在資產不足時創造假的資產。經過深入的調查，主管機關認定克魯格總共向股東與債權人詐騙了5億美元。

在1920年代末期到1930年代之間，我們則見識到謬茲卡（化名法蘭克・寇斯特（Frank Donald Coster））的崛起與沒落，他是一個曾被判刑兩次、坐過兩次牢的亡命之徒。謬茲卡利用非法販售酒精所獲取的非法利益，購買麥凱森魯賓藥品公司（McKesson & Robbins），而該公司亦因此任命他為總經理。在接下來的幾年中，他成功的唬騙了銀行，侵佔了公司數百萬元的公款，並以詐欺手法謊報公司的財報。他不實表達的方法之一是列記根本不存在的存貨（以當時一般公認的查帳標準而言，查核人員並不需要實地清點存貨）。後來，查帳人員終於在1937年揭發這個騙局，他們發現麥凱森魯賓公司當時的存貨與應收帳款中各有1千萬與9百萬元（資產約為8,700萬元）是虛構的，而謬茲卡本人則在1938年12月16日舉槍自盡。

企業道德淪喪的50年

在二十世紀的下半期,財務詐騙案的發生頻率與規模都大幅度升高,在1960、1970與1980年代間較值得一提的騙局是:大沙拉油騙局(Great Salas Oil Swindle)、證券融資公司(Equity Funding Corporation)、威德科技公司(Wedtech Corporation)以及林肯存放款公司(Lincoln Savings & Loan,1980年代存放款體系瓦解的一環)等。

大沙拉油騙局

1963年,聯合蔬菜原油提煉公司(Allied Crude Vegetable Oil Refining Corporation)的安東尼・迪安吉利斯(Anthony De Angelis)用來超估沙拉油存貨的天才發明被揭露:他將公司的許多油桶加滿水,並只在最上層加一層油,接下來,他又在地底下埋設管線,並接上油桶,一旦查帳人員盤點存貨時,便可以將這一層油從一個油桶抽到另一個油桶。

在迪安吉利斯以這個手法瞞天過海的那十年間,金融機構支借了數百萬元的資金幫助該公司推廣遍及全世界的沙拉油交易。迪安吉利斯在紐澤西州的貝陽城擁有非常大的沙拉油儲藏中心,每次當他向金融機構籌借新的資金時,他就以部分的沙拉油存貨作為抵押品(他並未將沙拉油運給這些金融機構,只是給他們一份文件,註明在他還款之前,這些沙拉油是屬於這些機構的)。1963年11月,查帳人員終於發現沙拉油槽中幾乎是空的,迪安吉斯的油公司於是宣告瓦解。迪安吉斯前後共出售了價值約1.75億元的虛幻沙拉油給金融機構,而資金早已不翼而飛了。

證券融資公司：華爾街的水門案

在1960與1970年代間，美國主要企業中規模最大，也最轟動的財務騙局是發生在美國證券融資公司（這個故事後來還被拍成電影），該公司在1960年以1萬元起家，到了1973年，宣稱所管理的資產已達10億美元，它在這十年當中的成長紀錄遠超過美國國內其它主要的多元化金融公司。

在1973年4月，這個「成長奇蹟」被拆穿，證實這一切只是謊言一場。經調整以後，該公司原先在1972年底所提報的1.4億淨值被重編為負4,210萬元。曾經高達80元的股價，從此變得一文不值，該公司於是聲請破產。

更令人震驚的是，根據法院的紀錄，該公司早在1965年時，就開始虛構部分應收款項與收益科目的分錄，在帳目上的99,000個、總價值達35億元的保險單中，居然有高達56,000個、總價值約20億元的保險單是虛構的。該公司的帳列假資產約值1億元，此外，它也偽造了許多的債券與死亡證明。

在1973年11月，有22個人（其中有20名是證券融資公司的前任員工，2名是查帳人員）被判定觸犯了105種詐欺與共謀罪，史丹利‧高德布魯（Stanley Goldblum）也就是該公司的聯合創辦人兼前任總經理，就他個人詐騙事實的部分，被送進聯邦監獄裡關了8年。

威德科技公司

促成1980年代股價急速上升的推手，除了政府的自由化政策，還有一些無法無天又缺德的財務騙局。最常被報導的案例之一是位於紐約市南布隆克斯區的威德科技公司。

威德成立於1965年，最初是一家機械商。該公司利用各式各樣的詐騙手法，包括向政府官員行賄、在給政府的計畫書與合約上進行不實的提報，及謊報公司財務績效等，導致投資人損失了數千萬元。該公司用來編製詐欺性財務報告的工具之一是，濫用完工比例法來不當列記營收（關於這個騙局的本質請見第十四章的詳細介紹）。威德不當累計它的合約收據、捏造的發票，並針對它從未接獲的合約提報營收、向政府官員行賄，並不實宣稱該公司是由西班牙人所擁有（因此讓公司在爭取政府合約方面可以享受較有利的地位）。

相關單位不僅指控威德的主管人員涉嫌行賄與詐騙，並且針對本案所造成的1.05億元損害，向該公司的查帳人員提出告訴，控告他們清楚詐欺內容卻不告發，以及提報不確實的查核報告等。

林肯存放款公司

雖然所有先前的財務騙局都值得一提，且都曾經造成非常大的困擾，但就絕對規模與受影響的人數來看，沒有一件個案可以與1980年代存放款產業的財務騙局所引發的效應還要嚴重。根據估計，當時若要納稅人紓困這個產業，必須要花上5千億美元，相當於是每一個美國人（包括男人、女人與小孩）都要負擔2千美元才行。這個金額較馬歇爾計畫（Marshall Plan，二次世界大戰後的歐洲重建計畫）經調整通貨膨脹的成本，加上克萊斯勒公司（Chrysler Corporation）、大陸銀行（Continental Bank）及紐約市的紓困金額總和還要高。

雖然有些存放款公司僅是單純的犯了判斷力不佳、令人質疑

的業務運作，以及運用創意會計等錯誤，但許多（包括 American Diversified of Costa Mesa、California Mesa 與 Vernon Savings of Vernon, Texas）公司卻是真的從事大規模的詐騙行為。其中，林肯存放款公司的破產不管就利益損失或不法行為的規模上，都是存放款產業中最大的一個，這個案例不僅讓美國納稅人損失25億美元，據稱它也動用了國會議員（the「Keating Five」，基亭五人組）來影響銀行體系的主管機關。

查爾斯‧基亭（Charles Keating）負責掌管林肯存放款公司的營運，他利用政府擔保的存單進行大規模，且可能是空前的規模來進行投機交易。例如，他抵押了1億元的這類存單給曾被判刑的騙局高手伊凡‧波斯基（Ivan Boesky）所擁有、操作的風險套利基金，此外，他還在東方航空公司（Eastern Airlines）宣布破產的不久前，以接近面額的價格向該公司購買債券。事實上，美國聯邦儲蓄保險公司（FDIC）在1988年對林肯公司的調查終結後發現，該公司所持有的債券中，有77%是垃圾債券（junk bond）。

此外，林肯存放款公司的母公司美國大陸公司（American Continental Corporation）為「用人唯親」下了一個新的定義：該公司的8位最高主管中，除了基亭本人之外，還有他的兒子、女兒以及女婿，其中有幾個人還位居要職，並以24至28歲的年紀領取50萬元以上的薪資（他的兒子就賺進了90萬元）。事實上，從1985至1988年間，基亭及他的家族成員所領取的薪資加上出售美國大陸公司股票所收回的資金共約3,400萬元。

在美國大陸公司於1989年4月聲請破產之後，聯邦調查員雇用房地產會計公司中的領導者肯尼斯‧李文梭公司（Kenneth

Leventhal & Co.）來檢查林肯公司的房地產投資與放款。李文梭公司表示，在它所檢閱的15件交易當中，沒有一件交易的盈餘是應該認列的，它指出林肯公司利用進行某種形式的關係交易，讓每項這類的關係交易有互相抵銷的效果，或是利用這些原始交易來膨脹提報盈餘。

同月稍晚，聯邦政府掌握了對林肯公司的控制權，並宣示該公司的營運非常不安全且不具善意。基亭及他的家人遭指控向銀行掠奪11億元，多數的家族成員遭到23,000個人控告，理由是這些原告認為他們被騙走了價值2.5億元的無擔保債券。弔詭的是，基亭拒絕擔任林肯公司的主管人員或董事，當他被西雅圖聯邦家庭貸款銀行（Federal Home Loan Bank of Seattle）的代表人問及為何未出任該公司職務時，據說他的回答竟然是「不想坐牢」。（不幸的是，1992年4月，他終究還是被判有罪而入獄服刑，刑期為10年）

MiniScribe 公司

在1987年初，磁碟機製造商 MiniScribe 公司準備發行債券，以支應它的擴張計畫並補充逐漸枯竭的現金來源。該公司的查帳人員為其財務報告背書，並使那次的債券發行非常成功；然而這些 Coopers & Lybrand（現為資誠的一部分）的查核人員萬萬也想不到，這次的背書會讓他們後悔莫及。因為該公司所提報的盈餘完全是虛構的，而查核人員全然被蒙在鼓裡。該公司用來愚弄這些查帳人員的的騙術之一，是在查帳人員清點存貨前將存貨箱中塞滿磚塊，由於查帳人員未將箱子打開檢查，而未能揭發這些騙局。

　　兩年後，該公司終於再也無法隱瞞眞相，所有的騙局終於被揭發。投資人與債權人控告MiniScribe公司、該公司的董事與主管人員以及查帳人員，索賠金額達10億元以上。當此一訴訟案終結時，光是查帳人員就賠償了1億元以上。

影響擴及全球的近代騙局

　　在1990年代期間，會計騙局的情況並未改善，其中有一部分案例的影響層面擴及全球，例如國際信貸商業銀行與馬克斯維爾通訊公司（Maxwell Communication），而有一部分則只對美國國內社會造成衝擊，例如維吉尼亞州的微策略公司。但進入21世紀，企業會計弊案如世界通訊、恩龍（在第十七章將說明）等，往往禍及全球。

國際信貸商業銀行

　　大約20年前，當國際信貸商業銀行設立時，它被冠上第三世界銀行（Bank of the Third World）的美譽，它的營運深入阿拉伯石油貴族們以及勤奮工作的歐洲回教移民。但最後，該公司來者不拒的政策竟引來毒品走私者及侵占公款的獨裁者，它們利用該銀行洗了數百萬元以上的非法利益。到了1980年代末期及1990年代初期，國際信貸商業銀行已經成爲黑社會與一些惡性重大的人物如恐怖組織阿布尼達爾（Abu Nidal）與獨裁者諾列加總統（Manuel Noriega）最喜愛的銀行。

　　在1991年7月，有八個國家的金融主管機關決議關閉該銀行（現在經常被稱爲Bank of Crooks and Criminal, International，國際

騙徒與罪犯銀行），在1991年的訴訟案中，紐約地方檢察官勞勃·摩根索（Robert Morganthau）形容國際信貸商業銀行是「全球金融史上最大的銀行騙局」，詐騙金額高達200億元。

馬克斯維爾通訊公司

雖然在規模上不及國際信貸商業銀行弊案，但這個由億萬富翁、馬克斯維爾通訊公司老闆勞勃·馬克斯維爾（Robert Maxwell）所導演的大型騙局，也毫不遜色。整個事件因1991年11月5日馬克思維爾的屍體被發現漂浮在加納利群島，開始被一一揭發。在接下來的幾天與幾週內，調查人員陸續發現馬克斯維爾涉及了幾項大規模的詐騙案，這些案件都與捍衛它的企業王國免於崩潰有關，他的事業包括出版界巨擘麥美倫（Macmillan Inc.）、《紐約日報》（*the New York Daily Times*），以及倫敦的《每日鏡報》（*Daily Mirror*）等。

排山倒海而來的債務問題讓馬克斯維爾犯下了歷史上最大的財務詐騙案之一，他總共從馬克斯維爾通訊公司掠奪了14億元以上，其中8億是來自於員工退休基金。調查人員也查出馬克斯維爾所進行的會計騙術手法，例如將房地產銷售給他旗下的其它公司，以膨脹盈餘（關於這個騙局，請見第六章的詳細介紹）。

先登公司

當HFS公司操控性、企圖心旺盛的亨利·席佛曼（Henry Silverman）在1997年收購了CUC時，華爾街還為了這個收購案的宣布舉杯慶祝。但後來才證明，這個慶祝來得太早了。在合併後不久，CUC的資深經營階層遲遲不願意公布部分資訊，讓HFS

的查帳人員感到非常的困惑，當他們終於看到了先前被掩蓋的事項時，席佛曼與他的經營團隊實在無法相信，他們竟然買進了一個公司帳目被加油添醋的公司。當他們做出痛苦的決定，對投資人發布這個消息時，股價立即重挫，原因不只是騙局的規模之大，還因為事實真相竟然被掩蓋了超過10年。查帳人員由於這個訴訟案被判賠償 3.55 億元，而公司則賠了數十億元給遭到詐騙的股東們。

微策略公司

在2000年初，34歲的微策略創辦人兼執行長麥可·賽勒是美國最富有的企業家之一。他不僅以此著稱，還因事業成功地快速崛起與五光十色的生活方式而成為媒體寵兒。他曾經邀請他的員工們坐船旅遊，以慶祝公司的成就，並作為對員工的獎勵。

但這當中卻有一個小問題，當時該公司正逐漸失血，不僅資誠會計師事務所的查帳人員未能察覺這一切，投資人也以它虛構的財務成果為基礎，用 333 元的天價買進該公司的股票。在 2000 年 3 月 20 日，當公司宣布重編後的財報將出現龐大的虧損後，股價出現崩跌走勢，直到86元一股；一年後，股價再跌至 3 元。現實的媒體們續逐另一個寵兒，當然，全公司坐船旅遊的獎勵也被取消了。

後續章節預告

第十六章將介紹打擊財務騙局的主要領導人物。

16

打擊騙局的
主要領導人物

面對多年來不斷折磨投資人的財務騙局，現有許多人正努力不懈領導這場打擊騙局的戰役，企圖清除這一堆濫帳。本章將介紹這些爲投資人而戰的領導人物及他們所扮演的角色與貢獻。

立法人員

要改善財務報告與消弭財務騙局，皆應從建立相關法令的機構開始。就理想的狀況而言，資深經營階層在選擇會計政策上應該不能有太大的彈性，以免導致誤導性的財報產生。就國際性的觀點而言，許多國家都有自己的法令制定者，但其中絕大多數不是遵循財務會計準則委員會，就是國際會計準則協會（IASB）的規定。

財務會計準則委員會

該機構設立於1973年，它的任務是建立並改善財務會計與報

告的標準。由於它的決策是基於一般公認原則，而非命令，因此來自四面八方的批評可能讓財務會計準則委員會無法有效完成它的使命，尤其是那些被視為可能傷害企業盈餘的一些規則，通常是難以推動的。最近最佳的案例就是財務會計準則委員會提議，企業應將發行給員工或其他人的股票選擇權之市場價值提列為費用，但美國企業，特別是那些高科技產業的公司卻反對這樣的提議。後來，只好撤回提議，另提出一個「攪水」的規定，讓公司可以選擇將這些選擇權成本列為費用，或將之列於不影響到盈餘數字的附註揭露項目。當然，幾乎沒有公司選擇將這些成本列為費用。（http://www.fasb.org）

國際會計準則協會

國際會計準則協會自2001年 4 月 1 日取代了它的前身國際會計準則委員會（IASC），它負責制定國際會計準則，及設定國際財務報告準則（IFRS）。歐洲委員會提議，立法規定所有掛牌交易的公司都應在2005年以前採用國際會計準則協會的準則。

企業主管人員與內部稽核人員

雖然財務會計準則委員會應建立明確的財務會計與報告標準，而企業的資深經營階層也應該遵守這些規定才行。但不幸的是，這些企業主管卻不惜代價，汲汲於「美化數字」，對投資人形成嚴重的威脅。所以，企業的獎勵制度實應避免鼓勵經營階層不惜成本來進行「數字遊戲」。

內部稽核人員可以協助資深經營階層建立並強化財務與營運

控管，企業應設置適切的稽核人事，以維持有效的內部稽查功能。內部稽核人員除了監控公司的財務情況外，也應將非財務面的查核發現納入財務報告中；此外，他們應直接向董事會的查核委員會報告，並與該委員會共同合作，以維持其獨立性。

而遵循所有法令與會計指導原則，公平地將公司財務成果提報給公司股東，是所有企業資深主管的天職。若被發現有扭曲財務報告的情事，這些主管將被控告詐欺。

企業高階主管

財務長必須承擔對股東與政府機關呈報財務成果的最大責任，而公司的財務團隊中還包括主計長、出納及會計人員等。目前企業財務主管的領導性專業協會為國際財務主持人協會（FEI，網址：www.fei.org）。

內部稽核人員

這些專業人員們的實際任務是稽核他們的資深財務主管，他們通常直接向董事會中的外部董事報告，而非向公司的資深主管報告。支持這些內部稽核人員的專業協會是內部稽核人員組織（Institution for Internal Auditors，網址：www.theiia.org）。

董事會中的外部董事

企業董事會中的獨立董事（非主管人員）扮演非常重要的角色，一個有效率的董事會，特別是查核委員會，應該確認公司充分符合財務會計準則委員會與證管會指導原則的文字規定與精

神。查核委員會必須扮演行動派的角色，來檢視與評估經營階層的表現，並應作為公司與外部查核人員間的獨立橋梁。此外，查核委員會也應該增加對公司季財報的監督，企業在對外發布這些財報前，應先經過該委員會的核准。

國際企業董事協會

國際企業董事協會（NACD）設立於華盛頓特區，它在訓練董事會成員方面扮演非常重要的角色。它經常在美國各地舉辦巡迴說明會，並發表專論闡述企業外部董事成員的最佳運作方式。

獨立查帳人員

1929年股票市場崩盤的唯一正面發展是它催生了企業應進行年度財務查帳的規定。獨立查帳人員必須經過適當的訓練，並且具備高度警戒心，以確認企業是否確實符合所有的規定。多數公開發行公司都是由五大查帳公司（安達信、眾信聯合、致遠、安侯建業及資誠等）其中之一來進行查核工作。

近來由於許多查帳公司未能在部分財務災難發生前先行警告投資人，因此連查帳人員也開始受到質疑。美國國會與證管會已經召開聽證會，嘗試要找出改善查帳人員效率的方法。各方建議從加強查帳人員的獨立性，到規定季報的檢閱等皆有。不過，顯然在發掘財務騙局的警訊方面，查帳人員仍有待較佳的訓練。支撐獨立查帳人員的領導性專業機構是美國會計師協會（AICPA）。該協會主辦會計師的考試、發布查核標準及針對其成員不當或不道德的行為進行懲罰等。（網址：www.aicpa.org/index.htm）

主管機關

政府與數個證券交易所已共同建立了一套強化機制，以保護投資人免於受財務騙局的傷害。領導性的主管機關是美國證管會、全國證券經紀商協會，以及紐約證交所等。

證管會

在1929年股票市場崩盤以後，聯邦政府成立了證管會以訂立企業向股東呈報財務資訊的標準，並負責監督企業是否符合這些標準。到了今日，證管會的勢力範圍更加擴大，由它所管轄的企業已經超過12,000家，而這些企業的查核人員也同時受到證管會的監督。雖然證管會針對公開發行企業與會計師所進行的強制執行行動具有威嚇性，但不幸的是，實際的罰則通常不夠合理且不夠即時。例如，美國線上在1994至1996年間所採行的不當會計運作直到2000年才遭到真正的懲罰，而且才罰款350萬元而已。

主管機關必須以嚴屬的標準來審查企業的呈報檔案，以確認這些報告是否符合規定，而且不管是向證管會註冊有案的企業或是查核公司，若有任何脫軌的行為就必須非常快速的給予懲罰。當企業主管與董事涉及欺詐式的財務報告時，證管會必須尋求明確的法定職權來限制或暫停這些人的職位。

證管會執行部門（SEC Enforcement Division）改善企業財務報告與連根拔除騙局的決心已經是有跡可循，該部門在2000年春季對外宣布成立一個財務騙局特勤小組（Financial Fraud Task Force），這個團隊的設立是為了能夠快速、積極的調查任何可疑的騙局。

　　證管會也主管外部查核公司，若這些查核公司未能依照現行
準則執行查核工作，那麼證管會將有權採取法律行動。在這當
中，查核公司令人質疑的獨立性是特別受到關切的一點。在2001
年2月時，證管會進一步嚴格規範有關查核公司獨立性的規定，
並要求這些查核公司在股東代理委託書上揭露向客戶收取的非查
核服務（如顧問）之收費金額。（網址：www.sec.org）

全國證券經紀商協會

　　全國證券經紀商協會的子公司NASD管理公司負責主管證券
產業與那斯達克股票市場。全國證券經紀商協會是依1938年針對
證券交易法1934年版本（Securities Exchange Act of 1934）所修
訂的馬隆尼法案（Maloney Act）所設立。NASD管理公司管轄超
過5,500家公司與683,000位以上的證券產業專家，它利用對這些
會員公司與其員工的登記、教育、測試與考試，並訂定與執行相
關的規定，來達到監督的目標。（網址：www.nasdr. com）

紐約證券交易所

　　在紐約證券交易所所完成的每一項交易，都是在交易日中的
連續性監督下完成，股票觀測站（Stock Watch）是一個搜尋異常
交易的電腦系統，這個系統可以警告紐約證券交易所的相關主管
人士們所有潛在的不當內部人交易與其它被禁止的交易運作。該
交易所其它管理活動包括：監督會員公司加強推動符合財務與營
運的規定、定期檢視經紀商的銷售運作，以及持續性監督相關的
專業營運。

　　執行部門是紐約證券交易所的起訴部門，自1817年起，紐約

證券交易所的章程中，便訂定條文授權該交易所針對任何觸犯交易法規的行為採取行動。1934年所制定的證券交易法中，授權每一個國家級證券交易所對於觸犯證券交易法與交易所規定的會員與會員機構進行懲戒。（網址：www.nyse.com）

教育人員與機構

近幾年來，學術性機構在有關「盈餘品質」的議題上提供了重要的貢獻。美國會計協會（The American Accounting Association）在所發行的特刊《會計教育的議題》（*Issues in Accounting Education*）中，專論盈餘品質的問題。在它的網站上也可以找到幾個非常優異的教材來源。

SSRN

Social Science Electronic Publishing, Inc.（SSRN）這個機構專門提供學術界領導權威的研究報告。（網址：papers.ssrn.com）

RAW

Rutgers Accounting Web（RAW）這個網站可以連結幾個重要的會計與財務報告。（網址：accounting.Rutgers.edu）

監察機構與獨立的委員會

有幾個監查機構與獨立委員會專門監督數個負責財務報告和管理企業的不同主體，並提供改善建議，其中協助保護投資人的領導性（營利性）機構是投資人責任研究中心（IRRC）與財務

研究與分析中心（CFRA）；而最重要的獨立委員會則是全國欺詐性財務報告調查委員會（the National Commission on Fraudulent Financial Reporting, Treadway Commission）與改善企業查核委員會效率的藍絲帶委員會（Blue Ribbon Committee on Improving theEffectiveness of Corporate Audit Committees, Whitehead Commission）。

投資人責任研究中心

25多年以來，在影響全球投資人與企業的管轄與社會責任的議題方面，投資人責任研究中心一直是個公正的資訊來源，它提供有關股東代理委託投票的指導與建議、提供充分的資訊給投資人，並且為投資人思考符合其投資哲學的決策建議。不像許多其它提供企業研究的單位，投資人責任研究中心對於它所涵蓋的議題都保持中立。

財務研究與分析中心

財務研究與分析中心針對公開發行公司的盈餘品質發行獨立的報告，以提供投資人與機構法人做為參考。它的資料庫包含1,500家以上的歐美公開發行公司財報，該機構迄今仍維持完全的獨立性，對於它所研究的公司不作任何推薦或投資。（網址：www. cfraonline.com）

全國詐欺性財務報告調查委員會

1985年時，為回應有關「找出造成企業進行詐欺性財務報告的導因與降低此等歪風的措施」之要求，全國詐欺性財務報告調

查委員會針對美國的財務報告系統進行一項全面的調查研究。二年後，該委員會提出下列幾項非常有助益的建議：

- 身居要職的經營階層應該以身作則，先行了解導致企業進行詐欺性謊報財務報表的原因。
- 公司應維持適切的內部控制以防範並發掘詐騙式的報告。
- 每一家公司都應發展並執行公司營運的相關法規，這應該可以培養強烈的道德氣氛，並開啓通暢的溝通管道，以避免詐欺性財務報告的產生。此外，董事會中的查核委員會每年都應該檢視公司內的一切活動是否符合章程的規定，包括最高經營階層的行為等。
- 查帳人員在查核期間內，對於發掘企業詐欺性財務報告方面應該負起更大的責任。
- 查帳人員應在企業每一季公開發布季報之前，詳細審閱所有的報表。
- 會計公司不應由於承受來自企業與其他個人的壓力，而使查核品質降低。

改善企業查核委員會效率的藍絲帶委員會

1998年時，證管會、全國證券經紀商協會與紐約證交所共同成立此一委員會，目的是要針對強化查核委員會功能的相關事項進行研究並提供實質建議，而擔任委員會主席的是約翰・懷特海德（John Whitehead，高盛公司前任共同董事長）與艾拉・米爾斯登（Ira MillStein，偉戈曼律師事務所（Weil, Gotshal & Manges）的資深合夥人）。以下是他們所作的部分建議：

- 董事會應該進行積極與獨立的監督，在現今美國的企業環境中，董事會成員的資格已不再只是作爲對相關人員「成功」的獎勵，身爲一個現代的董事，就必須抱持適切態度並具備足夠的能力，且須花費許多的時間與精神才有辦法勝任這些職位。

- 要維持適當且功能良好的系統，就必須要董事會（包括查核委員會）、財務經營階層（包括內部稽核人員）以及外部查核人員這三個主要單位都能共同負起監督財務報告的責任，也就是透過三足鼎立的力量來支撐企業應負責完成的財務揭露與活動，以及高度參與性的監督。然而，查核委員會的重要性須略勝其它兩個單位，因爲查核委員會是整個董事會的延伸，因此最終是由它來監督整個流程。

- 若企業想要吸引資金，它的董事會必須確認公司的對外揭露事項與透明度可以充分反映公司的財務績效與合法業務情況。雖然企業可以玩弄會計遊戲，但那僅是短期的招術，無法爲公司建立長期的財務信譽。

- 全國證券經紀商協會與紐約證交所規定市值在 2 億元以上的掛牌公司（或依這兩個機構共同決議之小型公司適當認定標準）必須設置查核委員會，該委員會成員必須全部由獨立董事擔任。

- 全國證券經紀商協會與紐約證交所規定市值在 2 億元以上的掛牌公司（或依這兩個機構共同決議之小型公司適當認定標準）必須設置由三位以上的董事所組成的查核委員會，每一位都必須具備財務學養（如該報告中「財務學養」那一節中所敘述的），或在受聘爲查核委員後的合理期間

內必須達到應有的財務學養標準。此外，查核委員會中至少要有一名成員具備會計或財務管理的專才。

- 查核委員會應該採用經董事會所有董事核准的正式書面章程，明訂該委員會的責任範圍及達成這些任務的方法，包括組織架構、流程與成員資格規定等，同時它們也必須每

觀念釋疑

獨立查核委員會的成員資格規定

若查核委員會的成員與公司毫無「利害關係」，致使公司及其經營階層無法利用職權來企圖影響這個委員會的獨立性，那麼這些委員會的董事成員們就會被視為是獨立的。這些「利害關係」包括以下幾項：

- 本年度或過去五年中曾在公司或公司的關係企業中任職。
- 曾收受公司或關係企業所提供的任何董事職務以外的津貼，或自退休年金中取得任何利益。
- 該董事的直系親屬中，有人在過去五年內曾擔任或目前正是公司或關係企業高階主管。
- 該董事曾經是公司所轉投資的營利機構中的合夥人、具掌控權的股東或曾擔任該機構的高階主管，或任職於過去五年中公司自該機構回收資金並對它握有重大影響力的機構。
- 該董事受聘於其它公司擔任主管人員，而本公司的主管人員又擔任該公司獎勵委員會的成員。

企業董事中若涉及任何一項或多項這些「利害關係」，也可以被聘為查核委員會的成員，不過必須是在例外與受限的情境下，若董事會決議聘任這類董事擔任查核委員會的成員，絕對必須是以公司及股東的最高利益為前提。此外，董事會必須在作出決定後的下一個年度股東代理委託書上，針對這些利害關係的本質與該決策的理由進行說明。

年審閱並重新評估委員會章程的適切性。

- 查核委員會必須與公司的外部查帳人員進行討論，內容不應僅限於公認的會計原則，還必須針對盈餘品質方面的議題進行研討。研討內容必須包括公司財務揭露事項的明確度、公司會計原則與現行的假設是激進或保守，以及經營階層在準備財務揭露事項，與外部查帳人員進行檢核時所採用的其它重大決策等。

- 查核委員會應該在公司提供給股東的年報及10-K表格中發表意見函，這份意見函中應揭露經營階層與查核委員會共同檢閱財務報表的查核結果，文中亦應討論公司會計原則的品質與重大判斷對公司財務報表的影響等。此外，還應揭露外部查帳人員與查核委員會間之商談結果，以及外部查帳人員對這些會計原則的品質評價等。

財務分析師

財務分析師所受的訓練就是要能夠解讀財務報告，並從中找出會計花招。財務分析師的領導性協會是投資管理與研究協會（AIMR）。

投資管理與研究協會

該協會成立於1949年，它的主要任務是教育並檢定投資經理人與分析師，並維持高標準的專業品行。它的會員包括散佈在100個以上國家的49,000位以上的投資從業人員與教育人員。它的研究基金會贊助從業人員所進行的研究，從融資到發行多樣化

的各種論文、教材以及研究報告，以擴展這些投資專家們在這個
領域的知識與理解。

　　為了確保高水準的專業品行，投資管理與研究協會的會員必
須遵循該委員會的道德與專業品行準則法（Code of Ethics and
Standards of Professional Conduct），這個指導原則主要是鼓吹國
際投資社會應重視廉潔、稱職以及莊嚴等觀念。（網址：www.
aimr.org）

金融媒體與投資人委任的律師

　　在揭發並報導企業利用財務騙局來掩蓋事實方面，一群努力
不懈且受過高度訓練的新聞工作者們擔任非常重要的角色。這類
的財務偵察當然有助於改善財務分析的品質。而對那些利用會計
花招的公司而言，破壞力極大的訴訟將會有一點威嚇的作用。目
前，原告能力的提升，已經逐漸帶給那些欺騙投資人的公司一些
壓力。對此，一些領導性的學術界人士，以及其他希望強化企業
財務報告運作的一些公司代表，也都居功厥偉。

如何防範騙局的發生

　　由於投資人與債權人信任誤導性財務報告的下場通常非常悲
慘，因此我們必須採取行動來防範騙局的發生。騙局的防範應該
兵分四路來進行，包括：

　1. 提升查帳人員的查核能力：由於投資人與債權人非常仰賴

查帳人員來幫助他們掌握會計陰謀，因此，在查帳人員的訓練上應特別加強這一點。

2. 加強財務報告使用者的訓練：投資人與債權人非常依賴財報內容，因此他們也應該接受搜尋會計騙術的訓練。

3. 改善機構內控環境：財務不當行為較不可能發生在財務控管較嚴格的機構，這類的控管包括：內部稽核人員、獨立查帳人員、查核委員會與董事會中的獨立成員等。此外，證管會的管理監督也是另一種控管。

4. 重整經理人的獎勵制度：經營階層的獎勵制度應朝向獎勵誠實的財務報告，若經營階層採用本書中所提到的這些騙術，就應予以嚴厲的懲罰。如此一來，將降低經營階層採用這些詭計的機會。而機構最高階層的主管應該以身作則，領導道德風氣的建立。

結語

雖然立法者、內部與獨立查核人員及其他人士共同致力於防範、發掘與消弭財務騙局的發生，但是問題的確依舊存在，而且看起來在短期間內並不容易消失。因此，投資人應持續留意並搜尋財務騙局的訊號。希望本書所教導的內容，可以讓讀者有更強的能力可以克服相關的挑戰。努力不懈的學習，時時保持追根究底與堅持到底的心態，便可以克服一切的困難。

17

恨在心裡口難開

恩龍案省思

　　傑克·尼克森（Jack Nicholson）與海倫·杭特（Helen Hunt）在1997年以《愛在心裡口難開》（*As Good as it Gets*）榮獲奧斯卡最佳男女主角獎項；而在2002年，恩龍（Enron）卻足以擔任《恨在心裡口難開》（*As Bad as It Gets*）的主角，而如何愚弄投資人將是該影片的主題。

　　2001年11月8日，能源業巨擘恩龍通知投資人，將重估自1997年12月31日結帳會計年度到2000年會計年度的年度財務報表，以及2001年3月31與6月30日結帳的季財報，財報重編後將使先前所提報的淨利降低5.86億元或16%。後來，該公司董事會又成立一個特別委員會來調查這些事件，調查後宣布整個損失金額超過10億美元。

　　不過，這個死結在20天後卻愈纏愈緊，當時幾個信用評等機構將恩龍的長期債信評等調降到「低於投資等級」的水準，這個發展將使該公司再也無法對外借款，並加速恩龍的滅亡。在它的評等被調降後不久，恩龍在該城另一端的勁敵 Dynegy 與恩龍終

止先前緊急達成的合併協議，本來依協議Dynegy欲以大約價值
90億美元的該公司股票，以概括承受130億元債務的方式來收購
恩龍。但當協議破局後，恩龍已走投無路必須聲請破產。在2001
年12月2日，恩龍依美國破產法第十一章聲請保護，成為當時美
國史上最大的破產聲請案件。該公司曾經高達90元的股價至此
僅剩下25美分。

　　數千名恩龍的員工不僅失去工作，也因公司將他們的退休基
金投入恩龍的股票（現在已經是一文不值），因此連退休金都沒
了著落。由於該公司一項異常且殘酷的扭曲規定，使這些員工在
股價重挫的過程中，被禁止出售他們的股票，但資深經營階層卻
在那一整年當中，出售了價值約10億美元的股票。獨立查帳人
安達信在這個重大事件中，似乎同時扮演著受害人與罪犯二種角
色。恩龍顯然是以它聰明的膨脹盈餘手法愚弄了這些會計師，但
是，安達信銷毀1千件以上的查核文件，卻也涉及了不法行為。
回顧本書所討論的各項財務騙局與會計花招，聰明的讀者其實不
難發現恩龍的許多警訊早已不斷顯現。

一念之間

　　位於休士頓的恩龍在1980年代以天然氣管線起家，在那十年
當中，它的股價幾乎都是持平的。到了1990年代，恩龍轉變為一
個全球貿易巨獸，到了2001年，它更擁有21,000名員工，公司的
市值也達到8百億美元，股價在這段期間內共上漲了7倍。

　　恩龍的營運模式就像是華爾街的交易公司一樣，它購買、轉
售並投資商品期貨合約，也就是說該公司在期貨價格與市場情勢

間進行賭博遊戲。它不僅交易天然氣與電力合約，也針對水力合約、廣告與時間合約、複雜的衍生性金融商品、寬頻能量期貨及氣候衍生性金融商品等進行投機性的交易。

　　起初，老恩龍是透過銷售產品給客戶來獲取穩定（雖然較遲滯）的營收與盈餘成長，它在資產負債表上的資產是真實的，投資人與債權人所擁有的價值也是真的。然而，後來的新恩龍卻是透過與投資合夥人間進行高風險且無法預測的交易與資產銷售，來取得營收與利潤，而且令人擔心的是新恩龍的有形資產非常少。事實上，恩龍的執行長傑佛瑞・史基林（Jeffery Sklling）曾對公司不持有有形資產的政策引以為傲，他將這個策略形容為「輕資產」（asset lite），並說「古時候人們為資產而工作，但我們已經扭轉這種情形，也就是說，資產為人們而工作。」

　　然而，「輕資產」的政策也意味一旦恩龍的營運出現狀況，該公司並沒有有形資產的基礎，也就是缺乏實質產品或實質價值可以支撐公司，債權人因而蒙受巨大的損失。

行騙策略

　　恩龍追求成長的策略中有一個非常重要的部分，就是利用許多不同的投資合夥人與特殊目的公司（special Purpose entities, SPEs）。根據保德信證券（Prudential Securities）一名位於休士頓的分析師估計，該公司這類的合夥關係約有 3 千個以上。恩龍公司開創一系列的創業投資案（其中有許多都是與恩龍的關係人有關），且未將這些投資案的盈虧列入該公司的合併財務報表中。結果，恩龍的獲利數字遭到大幅膨脹，巨額債務也遭到惡意隱

觀念釋疑

特殊目的公司

特殊目的公司的設立是為了要完成一項特殊目的或活動，例如執行並完成一項特殊交易或是在有限定義內的一系列交易。當企業計畫出售資產給信託基金以交換現金，或由該信託基金以發行債券的方式購入其它資產時，特殊目的公司就是經常被使用的財務工具。在許多案例中，企業通常以資產負債表以外的方式來處理特殊目的企業。

為了便於說明，我們在此舉例解釋特殊目的公司的可能運作模式：一個第三者（third-party）投資人（與讓渡人無關的）可能會以讓渡人為受益人，設立一個特殊目的公司，而讓渡人將資產轉讓或貢獻給這個特殊目的公司。該投資人將掌控這個特殊目的公司的活動，並保留相關的風險與報酬，就像是一般公司中的普通股東一樣。特殊目的公司將持有這些資產，並以這些資產作為借款與向機構法人或公開大眾發行証券的擔保基礎。為了要降低借款的利率，特殊目的公司將向讓渡人或其他第三者取得信用強化（credit enhancement，例如擔保或相似的衍生約定）。透過信用強化而讓風險得以分攤，加上特殊目的企業的證券通常較具流通性且易於交易，可以使借款成本降低，甚至低於讓渡人直接向銀行或市場借款的成本。多數的特殊目的公司通常是屬於資產負債表以外的項目（也是說特殊目的公司的財務資訊，包括資產與負債，並不會出現在讓渡人的財務報表上）。

特殊目的公司的會計處理必須符合以下二點才可採用資產負債表以外的方式：首先，相關的資產必須賣給特殊目的公司（在法律上必須脫離讓渡人）；第二，獨立第三者所有人必須已經擁有大量的資本投資（至少必須達到該特殊目的公司資本額的3%）。若能適當執行，法律性脫離與第三者控制這二項因子將使債權人的風險降低。因此，若想用資產負債表以外的方式來處理特殊目的公司，就必須先要有非常充足的第三者權益。從投資人的觀點而言，這些權益必須是「冒險性權益」，若投資人的報酬是經保證或不具「冒險性」，他們將會要求讓渡人將特殊目的公司列入其財務報表中。

藏，讓股東根本無法查知事實的眞相（見表17-1，有關該公司的初步預測）。恩龍一直到瓦解之前，都未揭露這些創投案的詳細資訊。

　　該公司的資深主管利用這些創投案的騙局中飽私囊、創造虛假的盈餘，並炒作公司的股價。當相關業務問題開始引爆後，這些資深主管又出售了將近10億元的恩龍股票，而公司的執行長也突然辭職。此外，財務長在2001年10月被迫辭職前，也從這些創投案中收取了3千萬元的費用進入他自己的口袋。

　　通常，這些合夥關係最初都是以恩龍自家公司的股票來進行融資，而恩龍所列記的虛假盈餘不是來自於該公司股價的上漲，就是該公司將產品或服務出售給這些關係企業而來。截至2002年1月，最惡性的陰謀包括三個創投案：Chewco 投資有限合夥公司（Chewco Investments, L.P.）、聯合能源發展投資有限合夥公司

表17-1　淨利與負債*的初步重編數字　　　　　　　　　（單位：百萬美元）

	1997年	1998年	1999年	2000年	2001年 3月	2001年 6月
提報淨利	**105**	**703**	**893**	**979**	425	404
重編數字						
Chewco 與JEDI	(28)	(133)	(153)	(91)	6	—
LJM	—	—	(95)	(8)		
雜項	(51)	(6)	(10)	(38)	29	5
重編後之淨利	**26**	**564**	**635**	**842**	460	409
提報負債	**6,254**	**7,357**	**8,152**	**10,229**	11,922	12,812
重編數字						
Chewco 與JEDI	711	561	685	628	—	—
LJM						
雜項						
重編後之負債	**6,965**	**7,918**	**8,837**	**10,857**	11,922	12,812

註＊：1.資料來源：2001年11月8-K表格；2.金額將依目前正在進行中的調查結果為準，再進行調整。

（Joint Energy Development Investments Limited Partnership, JEDI），以及 LJM Cayman 開曼有限合夥公司（LJM1 與 LJM2）。恩龍選擇未依法將這些合夥企業列入合併報表中，至少讓它浮報了 5 億元的利益。在該公司2001年11月提報證管會備檔文件中，恩龍揭露了以下的事項：

1. JEDI 所列記的營收（分配到Chewco）與 JEDI 所持有的恩龍股票增值的金額完全一致。

2. 恩龍將費用移轉至 LJM1 與 LJM2，原因是恩龍為這些一般合夥企業提供行政協助，並且提供辦公空間給該合夥事業。

3. 在1999年12月，LJM2 收購了恩龍某一公司的90%股權，該公司擁有特定的天然氣準備，價值 3 百萬元。因此，恩龍從現有的商品合約中認列了 3 百萬元的營收。

4. 在1999年12月，LJM2 支付恩龍 3 千萬元，向恩龍購買一個位於波蘭的電力專案的75%股權，而恩龍在1999年從這筆銷售中認列了1,600萬元的利得。

5. 在1999年 9 月，LJM1 以1,080萬元向恩龍購買一家擁有一項巴西電力專案的公司之13%股權，並以50萬元向恩龍購買一個關係企業的可贖回優先股，對於這二項銷售案，恩龍共認列了170萬元的虧損。而從與擁有電力專案的公司的商品合約中，恩龍公司各在1999、2000與2001年認列了6,500萬、1,400萬與500萬元的營收。

6. 在2000年 6 月，恩龍出售深色光纖電纜給 LJM2，並收回 1 億元，這筆資產交易讓當年度的稅前盈餘增加6,700萬元。

7. 恩龍以幫 LJM2 行銷光纖，及提供光纖相關的營運與維修
服務的名義向該公司收取費用，這部分讓恩龍認列了 2 千
萬元的收益。

警訊與教訓　每當企業大幅度改變其營運模式時，投資人就
應該提高警覺，尤其是企業的營運是從投資人或其他人可以輕易
了解的業務，轉變成投資人較不容易評估與監控的業務時。此
外，投資人應該假設若企業使用特殊目的公司，以及其它資產負
債表以外（off-balance sheet，帳外）的公司，就可能創造虛假的
盈餘並隱藏負債。若企業對於這類公司未能進行詳細的揭露，投
資人的警戒程度就應進一步升高。

恩龍風暴的其它警訊還包括：大量的關係人活動與資深主管
的自我交易（self-dealing）、董事與主管人員大量拋脫持股、相
當年輕的執行長神秘辭職等。此外，公司對待那些詢問有關該公
司會計與揭露政策等調查問題的財務分析師的態度也十分傲慢。

以恩龍爲鑑，透視早期警訊

恩龍的瓦解與投資人龐大的損失，終於讓美國政府的幾個最
高單位開始展開調查行動。例如，在2002年1月，美國司法部對
恩龍展開刑事調查，這個行動讓與恩龍案有關的多方面調查行動
有了更高一層的格局，畢竟恩龍案是當時美國史上最大的破產
案。四個國會委員會、證管會以及勞工部也開始進行個別的調查
行動。

國會調查人員著眼於，恩龍是否利用合夥關係來膨脹盈餘，

　　並隱藏因投資海外電力、水力專案失利所形成的數十億美元巨額負債。在2001年12月，安達信的執行長喬瑟夫‧柏瑞迪諾（Joseph F. Berardino）到國會作證時表示，這家能源貿易公司可能因隱瞞有關許多外部合夥企業的關鍵性財務資訊而觸犯了非法行為。白宮新聞秘書艾里‧佛烈斯嘉（Ari Fleischer）表示，由於恩龍的瓦解，布希總統將提出新的聯邦政策，以致力於保護人民的退休金，並更加確保財務報表的真實性。

　　雖然不管做什麼事，投資人因受恩龍、先登以及其它公司愚弄，而損失的財富已收不回，但是我們卻可以從他們慘痛的經驗中，學習對下一個「大問題」保持更加警戒的心態。作法很簡單，只要對本書所提到的各種教訓時時抱持懷疑與留意的態度。

財報分析入門

指導附錄提供檢閱與解讀財務報表的基本工具，主要介紹以下幾點：

- 基本會計原則與日記帳。
- 每一份主要財務報表的架構與目的。
- 理解財務報表的關鍵內涵。

財務報表歸納了所有經濟性交易，可以評估公司的真正獲利能力（或淨利）與財務狀況；採用財務騙局的公司就是對這些真實的營運情況予以扭曲。

會計就像 1–2–3 一樣簡單

讀者中也許有人從未修過會計課程，也可能有人只上過一、兩次課，但卻什麼也不記得。不管是什麼情況都沒有關係，因為在接下來的內容中，你將會學到要理解財務報表所需的正規會計

觀念，所有你該記得的，只有這三堂必修課：

第一課

　　會計其實非常簡單，因為所有的交易都適用以下的等式：資產＝負債＋股東權益。

　　以非技術層面的方式來說，這個等式表示，所有資源的帳面價值（該企業所擁有的）等於這些資源的所有權之帳面價值。資產代表經濟資源，例如現金、存貨或建築物，這些都能夠提供本年度以外期間的未來利益。負債代表債權人、賣方、員工及其他人對公司資源所擁有的權利。股東權益（資本）則代表所有權人（股東）對其它剩餘資源的權利。資產負債表就是詳細描述公司資產、負債與股東權益現狀的正式財務報表。

第二課

　　股東權益的主要成分之一是公司當年度的獲利，而獲利（或淨利）的計算方法為：淨利＝營業收入－費用。

　　營業收入（或銷貨收入）是由銷售產品或提供服務所取得的淨資產流入（也就是資產減負債）；費用是指在營收產生過程中所消耗的資源。淨利則被用來衡量營運績效，是出售產品或提供服務所實現的營業收入減去銷售產品或提供服務所需要付出的努力或開銷。

　　因此，每當公司列記營收，淨利與股東權益都會增加；相反的，每當公司公司列記費用，淨利與股東權益都會下降。損益表是反映企業營業收入與費用詳細內容的正式報表。

第三課

　　要讓「資產＝負債＋股東權益」的等式成立，每一項交易就必須具有至少兩個的面向。例如，當資產科目金額增加，代表另一項資產科目金額應減少、一項負債科目金額應增加，或股東權益應該要增加。會計就是這樣，當一個科目金額有所變動，就會有一個以上相對應的註記產生。

課程的應用

　　財務報表中的所有資訊最先應記錄在一系列的日記帳中，所以讓我們來檢視一些日常的業務交易，以及這些交易對會計等式（資產＝負債＋股東權益）以及淨利所產生的效應。

觀念釋疑

指導原則清單

1. 營收應該在獲利過程已經完成且交易已經發生後才能列記入帳；相同的道理，當交易完成後，才能列記利得。
2. 企業應將創造未來利益的成本予以資本化，但對不能創造未來效益的成本則應予以費用化。
3. 由於企業透過使用資產來實現利益，因此資產或部分資產應在利益實現的當期予以沖銷，列為費用。
4. 當資產價值出現突發性且嚴重的毀損，相關資產應予以立即且全額沖銷，不應分批逐期攤銷。
5. 當企業未來仍有義務作任何犧牲或貢獻，負債便產生。
6. 營收必須在利益實現的當期才得以入帳。
7. 企業應在利益取得的當期進行費用沖抵收益的記帳。

交易一：商品的銷售

增加：	應收帳款	500		（資產）
增加：	銷貨收入		500	（營收）

　　每當企業列記銷貨收入，資產、營收、淨利與股東權益都會增加。通常在銷貨發生，且商品已運出時才會列記此一會計分錄。若公司過早列記營收（第一類騙局，如同第四章所談）或創造虛構的營收（第二類騙局，第五章），那麼淨利、資產與股東權益東就會超估。

交易二：先收取現金、未來仍需提供服務

增加：	現金	200		（資產）
增加：	未實現營收		200	（負債）

　　這個交易使資產與負債同時增加，有一種會計伎倆（第五類騙局，第八章）就是將上列未實現營收提前列記為營收，結果造成淨利與股東權益高估，而負債則被低估。

交易三：銷貨當時所收取的現金

增加：	現金	900		（資產）
增加：	銷貨收入		900	（營收）

　　這個交易使資產與營收同步增加，相關的常用伎倆為公司企圖將部分銷貨營收遞延至下期，於是先將這一部分列記為負債，待下一年度再將負債轉為營收。這種伎倆也就是一般所稱的設置準備金（第六類騙局，第九章），在公司盈餘狀況非常亮麗的年

度，將一部分收益移轉至未來盈餘可能較差的年度，讓公司盈餘波動性降低。設置與釋出準備金的日記帳分錄如下。

今年的分錄：

增加：	現金	600		（資產）
增加：	未實現營收		600	（負債）

未來的分錄：

減少：	未實現營收	200		（負債）
增加：	銷貨收入		200	（營收）

這麼做所造成的結果是，今年的銷貨收入被列記到下期才實現。

交易四：估計或有負債

增加：	訴訟損失	6,000		（損失）
增加：	估計負債		6,000	（負債）

這個交易使負債增加並導致淨利降低，相關的會計伎倆（第五類騙局，第八章）就是刻意予以遺漏，未列記相關分錄，所造成的結果是負債被低估而淨利則被高估。

交易五：列記資產採購

增加：	設備	10,000		（資產）
減少：	現金		10,000	（資產）

這個分錄是以一項資產交換另一項資產，相關的會計伎倆

（第四類騙局，第七章）是在公司發生費用（過去的利益）時卻將之列記為資產。例如，一家公司支付廣告帳款，並決定將廣告列記為資產，列記這些費用的正確分錄應為：

增加：	廣告費用	500	（費用）
減少：	現金	500	（資產）

　　將廣告費用列記為資產（予以資本化），而不依法列為費用，將使本期收益遭到高估，然而，到了接下來幾年，相關成本還是必須由資產科目移轉成為折舊費用。因此，不當將費用資本化所造成的淨效果是費用由本期不當移轉至下期。

交易六：資產攤銷

增加：	折舊費用	500	（費用）
減少：	設備	500	（資產）

　　這一個分錄是在利益取得後，將一部分資產移轉成為費用。企業購買不同的資產並將之用於商品的生產，以賺取營業收入。當營收入帳（當銷貨完成），可以與這些銷貨連結（配對）在一起的資產，就必須轉換為費用。相關的會計伎倆（第四類騙局，第七章）是將資產轉換為費用的速度過慢，有些是因採用過長的攤銷年限，有些則是未依法沖銷不具價值的資產。這二者所造成的錯誤，都會導致本期所列記的費用過低，因而將費用推擠到下期。

　　相對的，若企業擔心未來的獲利可能不足，它可能會以設置準備金的策略來因應。如同先前所提到的（第六類騙局，第九

章），設置準備金的目的之一是要將營收移轉至下期。另一個方法（第七類騙局，第十章）則是將未來的費用移轉至本期。只要在本期提列較高的折舊，並在未來提較低的折舊，就可以輕易達到目的。另一個將費用移轉至本期的方法是預付下年度的費用。

交易七：列記出售資產的利得

增加：	現金	15,000		（資產）
減少：	設備		10,000	（資產）
增加：	銷售利得		5,000	（營收）

列記出售資產利得將使資產與淨利提升，相關的會計伎倆（第三類騙局，第六章）是將資產廉價出售，特別是那些低帳面淨值的資產，之後再列記處分資產利得。

財務報告的架構

通常企業的經濟績效可以透過財務報表來傳達，這些報表包括：1. 損益表；2. 資產負債表；3. 現金流量表。

損益表

損益表（又稱爲營運表）傳遞的是一個企業在某一特定期間中的獲利能力。一家公司的獲利或淨利等於它的營收與利得減去費用與損失。

表 T-1 是吉列公司（Gillette）的損益表，它也包括了共同比資訊，對進行水平與垂直分析有所助益。（注意：吉列公司的報

表T-1　吉列公司合併損益表　　　（單位：百萬美元，每股數字除外）

	2000年	1999年	水平分析 %	垂直分析佔銷貨收入% 2000年	垂直分析佔銷貨收入% 1999年
淨銷貨收入	9,295	9,150	1.05%	100%	100%
銷貨成本	3,384	3,390	0.00%	36.41%	37.05%
毛利（率）	5,911	5,760	2.60%	63.59%	62.95%
銷售、一般與行政費用	3,827	3,670	4.13%	41.17%	4015%
重整與資產損耗支出	572	—	—	—	—
總營業費用	4,399	3,670	19.07%	47.33%	40.15%
營業利益（損失）	1,512	2,080	-27.55%	16.27%	22.80%
非營業支出（收益）					
利息收入	(5)	(7)	-28.57%	—	—
利息支出	223	13	63.97%	—	—
其它支出淨額	6	4	-86.96%	—	—
繼續營業部門稅前淨利	1,288	191	-240.77%	13.86%	20.89%
所得稅準備	467	66	-29.67%	5.02%	7.25%
繼續營業部門淨利	821	124	-34.21%	8.83%	13.63%
處分停業部門之損失淨額	(428)	—	—	—	—
停業部門收益（損失）淨額	(1)	1	—	—	—
淨利	392	126	-68.89%	4.22%	13.76%
每股盈餘（虧損）					
繼續營業部門	$0.7	$1.1	—	—	—
處分停業部門	$0.4	—	—	—	—
停業部門	—	0.0	—	—	—
淨利（損）	$0.3	$1.1	—	—	—

表僅是用來做爲說明，並非該公司有進行任何財務騙局。）

　　請注意損益表中有幾個重要的子項：

1. 毛利（以營收的百分比表示則爲毛利率）：爲淨銷貨收入減去銷貨成本。

2. 營業利益（或稱來自營業活動的獲利）：毛利減去營業成本，例如銷售、一般性與行政費用等。

3.繼續營業部門淨利：稅後淨利，但尚未扣除任何停業部門
的交易（例如非常利得或損失、改變會計原則所衍生的效
應與停業部門有關的利得或損失等）。

4.淨利（稅後淨利；以營收百分比來表示時則稱淨利率）：
繼續營業部門淨利加上或減去停業部門相關交易。

資產負債表

　　資產負債表（或稱財務狀況表）代表公司在某一特定時點之
資源（也就是資產）概要與這些資產的權利所屬（也就是負債與
股東權益或稱資本）。由資產負債表上的資產可以看出公司過去
所有的投資決策成果，而從負債與股東權益則可以看出公司過去
所有的財務決策，其中資本是從長、短期債權人與所有權人募集
而來。所以資產負債表反映的就是等式：資產＝負債＋股東權
益。

　　也就是說，公司資產的帳面價值或資源等於債權人與所有權
人對這些資產所擁有的權利之帳面價值。吉列公司的資產負債表
如表 T-2。

　　資產負債表的使用　幾乎每一位分析師在使用資產負債表分
析公司狀況時都會感到非常沮喪，他們的說法是：「資產負債表
和比基尼非常類似，上面所揭露的事項非常有趣，但內涵卻更重
要。」還有許多人也不斷問著究竟可以從這些數字中發現什麼重
要的訊息，公司是否隱藏了任何實質的資訊？

　　雖然解讀資產負債表的工程經常令人非常氣餒，但嫻熟於這
些技巧的人卻經常可以從中發現非常重要的問題真相。其中有一
位專家，是《股價超漲服務》（*Overpriced Stock Service*）專業刊

表T-2 吉列公司合併資產負債表 （單位：百萬美元）

	2000年	1999年	水平分析 %	垂直分析 佔資產% 2000年	垂直分析 佔資產% 1999年
資產					
流動資產					
現金與約當現金	62	80	**-22.50%**	0.60%	0.68%
交易應收款，減去備抵問題帳戶金額$81與$74	2,128	2,208	-3.62%	**20.46%**	18.73%
其他應收款	378	319	**18.50%**	3.63%	2.71%
存貨	1,162	1,392	**-16.52%**	11.17%	11.81%
遞延所得稅	566	309	**83.17%**	5.44%	2.62%
其他流動資產	197	315	**-37.46%**	1.89%	2.67%
停業部門淨資產	189	117	**-83.90%**	**1.82%**	9.96%
總流動資產	4,682	5,797	-19.30%	**45.01%**	49.19%
房地產與設備淨額	3,550	346	1.02%	**34.13%**	29.42%
無形資產	1,574	1,897	**-17.03%**	15.13%	16.10%
其它資產	596	625	-4.64%	5.73%	5.30%
總資產	10,402	11,786	-11.74%	100%	100%
負債與股東權益					
流動負債					
應付借款	2,195	1,440	**52.43%**	**21.10%**	12.22%
長期負債中流動之部分	631	358	**76.26%**	6.07%	3.04%
應付款與應記負債	2,364	2,149	9.17%	22.55%	18.23%
所得稅	299	233	28.33%	2.87%	1.98%
總流動負債	5,471	4,180	30.89%	**52.60%**	35.47%
長期負債	1,650	2,931	-43.71%	**15.86%**	24.87%
遞延我得稅	450	423	6.38%	4.33%	3.59%
其他長期負債	767	795	-3.52%	7.37%	6.75%
少數股權	41	38	7.89%	—	—
普通股賣出選擇權之或有贖回價值	99	359	-72.42%	—	—
股東權益	—	85	—	—	—
8.0%之累積員工股票所有權計畫（ESOP）可轉換優先股					
未實現ESOP補貼	—	(4)	—	—	—

表T-2　吉列公司合併資產負債表　　　　　　　　　　　（單位：百萬美元）

	1986年	1985年	水平分析 %	垂直分析 佔資產% 2000年	垂直分析 佔資產% 1999年
普通股	136	136	0%	13.12%	11.57%
面值1元，核定23.2億 股，實際發行13.65億 股（2000年）與 13.64億股（1999年）					
資本公積	973	748	30.08%	9.35%	6.35%
盈餘再投資於營運	5,853	6,147	−4.78%	56.27%	52.16%
其它綜合累積收益					
外幣換匯	(1,280)	(1,031)	24.15%	—	—
退休金調整	(34)	(30)	13.33%	—	—
庫藏股	(4,953)	(4,219)	17.40%	—	—
2000股，以成本計					
總股東權益	1,924	3,060	−37.12%	18.5%	25.96%
總負債與股東權益	10,402	11,786	-11.74%	100%	100%

物的編輯麥可·墨菲（Michael Murphy），他認爲「高科技公司
的潛在問題通常第一個顯現在資產負債表上」。

　　資產負債表提供的資訊是企業目前的資源基礎，以及這些資
源是如何籌措而來的，相關的資訊可以看出經營階層在投資資本
方面的管理績效，並能了解公司的償債能力與流動性。檢視負債
與股東權益，可以看出公司的財務義務，以及所有人與債權人所
擁有的相對利益。這類的資訊可以看出公司的財務實力（償付長
期義務的能力）以及其財務彈性。

　　透過檢視流動資產與流動負債，分析師們可以判斷出公司的
流動性（它償付短期義務的能力），而流動資產減去流動負債也
稱爲營運資金（working capital），它被視爲企業財務安全度的衡
量標準，以及未來財務資源流失不確定性的一個緩衝器。

　　資產負債表的缺陷　然而，資產負債表無法顯示出企業資產、負債與股東權益目前的價值（或市場價值），它代表的僅是這些項目的帳面價值（或稱歷史價值）。

　　此外，有些業務項目的價值可能因為無法以金額表示，所以永遠無法出現在資產負債表上，例如吸引顧客忠誠度的商標名稱（例如可口可樂），以及以生產高品質產品的產業聲譽，都是屬於「未登錄資產」（unrecorded assets）。

　　第三個限制是資產負債表僅代表單一時點的狀況，它並不考慮季節性因素與異常環境因素。即便是列出數年的共同比資產負債表，資產負債表也無法解釋產生變化的原因，尤其是那些與營運有關的問題。因此，損益表與現金流量表正好可以補足資產負債表的缺憾。

　　現金流量表　現金流量表代表由三大業務活動所產生的淨現金（流入減流出）情況，這三大業務活動是：營運、投資及理財。如表 T-3 吉列公司的例子可以看出，現金流量表上分為三大部分：（1）營運活動所產生之現金；（2）投資活動所使用之現金；（3）用於理財活動之現金。

　　現金流量表中所要說明的一個重點是：公司是否靠自己的營運活動取得足夠現金，或必須由投資活動取得現金（例如出售資產），以及／或由理財活動取得現金（發行債券或股票），以滿足公司的現金需求。

解讀財務報表的關鍵點

　　分析財務報表時應專注在四大特點上：

表T-3　吉列公司合併現金流量表　　　　　　（單位：百萬美元）

	2000年	1999年
營運活動之現金流量		
淨利	**$821**	**$1,248**
將淨利調節為淨現金所作之調整項目		
重整與資產損耗之準備金	572	—
折舊與攤銷	535	464
其它	5	(7)
資產與負債之變化，不包括收購與撤資的相關效應		
應收帳款	(100)	(48)
存貨	149	(140)
應付帳款與應計負債	(45)	65
其它營運資金項目	(136)	97
其它非流動性資產與負債	(197)	(252)
營運活動之淨現金流入（流出）	1,064	1,427
投資活動之現金流量		
房地產、廠房與設備之增加	(793)	(889)
房地產、廠房與設備之處分	41	124
業務部門之出售	539	—
其它——淨額	(1)	2
投資活動之淨現金流入（流出）	(214)	(763)
理財活動之現金流量		
買回庫藏股	(944)	(2,021)
出售賣出選擇權之所取得資金	23	72
執行股票選擇權與購買計畫所消耗之資金	36	149
長期負債之資金	494	1,105
償還長期負債	(365)	—
應付借款之增（減）	(385)	484
股利分配	(671)	(626)
負債相關衍生性合約之清算	279	42
理財活動之淨現金流入（流出）	(1,533)	(795)
外匯匯率變化對現金之影響	(5)	(2)
停業部門所孳生之淨現金	130	111
現金與約當現金之淨增加（減少）	**(18)**	**(22)**
期初現金與約當現金餘額	80	102
期末現金與約當現金餘額	**$62**	**$80**

- 獲利能力
- 流動性
- 償債能力
- 活動力（或營運效益）

獲利能力相關的財務比率

獲利能力比率是用來衡量企業一段期間內的財務績效，分析師常用的獲利能力比率有許多，包括(1)毛利率；(2)營業利益率；(3)淨利率；(4)資產報酬率；(5)股東權益報酬率；以及(6)每股盈餘等。以吉列公司的財務報表為例，將以上這些財務比率說明如下：

毛利率（或稱毛率）＝毛利／銷貨收入　毛利率是衡量企業可用來支應營業費用並獲取利益的幅度。

營業利益率＝營業利益／銷貨收入　營業利益率是衡量公司在主要業務來源方面的獲利能力。

淨利率（或稱淨率或銷貨報酬率）＝稅後淨利／銷貨收入　淨利率衡量公司由每一塊錢銷售額中所獲取的利潤，所以若公司淨利率為 3%，則它由每一塊錢銷售額中就賺取了 3 分錢。

資產報酬率（ROA）＝稅後淨利／總資產　資產報酬率衡量公司股東與債權人的共同投資報酬。

每股盈餘（EPS）＝稅後淨利／普通股流通在外股數　每股盈餘衡量公司為每位股東所獲取的收益，以每股為基礎來計算。

股東權益報酬率（ROE）＝稅後淨利／總股東權益　股東權益報酬率衡量股東的投資報酬。

吉列公司的獲利能力比率

	2000年	1999年
毛利率	63.59%	62.95%
營業利益率	16.27%	22.80%
淨利率	4.22%	13.76%
資產報酬率	3.77%	10.69%
股東權益報酬率	20.37%	41.18%
每股盈餘	$0.78	$1.14

流動性比率

　　流動性比率代表公司可用的現金額度或短期資產（例如應收款與存貨）。若流動部位過高，代表公司並未充分利用資金來獲利，也就是在犧牲獲利能力；若流動部位過低，則公司可能不足以償付短期負債所需。主要的流動性比率如下：

　　流動比率＝流動資產／流動負債　流動比率可以衡量短期債權人權利受公司流動或短期資產所保障的程度。

　　營運資金＝流動資產－流動負債　營運資金代表流動資源超過流動負債的金額，營運資金的金額愈大，代表公司有較大的緩衝空間來因應突發性的現金需求。

　　速動比率＝（流動資產減存貨）／流動負債　速動比率可以衡量在公司不出售存貨的情況下，短期債權人受保障的程度。

吉列公司的流動性比率

	2000年	1999年
流動比率	0.85倍	1.38倍
營運資金	7.89億美元	16.17億美元
速動比率	0.47倍	0.62倍

償債能力比率

償債能力（槓桿）比率代表公司支應負債義務的能力，也代表公司為支應營運需要，所採行的籌資方式。若公司的槓桿（負債）過高，顯示它所承擔的風險可能過高；若槓桿過低，則顯示公司可能無法透過長期負債的方式來支應成長所需，並掌握獲利機會。常見的償債能力比率如下：

負債／資產比＝總負債／總資產　此償債比率可以衡量公司為支應營運所需的借款情況。

負債／權益比　該比率用來衡量債權人資金佔股東資金的比例。

長期負債／權益比＝長期負債／總股東權益　用來衡量公司負債與股東權益間的平衡，高財務槓桿顯示企業在償付負債的本金與利息上是有風險的；長期負債＝（總負債＋股東權益）－（短期負債＋股東權益）。

利息保障倍數＝營業利益／利息費用　利息保障倍數是由損益表上的數字所算出來的，它代表營業利益超過應付固定利息費用的倍數，該倍數愈高，代表公司對此一付款義務違約的可能性愈低。

吉列公司償債能力比率

	2000年	1999年
負債／資產比	81.50%	74.04%
負債／權益比	440.64%	285.16%
長期負債／權益比	156.29%	148.56%
利息保障倍數	7.78倍	14.35倍

活動力比率

活動力比率代表公司的生產效率，一般來說，較強的活動力比率亦代表較高的獲利能力（高生產效率的結果）。主要的活動比率如下：

活動力比率

存貨週轉率	＝銷貨成本／平均存貨
平均售貨天數	＝365天／存貨週轉率
應收帳款週轉率	＝銷貨收入／平均應收帳款
平均收現天數	＝365天／應帳款週轉率

存貨週轉率＝銷貨成本／平均存貨　　存貨週轉率代表公司所有存貨在一年內的週轉次數，週轉率愈高顯示公司存貨閒置的時間愈短。要計算1999年的存貨週轉率，就需要1999年1月1日的餘額（15.95億元），而這個數字可以在1998年的資產負債表上找到（本書未將之列出）。

應收帳款週轉率＝銷貨收入／平均應收帳款　　應收帳款週轉率代表公司所有應收款項在一年內的週轉次數，週轉率愈高顯示客戶付款速度愈快。要計算1999年的應收款週轉率，就需要1999年1月1日的餘額（26.22億元），這個數字可以在1998年的

吉列公司的活動力比率

	2000年	1999年
存貨週轉率	2.65	2.27
平均售貨日數	137天	160天
應收款項週轉率	4.29	3.79
平均收現期間	85天	96天

資產負債表上找到。

財務比率的運用

　　這些財務比率是用來比較公司目前的績效與前一年度的績效，此外，還可以將公司的這些比率與同產業中其它公司的績效作比較。讀者也可以參考以下這些其它來源，以進一步深入各項財務比率的相關資訊：

- 商業與工業財務比率年鑑（Almanac of Business and Industrial Financial Ratios, Prentice-Hall）
- 年度報表研究（Annual Statement Studies, Robert Morris Associates）
- Dun's Review（Dun & Bradstreet）

使用財務比率的缺陷

　　財務比率的使用必須非常的謹慎，原因如下：

- 這些比率完全是基本評估法的「代用品」，例如流動性與償債能力。因此，應將之視爲不夠精確的標準。
- 若經營階層對財務報表上的數字動手腳，那麼，這些比率當然也就會變成誤導性的資訊。
- 財務比率被視爲財務報表中唯一被量化的資訊，然而，未呈現在這些報表上的其它質與量的資訊，卻也是同等的重要。

財務報告的終極目標

財務報告最主要的目標是要宣導一個觀念：財務報表是衡量企業獲利能力與財務狀況的最精確工具。爲了要確認財務報表是精確的，投資人與債權人應特別留意以下七個指導原則：

【指導原則一】企業應在獲利流程已經完成，且交易已經發生後才可以列記營收。而若非營業性資產出售價格高於其帳面價值時，就應列記利得。

對多數的企業而言，因出售產品或提供服務而進行營收列記的適當時機必須符合以下二個條件：(1) 實質上已經完成整個獲利流程；(2) 交易已經完成。此外，銷售的認定標準是產品所有權的風險與利益必須已經由賣方移轉給買方。

讓我們來看看麥當勞對一個新專營商的會計處理方式。由於未來幾年將提供專營商各式各樣的協助，麥當勞收到了一大筆的頭期款項。由於所收到的錢裡面有多數是「未實現」的，因此麥當勞只能將頭期款項中的一小部分列記爲營收。

增加：	現金	1,000	
增加：	營業收入		250
增加：	未實現營收		750

【指導原則二】企業應將創造未來利益的成本予以資本化，其它則應列為當期費用。

資產代表企業內部可以創造未來利益的經濟資源，而這些資產最初都是以歷史成本來列記。然而，若預期的未來利益消失，

企業就必須逐漸或一次性的沖銷資產科目價值，以反映這些資產所能創造的經濟利益已較原先預期爲低。關於決定某些資產是否確實具有未來利益的這一部分，經常引起經營階層與獨立查帳人員間的爭辯，這個議題在以下的情境中經常可見：

1. 當一家公司剛開始發生成本時（例如購買設備或辦公室用品等）。
2. 若企業初期決定將這些列爲資產（也就是將它予以資本化），接下來就必須決定這些資產創造利益的期間有多長，而每一年又可以獲取多少利益。
3. 若資產價值出現突發且永久性的下滑，公司就必須決定要沖銷多少資產以列記損失，並須決定何時開始進行資產沖銷事宜。

若資產的金額非常微小（不具實質影響性），或該資產所創造的利益將在短期內取得，那麼這項成本便會被列爲立即性的費用，而非資產。

【指導原則三】當企業利用資產實現利益時，該部分的資產就應在利益實現當期沖銷爲費用。

當企業利用資產實現利益時，被耗用的資產就應移轉爲費用科目，而資產科目當然也應同額降低。這是一種一般性且自然的流程。一家企業爲製造利益而取得資源，以創造額外的營收與利潤，經過一段時間，這些資源將被用於生產的流程，而企業也實現了營收與獲利。在此時，資產遭耗用的部分應被移轉至適當的費用帳戶，例如，當企業一開始取得原物料時，相關存貨就被歸

類爲資產，而當產品生產完成並出售，該產品的全部成本就應由
存貨帳戶（資產）移轉至銷貨成本中（對應的費用科目）。

增加：　銷貨成本　　500

減少：　　商品存貨　　　500

**【指導原則四】當資產價值出現突發且巨額的損毀時，企
業就應立即將該項資產予以全數沖銷而不是逐步攤銷。**

由於資產代表企業未來可能創造的利益，因此一旦確認這類
利益將不再續存，企業就應以損失項目來沖銷這些資產。通常人
們將這類資產價值突然大幅下降、企業因而必須進行大額沖銷的
情況形容爲「改頭換面」（big bath）。

因此，當企業關閉廠房，它就必須要作一個會計分錄，一方
面列記損失，另一方面則是將資產帳戶中的廠房與設備項目予以
去除。

增加：　關廠損失　　1,000,000

減少：　　廠房與設備　　　1,000,000

**【指導原則五】若企業未來仍有義務提供勞務，就應列記
負債。**

負債代表企業應在未來完成一些行動或犧牲一些資源的現有
義務。有一類常見的財務騙局即是企業意圖隱藏實際或潛在負
債，或不將之列於帳面上。這個花招稱爲資產負債表外的融資
（off-balance-sheet financing）。

讓我們再回來看看麥當勞連鎖店的情況，麥當勞所收取的初

期付款並未實現，因此應列記為負債（因為未來仍應提供或犧牲服務）。

　　【指導原則六】在利益實現後才可以列記相關營收。

　　就會計中的應計基礎而言，應在利益已經實現後才能列記營收，而不是在收取現金當期列記。

　　【指導原則七】企業應在利益取得當期就將費用列入盈餘的沖抵計算中。

　　一般公認會計原則規定，費用必須與營收進行「配對」。因此，當企業利用資產來製造或出售產品而實現利益時，就應列記費用。

國家出版品預行編目資料

識破財務騙局的第一本書：破解當前7大類財報騙術與
　30種會計花招／霍爾‧薛利原著；陳儀譯 .
　— 初版 . — 臺北市：麥格羅希爾，2002〔民91〕
　　面；　公分 . —（投資理財叢書；IF024）
　　譯自：Financial Shenanigans
　　ISBN：957-493-632-5（平裝）

　1.財務報表

495.4　　　　　　　　　　　　　　　　　91013992

投資理財叢書 IF024

識破財務騙局的第一本書 破解當前 7 大類財報騙術與 30 種會計花招

原　　　著	霍爾‧薛利（Howard Schilit）	
譯　　　者	陳儀	
企 劃 編 輯	張奕芬	
行 銷 業 務	游韻葦　林政鴻	
業 務 副 理	林智凡（原文書銷售）	
部 門 經 理	盧少盈	
發 行 人	劉漢文	

出 版 者	美商麥格羅‧希爾國際股份有限公司 台灣分公司
地　　　址	台北市 100 中正區博愛路 53 號 7 樓
網　　　址	http：//www.mcgraw-hill.com.tw
讀 者 服 務	Email: service@mcgraw-hill.com.tw
	Tel: (02) 2311-3000　Fax: (02) 2388-8822
登 記 證 號	行政院新聞局局版北市業字第 323 號
劃 撥 帳 號	17696619
戶　　　名	美商麥格羅‧希爾國際股份有限公司 台灣分公司

亞 洲 總 公 司	McGraw-Hill Education (Asia)
	60 Tuas Basin Link, Singapore 638775, Republic of Singapore
	Tel: (65) 6863-1580　Fax: (65) 6862-3354
	Email: mghasia@mcgraw-hill.com

印 刷 廠	信可印刷有限公司	2221-5259
電 腦 排 版	千喜工作坊	0911-290936

出 版 日 期	2002 年 9 月	（初版一刷）
	2004 年 4 月	（初版六刷）
定　　　價	350 元	
原 著 書 名	Financial Shenanigans	

ISBN：957-493-632-5

100

台北市博愛路53號7樓

美商麥格羅‧希爾國際股份有限公司　收
McGraw-Hill Education（Taiwan）

www.mcgraw-hill.com.tw

（請沿線剪下寄回）

感謝您對麥格羅‧希爾的支持
您的寶貴意見是我們成長進步的最佳動力

姓　名：＿＿＿＿＿＿＿＿ 先生 / 小姐　出生年月日：＿＿＿＿＿＿＿＿＿＿＿

電　話：＿＿＿＿＿＿＿＿＿＿＿　E-mail：＿＿＿＿＿＿＿＿＿＿＿＿＿＿

住　址：＿＿＿＿＿＿＿＿＿＿＿＿＿＿＿＿＿＿＿＿＿＿＿＿＿＿＿＿＿＿

購買書名：＿＿＿＿＿＿＿＿＿＿＿　購買書店：＿＿＿＿＿＿＿＿＿＿＿＿

學　　歷：　□高中以下（含高中）　□專科　□大學　□研究所　□碩士　□博士

職　　業：　□管理　□行銷　□財務　□資訊　□工程　□文化　□傳播
　　　　　　□創意　□行政　□教師　□學生　□軍警　□其他 ＿＿＿＿＿＿＿＿

職　　稱：　□一般職員　□專業人員　□中階主管　□高階主管

您對本書的建議：

內容主題　□滿意　□尚佳　□不滿意　因為 ＿＿＿＿＿＿＿＿＿＿＿＿＿＿

譯／文筆　□滿意　□尚佳　□不滿意　因為 ＿＿＿＿＿＿＿＿＿＿＿＿＿＿

版面編排　□滿意　□尚佳　□不滿意　因為 ＿＿＿＿＿＿＿＿＿＿＿＿＿＿

封面設計　□滿意　□尚佳　□不滿意　因為 ＿＿＿＿＿＿＿＿＿＿＿＿＿＿

其他 ＿＿＿＿＿＿＿＿＿＿＿＿＿＿＿＿＿＿＿＿＿＿＿＿＿＿＿＿＿＿＿

您的閱讀興趣：□經營管理　□六標準差系列　□麥格羅‧希爾 EMBA 系列　□物流管理
　　　　　　　□銷售管理　□行銷規劃　□財務管理　□投資理財　□溝通勵志　□趨勢資訊
　　　　　　　□商業英語學習　□職場成功指南　□身心保健　□人文美學　□其他 ＿＿＿＿

您從何處得知　□逛書店　□報紙　□雜誌　□廣播　□電視　□網路　□廣告信函
本書的消息？　□他人推薦　□其他 ＿＿＿＿＿＿＿＿＿＿＿＿＿＿＿＿＿＿

您通常以何種　□書店　□郵購　□電話訂購　□傳真訂購　□團體訂購　□網路訂購
方式購書？　　□目錄訂購　□其他 ＿＿＿＿＿＿＿＿＿＿＿＿＿＿＿＿＿＿

您購買過本公司出版的其他書籍嗎？ 書名 ＿＿＿＿＿＿＿＿＿＿＿＿＿＿＿＿

您對我們的建議：

＿＿＿＿＿＿＿＿＿＿＿＿＿＿＿＿＿＿＿＿＿＿＿＿＿＿＿＿＿＿＿＿＿＿＿

＿＿＿＿＿＿＿＿＿＿＿＿＿＿＿＿＿＿＿＿＿＿＿＿＿＿＿＿＿＿＿＿＿＿＿

＿＿＿＿＿＿＿＿＿＿＿＿＿＿＿＿＿＿＿＿＿＿＿＿＿＿＿＿＿＿＿＿＿＿＿

＊ 如有任何建議，歡迎來函：service@mcgraw-hill.com.tw

Mc Graw Hill Education